MÉLIE DE SEPT-VENTS

DU MÊME AUTEUR

Victorine ou le pain d'une vie, Presses de la Renaissance
Le Pain des Cantelou, Presses de la Renaissance
La Maîtresse du corroyeur, Presses de la Renaissance

S y l v i e   A n n e

MÉLIE DE SEPT-VENTS

Roman

*Production
Jeannine Balland*

PRESSES DE LA CITÉ

ISBN 2-258-04449-9

Un grand merci à celles et ceux qui m'ont reçue si cordialement et qui ont accepté de me fournir une précieuse documentation sur Sept-Vents et sa région.

1

Sept-Vents — 1910

Un vent de nordé courait sur les terres figées par le gel. Novembre et son froid précoce avaient déjà déshabillé le ciel et les arbres, dégageant la vue vers Caumont et Bayeux.

Thomas, le cantonnier, souffla dans ses mains et regarda longuement les talus qui dressaient leurs contreforts dénudés. Combien de jours ce froid allait-il durer ?

Il était encore tôt. L'aube finissait de se dissiper en laissant des traînées rose et mauve qui s'effilochaient bien au-dessus des arbres sombres. Le cantonnier détacha la petite gourde qu'il portait accrochée à sa ceinture. Chaque matin, à cette heure-là, quelques gorgées de calva réussissaient à le revigorer. Aujourd'hui encore, il en avait besoin pour « s'activer les sangs », comme il disait, et réchauffer ses pieds engourdis dans la paille de ses sabots. Au même moment, une corneille égarée jeta son cri lugubre. Thomas suivit son vol incertain au-dessus des champs vides. Il avait beau connaître son pays par cœur, l'hiver lui donnait un aspect de désolation qui lui faisait toujours mal. Pour s'encourager, il but une nouvelle rasade et s'essuya la bouche d'un revers de manche.

D'où il se tenait, il voyait le vaste champ des Delaunay qui s'étendait en pente douce, sur sa gauche. Soudain, il fronça les sourcils. Quelque chose près de la barrière attira son regard, une forme ramassée, une sorte de monticule qui tranchait sur l'étendue presque déserte. Il plissa les yeux, tendit le cou, intrigué, avant d'avancer vers elle avec prudence. Une peur diffuse ralentissait ses pas. Depuis qu'il arpentait ce pays rude qui ne devait son harmonie qu'au travail laborieux de ses habitants, il en avait trop vu pour ne pas s'inquiéter de tout ce qui dérangeait le paysage habituel. Il se souvenait de l'été dernier et du jeune Hippolyte, le fils du meunier, qu'il avait trouvé pendu près du Calvaire. Bien sûr, on le savait un peu simple d'esprit et toujours ombrageux mais l'apercevoir comme ça, au bout d'une branche de frêne !

Craignant le pire, Thomas s'approcha. Quelques enjambées suffirent pour découvrir ce qu'il redoutait tant ; c'était bien un homme qui gisait là, immobile, face contre terre. Sa casquette avait roulé sur le sol et sa « blaude » se gonflait sous le vent. Le cantonnier se pencha et souleva le corps par une épaule. Il reconnut aussitôt les traits congestionnés du père Delaunay, le vieil Anthime, foudroyé dans son propre champ.

— Nom de nom ! jura-t-il, avant de se mettre à courir vers la route. Monsieur le curé ! cria-t-il à la première carriole qui passait. Il faut aller chercher monsieur le curé ! Le père Delaunay est mort tout seul dans son champ...

Eugène Lebret, le bourrelier, tira à contrecœur sur les rênes de son cheval. La commande qu'il devait porter à Caumont-L'Eventé ne pouvait guère attendre mais la nouvelle et l'affolement de Thomas le touchaient.

— Allez, monte ! invita-t-il. Je t'emmène jusqu'à l'église et je repars !

Silencieux, le cantonnier s'assit à ses côtés. L'image du vieux Delaunay avec sa casquette en arrière et sa cigarette au coin de la bouche occupait toutes ses pensées. « Tiens donc ! entendait-il. Tu viendras me faire mes taupes. » C'était sa manière de l'inviter à prendre au piège les bêtes qui détérioraient ses cultures. Sur ses vastes terres, Thomas dénichait toujours de quoi vendre de belles peaux pour en faire des chapeaux et des gants. A la fin de chaque journée, Anthime sortait une bonne bouteille, trinquait avec ardeur et racontait comment il avait vu les Prussiens arriver jusqu'ici en 1870.

— On y est ! fit Lebret.

Quand Thomas poussa la porte de l'église, des flocons de neige commençaient à voler. A l'intérieur, on ne distinguait que les flammes vacillantes des bougies et quelques femmes agenouillées qui se tournèrent vers lui. Après une rapide génuflexion, sa casquette à la main, il se dépêcha de rejoindre l'abbé Pelvey qui officiait.

— Venez vite ! supplia-t-il, c'est pour Anthime, il est mort dans son champ !

— *Ite missa est,* termina le curé.

— *Deo gratias,* répondit l'enfant de chœur.

Le prêtre se tourna alors vers Thomas.

— Je prépare le saint chrême et je viens.

Il n'eut qu'un moment d'hésitation lorsque, avant de se diriger vers la sacristie, son regard se posa sur le banc situé derrière lui, au bas de l'autel. Mélie se signa deux fois en le fixant. Dans la pénombre, il fut frappé par la clarté de ses yeux qui brillaient. Qu'allait-il se passer maintenant ?

Avec vivacité, il enfila le long manteau qu'on lui tendait puis sortit, précédé de son enfant de chœur, et suivi par un essaim de femmes qui murmuraient entre elles, tout agitées. Il savait que Mélie, la bru d'Anthime Delaunay, le suivait aussi, et c'était comme une plaie qui s'ouvrait à chacun de ses pas. Au-dessus de lui, le ciel avait viré au gris, plus aucune trace rose ne colorait l'horizon. La neige tombait de plus en plus, radoucissant l'air, calmant le vent. Le prêtre ne la sentait pas. A cette heure qui sonnait définitive par la volonté de Dieu, il n'avait pas réussi à réconcilier l'étrange famille dont il portait la brouille comme une blessure.

— Seigneur, priait-il, pardonnez-leur, pardonnez-lui !

Lorsqu'il arriva devant le champ, la colonne de gens qui marchait derrière lui avait doublé. En tête, près du cantonnier et de Mélie, se trouvait Lebret, qui avait fini par abandonner sa carriole. Ce fut lui qui se baissa le premier pour retourner le corps que la neige commençait à blanchir.

— Pour sûr, il est bien mort ! constata-t-il.

Un grand cercle de curieux se forma autour d'eux. Le curé ouvrit alors son livre de prières et ses litanies montèrent dans l'air glacé, entrecoupées de fumées vaporeuses que libéraient les balancements de l'encensoir.

— Amen, répondirent tous ceux qui se trouvaient là.

A soixante et onze ans, Anthime Delaunay était mort comme il avait vécu : solitaire et dominateur, vieux loup régnant sans partage. A Sept-Vents, « Sévan », disait-on ici, il avait élevé seul ses deux fils. Alexandre, l'aîné, et Victor, le cadet, que sa mère n'avait fait que mettre au monde avant de mourir. A la force de ses bras, Anthime avait travaillé jour et nuit, sacrifiant sa vie à son unique passion : la terre âpre et difficile de ce bocage qui ne devait ses ressources qu'au labeur incessant des hommes. Jamais il ne s'était plaint, jamais il n'avait faibli. Sa femme, Léocadie, morte, il s'était refermé sur sa douleur dans une dignité rare et surhumaine. C'est elle qui lui avait donné cette « dent dure » qu'on lui reprochait et dont il se moquait éperdument.

A cette image de sacrifice et d'opiniâtreté, il avait voulu former ses deux fils sans même chercher à comprendre Victor, le plus fragile, le plus rebelle, qui avait vite déclaré forfait, dilapidant l'héritage reçu du vivant de son père, épousant contre son avis Mélie Letellier, une jeune fille de Dampierre, sans dot et sans famille mais dont la patience valait tous les champs et les troupeaux d'ici. Banni par son père, dès que Mélie fut enceinte, le jeune Delaunay redevint ce qu'il avait toujours été, un être qui n'avait fait que fuir sa propre vie.

Dans le lieu où il échouait au moins trois fois par jour, l'auberge du chemin de fer qui reliait Bayeux et Saint-Martin-des-Besaces, il apprit par hasard la mort de celui qui l'avait rejeté. L'angélus de midi sonnait. Victor Delaunay resta un bref moment interloqué par la nouvelle puis, la chassant d'un geste, il commanda une tournée générale :

— J'ai pas besoin de porter le deuil, railla-t-il, y m'verra pas !

La nuit était tombée depuis longtemps quand on déposa Victor chez lui. Près du feu de la cheminée où elle reprisait pour des voisines, Mélie guettait son retour. Elle avait couché Juste, leur fils de cinq ans, et s'inquiétait encore pour celui dont elle subissait les affronts en silence mais qui ne suscitait plus chez elle que la peur ou la pitié. Les essieux d'une carriole grincèrent en s'arrêtant devant la porte. Ils se mirent à deux pour le tirer du fond où il gisait ivre mort.

— Qu'est-ce qu'y tient ! s'esclaffèrent-ils, et leurs éclats de rire percèrent l'obscurité, entrant à l'intérieur de Mélie comme la pointe aiguisée d'un couteau.

Elle retint ses larmes, mordit ses lèvres jusqu'au sang pour rester droite et fière puis leur indiqua le petit escalier de bois qui menait à la chambre :

— Vous connaissez le chemin.

Quand ils redescendirent, le plus âgé s'avança vers elle, sa casquette entre les mains.

— Faut pas lui en vouloir, madame Delaunay, ce gars-là, il brûle sa vie par tous les bouts, il a toujours été trop malheureux !

— Et moi, fit-elle d'une voix tremblante, ne suis-je pas malheureuse ?

Sous la lueur de la lampe à pétrole, son regard s'intensifiait, à peine radouci par le duvet de ses cheveux blonds qui s'échappaient sur son front. Elle était belle et révoltée. Le compagnon de Victor se sentit soudain mal à l'aise, il ne put rien ajouter.

— Bonne nuit, dit-il seulement, c'est pas de notre faute.

Dehors, les deux hommes reprirent place dans la carriole. La neige avait cessé de tomber mais elle tapissait les haies, les toits des maisons, couvrant aussi les arbres d'une mince pellicule blanche qui tenait.

— Moi, continua-t-il, en faisant aller son cheval, si j'avais une femme comme ça, je saurais m'en occuper !

Son rire forcé s'évanouit comme une note discordante dans le silence ouaté. Il n'y eut aucun écho.

Comme à son habitude, Mélie se leva très tôt, glissa hors de son lit en prenant garde de ne pas réveiller Juste qui dormait à ses côtés.

Dans la cheminée de la salle, quelques braises rougeoyaient encore. Il fallait réactiver le feu pour ramener un peu de chaleur et réchauffer la soupe du matin. Avant de s'accroupir devant l'âtre, Mélie prit une lampe et se dirigea vers la fenêtre : une nuit étoilée enveloppait le bourg. Sur les vitres, du givre et des traînées de glace témoignaient du froid dur et persistant. Elle soupira. Aller au lavoir par ce temps était plus que difficile mais les Lebret et les Decaen attendaient leur linge...

Juste, qui ne sentait plus sa présence, appela plusieurs fois. Elle s'approcha du matelas de plume posé sur le sol qui leur servait de lit. En passant près de l'escalier, de l'étage où elle le laissait dormir seul, lui parvinrent les ronflements sonores et réguliers de Victor. Elle prit Juste dans ses bras et l'embrassa, fougueuse et tendre. Plus les débauches de Victor la confortaient dans sa pitié muette, plus elle s'attachait à ce fils qu'elle lui avait donné.

— Il fait froid, ce matin, lui dit-elle entre deux baisers, mais en nous couvrant bien, nous sortirons quand même après la soupe...

Rapide, elle ralluma le feu, posa dessus le faitout qui

contenait la soupe à la graisse puis, dans un geste machinal, cassa le pain recuit dans les deux assiettes. Elle était déjà sûre qu'elle ne mangerait pas beaucoup. Deux jours après l'enterrement de son beau-père, la peur ne la quittait pas. Malgré les conseils du curé, Victor lui avait interdit d'assister à l'inhumation. « Moi vivant, personne de cette maison n'ira ! » Il avait élevé la voix et tapé du poing sur la table dans un de ces excès dont il était coutumier. Comme Mélie se taisait, il l'avait attrapée par le bras en la secouant : « T'entends ce que je te dis ? »

Juste avait éclaté en sanglots et, pour le calmer, Mélie avait baissé la tête, soumise malgré elle.

Pendant deux nuits, elle n'avait cessé de penser à ce qu'on racontait, que les âmes de certains morts revenaient rôder pour se venger si on ne les apaisait pas. Le sommeil ne l'envahit qu'une fois sa décision prise : ce matin, avant l'aube, elle irait en cachette au cimetière.

Cinq heures sonnèrent au clocher. Le ciel rendu limpide par le gel s'illuminait d'étoiles. Son bol à peine fini, Mélie s'enveloppa dans une grande pèlerine et sortit en serrant son fils contre elle. Dehors, seuls leurs sabots crissaient sur le givre du sol ; autour d'eux, le silence de la campagne en devenait plus oppressant.

— Nous allons voir le grand-père, encourageait Mélie en marchant, il faut que tu saches...

Ils traversèrent ainsi quelques chemins, longèrent des jardins et des fermes avant de se rapprocher de l'église. Frissonnante, Mélie poussa la grille du cimetière. Elle connaissait l'endroit, repéra près du mur d'enceinte les tombes récentes. Par égard pour Juste, elle retenait sa peur mais ses yeux fouillaient l'ombre et ses oreilles écoutaient chaque bruit. Le « Varou » pouvait vous surprendre à travers les arbres, le long des pierres tombales ou derrière les lourdes croix de granit. Il apparaissait sous la forme d'une peau d'animal et vous tombait dessus sans crier gare, vous entraînant dans la folie de transes infernales, à travers buissons, ronces ou marécages. Mélie se signa et demanda au petit de l'imiter.

— Ton grand-père est là ! dit-elle tout bas en désignant la tombe.

Elle expliqua qu'Anthime Delaunay était parti avant d'avoir eu le temps de le connaître mais qu'il le voyait de là-haut, du ciel, où il vivait désormais.

— Il a besoin de nos prières, acheva-t-elle.

Juste s'agenouilla à ses côtés, tandis qu'elle se mettait à réciter les mots familiers :

— *Pater noster, qui es in caeli...*

Quand elle s'arrêta, les étoiles avaient disparu dans le ciel et la nuit s'estompait par petites touches au-dessus du bourg.

— Rentrons, souffla-t-elle en se relevant, il ne faut pas qu'on nous voie !

A nouveau, les pas de l'enfant emboîtèrent les siens. Des mèches de cheveux blonds, comme ceux de Mélie, s'échappaient de la capuche qui enserrait sa tête. Une pèlerine noire battait ses jambes au pantalon trop court mais ses pieds, protégés par des bas de laine grise, étaient au chaud dans la paille de ses sabots. Tout à coup, parvenue au tournant d'une petite route caillouteuse, Mélie interrompit sa marche. De l'endroit où elle se tenait, on distinguait les grandes ailes immobiles du moulin Saint-Laurent.

— Juste ! appela-t-elle, comme si elle cherchait à partager quelque chose. Quand il fera beau, je t'emmènerai là-bas !

Son bras se tendit vers la colline où le moulin dominait.

— Par temps clair, continua-t-elle, on y voit les plaines du Bessin.

— Bessin, Bessin, répéta le petit sans comprendre.

— Là-bas, reprit Mélie, la terre est grasse. L'été, il y a du blé et les fleurs des champs de lin ont la couleur du ciel...

Mais Juste n'écoutait plus. Tout absorbé, il essayait de casser en morceaux une branche de coudrier, trouvée par terre. A regret, elle baissa les yeux vers lui avant de se détourner.

— Viens vite, dit-elle en l'entraînant, il va faire jour...

En fin de matinée, quand Victor Delaunay se leva, un pâle soleil baignait la campagne et le bourg depuis longtemps. Il s'étira, maussade et sans entrain. A chaque lendemain de soirée trop arrosée, c'était la même chose. Un sentiment de honte émergeait puis l'étouffait. Hébété, il regarda près de lui : Mélie n'avait pas dormi à ses côtés ; elle le faisait de moins en moins maintenant et préférait se réfugier avec Juste dans la grande salle, loin du naufrage qu'il leur offrait en spectacle.

Assis sur le bord du lit, Victor aperçut sur une petite commode la photo de leur mariage, prise en 1905. Que restait-il de ce jeune homme de vingt et un ans, plus grand que la moyenne ici, la moustache arrogante et l'allure fière ? En cinq ans, pour vivre, il avait vendu ses dix vaches, une par une, puis ses cinq vergées de terre, pour ne garder que cette modeste ferme avec un terrain de pommes à cidre et quelques volailles.

Il baissa vite les yeux comme s'il ne voulait pas aller trop loin dans le remords. Il fallait faire diversion, éloigner l'échec et l'amertume. D'un mouvement, une simple façon de redresser le cou et la tête, il rejeta toute tristesse : « Je n'y suis pour rien ! » se répéta-t-il.

Lorsqu'il descendit dans la salle, il était seul. Mélie avait rejoint le lavoir après avoir confié Juste à l'une de ses voisines. Un coup d'œil acheva de le rassurer : son fusil de chasse, accroché au-dessus de la cheminée, l'attendait. Bientôt, la saison reviendrait. Avec elle, le pays reprendrait ses couleurs d'ombre et de lumière ; en parcourant, à l'affût, chemins et bois, il connaîtrait à nouveau cette sensation de puissance et de liberté qu'il cherchait en vain aujourd'hui. Un bref instant de joie le traversa avant qu'il ne découvre par terre le matelas de plume que Mélie n'avait pas eu le temps de rouler. « Ce soir, se promit-il, déterminé, elle dormira là-haut ! »

2

Un vent d'ouest secouait les arbres, des nuages menaçants perlaient sur la colline, signe de pluie et de redoux. A genoux, au bord de la rivière, Mélie se redressa pour souffler un instant. Son regard embrassa l'étendue environnante. Un peu plus loin, sur sa gauche, la tannerie des Marie fonctionnait au ralenti en ces jours d'hiver. Sous le hangar, elle aperçut des peaux alignées qui séchaient. Plus bas, le cours de la rivière qui passait près de la Maugeraye continuait sa route sinueuse vers le moulin d'Aubigny. Sur chaque rive, entre les fermes et les champs, dans les vallons où la terre affleurait, des vergers plantés de pommiers attendaient de refleurir.

Ce pays où elle était née, voici presque vingt-cinq ans, Mélie ne l'avait jamais quitté. A part quelques rares escapades, elle avait toujours vécu au rythme de ses saisons, de ce qu'il fallait sans cesse arracher à son sol ingrat d'argile et de schiste pour en tirer un équilibre fugace. Fouetté par les vents et la pluie, il donnait à ses habitants la rudesse de son apparence mais aussi la ténacité pour la combattre. Mélie lui ressemblait. Sous la finesse de ses traits se dissimulaient l'ardeur et l'obstination qui se renouvelaient comme l'eau fougueuse des nombreux cours d'eau qui jaillissaient ici.

Cela faisait bien deux heures à présent qu'elle se trouvait là, sur les bords du Boussigny, sa brouette pleine de linge à rincer posée non loin d'elle. Une dernière fois, avant de reprendre son travail, elle scruta le ciel. La pluie allait venir et chasserait bientôt le carcan de froid, faisant fondre les morceaux de glace flottant dans la rivière. La brûlure de ses mains lui parut plus supportable ; encore un peu et elle aurait fini. En se penchant à nouveau vers l'eau, elle entendit un roulement de carriole dans le lointain mais n'y prit pas garde. Elle se dépêchait avant que la pluie ne détrempe la terre et ne creuse des ornières où sa brouette pouvait basculer.

Seule, car le froid avait fait renoncer les autres laveuses, silencieuse et précise, Mélie se remit à ahaner sous l'effort, et ses gestes dans leur régularité accompagnaient comme un chant le balancement des grands frênes et des châtaigniers. Derrière elle, la carriole se rapprocha et s'arrêta presque sans bruit. L'homme qui la conduisait s'attarda à contempler le tableau qui s'offrait ainsi à lui. Au milieu du paysage désert, il découvrait cette jeune femme blonde au dos souple et gracieux qui plongeait sans états d'âme ses bras aux manches relevées dans l'eau glacée. Une émotion qu'il ne comprit pas le saisit. Il avala sa salive et poussa vers l'arrière le large chapeau qui lui couvrait la tête. A ce moment, Mélie se retourna. Surprise, elle esquissa un vague sourire qui se figea aussitôt. Le regard de l'homme s'accrocha au sien. Ils ne se mesuraient ni ne se défiaient, ils se reconnaissaient. Simplement.

— Bonjour, fit-elle, en tournant la tête car la pluie qui commençait à tomber l'obligeait à ramasser son linge.

L'homme descendit de sa carriole et s'avança vers elle pour la saluer.

— Vous êtes Mélie, n'est-ce pas ?

— Je suis pressée, répondit-elle sans lui jeter le moindre coup d'œil. La pluie arrive et je dois rentrer au bourg.

Elle voulait partir, échapper à cette rencontre qui la désarmait. Il insista avec politesse.

— Je peux vous aider ; nous mettrons votre linge à l'abri dans la carriole, il y sera mieux protégé.

— Je vous en prie, coupa-t-elle, agressive et sans égard pour la pluie qui collait ses cheveux, amenant des gouttes ruisselantes sur son visage.

Elle se redressa. Une rancœur mêlée d'indignation qu'elle ne pouvait contenir montait en elle, impérieuse et violente. Poings sur les hanches, elle l'affronta :

— Voilà des années que vous ne nous adressez pas la parole et aujourd'hui, parce que c'est votre désir, il faudrait tout oublier !

Son visage se tendait, sa peau, rose de colère, s'irradiait d'un éclat qui la faisait vibrer. En face d'elle, les yeux sombres gardaient un reflet calme d'où ne transparaissait qu'une lueur d'admiration contenue.

— La faute n'est pas uniquement de mon côté, fit l'homme sur un ton paisible.

Il ne put rien ajouter ; Mélie avait déjà repris sa brouette et s'éloignait, remontant le chemin qui longeait la rivière. Comme elle sentait sur elle la persistance de son regard, elle lui fit front encore avant de disparaître :

— Je n'ai rien d'autre à dire, Alexandre ! Vous et votre père, que Dieu ait son âme ! rectifia-t-elle avec un rapide signe de croix, vous avez abandonné Victor. Comment pourrais-je l'oublier ?

Elle reprit la montée qui menait vers le haut du bourg. Le vent et la pluie s'intensifiaient ; elle peinait dans sa marche et cherchait à ôter de son esprit l'image de l'homme qui venait de surgir ainsi sur sa route. Des bribes du passé revenaient la tourmenter. Elle revoyait ces années où les promesses de Victor avaient fondu peu à peu comme neige au soleil. Que restait-il aujourd'hui du temps de leurs accordailles ? De la vie facile qu'il lui décrivait les soirs d'été, lorsqu'ils admiraient ensemble les nuits étoilées sur les hauteurs de Caumont ? « Bientôt, je t'emmènerai là-bas, disait-il avant de l'embrasser en désignant les plaines du Bessin, vers Bayeux. Je serai plus riche qu'Alexandre ! »

Pendant longtemps, elle n'avait eu d'yeux que pour lui, sa silhouette élancée, ses mots rassurants, et voilà qu'elle se retrouvait là, amère, perdue au milieu de ce sentier et de ces douloureux souvenirs, appuyant son front fatigué contre le tronc d'un chêne.

Mélie ne sentait plus la pluie ; sans savoir pourquoi, sa rencontre avec Alexandre, ce beau-frère qu'elle connaissait à peine, avait brisé une partie de son courage. Elle se mit à pleurer et s'affaissa lentement sur le sol. Elle aurait pu rester là longtemps si des bruits de voix ne l'avaient tirée de son chagrin. Des hommes qui parlaient fort venaient vers elle et leurs grosses chaussures résonnaient sur les pierres. Elle s'essuya les yeux et fit semblant de replacer le sac de chanvre qui recouvrait son linge. Au bout du chemin, Thomas et le garde-chasse débouchèrent ; ils discutaient des haies qu'il faudrait bientôt tailler et des sangliers qui s'aventuraient jusqu'ici. En apercevant Mélie, ils se proposèrent tout de suite de l'aider.

— On va te donner un coup de main !

D'office, le cantonnier s'empara de la brouette. Le terrain montait, ses muscles se durcirent :

— C'est trop lourd pour toi, Mélie !

Il la dévisageait à la dérobée, sentait que quelque chose n'allait pas. Il l'avait vue naître et grandir. De Dampierre à Sept-Vents, en passant par Saint-Jean-des-Essartiers, il se comparait souvent au petit train Decauville baptisé tramway qui sillonnait les bourgades jusqu'à Bayeux. Comme lui, il connaissait tous les habitants, glanaient çà et là les nouvelles du pays. Quand Mélie avait commencé à fréquenter le jeune Delaunay, il avait été le premier à la prévenir : « Ce sera dur ! Anthime a d'autres vues pour son fils. Il a repéré la fille Auvray de La "B'sace". Elle apportera en dot un bon troupeau et trois vergées de sarrasin... »

Il savait par cœur l'histoire des deux familles. La mort du père Letellier, simple journalier à Dampierre, n'avait laissé à sa fille Mélie que la richesse de ses bras et cette beauté piquante qui avait conduit Victor à braver les foudres paternelles pour l'épouser. Sans doute à cause de ce charme, Thomas avait toujours ressenti pour elle une pointe d'affection. Avant de lui poser des questions, il attendit que le garde-chasse les abandonnât en haut de la petite côte.

— Je vais vers Cahagnes, expliqua ce dernier.

Après un signe entendu, il prit congé du cantonnier.

— Passe donc un de ces jours ! J'ai le meilleur poiré du canton !

Un bref silence succéda à son départ. Thomas posa alors la brouette et se risqua :

— C'est ton Victor qui ne va pas ou c'est Juste ?

— Ce n'est rien, se défendit-elle d'abord, puis, comme si elle ne pouvait supporter le poids secret de ce qui s'était passé, elle lâcha d'une traite : Je viens de voir Alexandre.

Ses mains se crispèrent sur sa longue jupe noire :

— Et tu ne devineras jamais ce qu'il voulait !

Un instant, elle sembla hésiter entre rire et larmes.

— M'aider ! lança-t-elle enfin.

Placide, Thomas sortit sa blague à tabac. La pluie ne tombait plus, un foisonnement de nuages pommelés balayait le ciel, et les routes avoisinantes, tout humides, luisaient comme des écailles. Il n'aurait pu dire pourquoi mais quelque chose de la révolte de Mélie lui paraissait en trop.

— C'était un beau geste ! commenta-t-il, je connais bien Alexandre, tu aurais dû accepter ! Maintenant qu'Anthime est mort, pourquoi restez-vous brouillés ?

Il termina de rouler sa cigarette, l'humecta comme à son habitude, cherchant en même temps à sonder l'effet de ses paroles. Prise de court, Mélie ne réfléchit pas longtemps, son emportement refit surface, aussi vif et inattendu qu'un éclair :

— Tu me déçois, Thomas ! J'espérais que tu comprendrais.

Elle se précipita sur sa brouette :

— Je te remercie, je n'ai besoin de personne !

D'une main sûre, elle dirigea la roue hors d'une

ornière boueuse et planta là Thomas qui écarquillait les yeux, bouche bée. Au-dessus de leurs têtes, une trouée de ciel bleu déchira la masse des nuages et le soleil apparut. Machinalement, le cantonnier replaça sa casquette.

— Elle a du caractère, murmura-t-il, elle s'en sortira !

Ce soleil qui revenait, même parcimonieux, c'était bien avant l'heure un présage de renouveau. Le cantonnier se remit en marche. La percée du beau temps suffisait à sa joie.

Sur le trajet qui lui restait, Mélie ravala ses larmes et sa colère. Une lassitude la gagnait. En entrant dans la cour de la ferme, elle remarqua Victor qui nettoyait le poulailler et nourrissait les volailles. Pourquoi s'occupait-il aujourd'hui de ce qu'il ne faisait jamais les autres jours ? Etonnée, elle se dirigea vers la remise pour étendre une par une les pièces de drap et les chemises.

Ses pensées tournaient toujours autour d'Alexandre, de tout ce qu'il avait remué en elle et qui la hantait encore. Trop absorbée, elle ne se rendit pas compte que Victor l'avait suivie. Il s'était posté au coin du petit bâtiment et l'observait. Comme elle croisait son regard, il s'avança vers elle, les pouces accrochés à ses bretelles, sous sa veste de chasse entrouverte.

— Mélie, appela-t-il doucement.

La clarté du jour déclinait. En se renforçant, le vent agitait l'air de tourbillons soudains qui couraient avec des plaintes à travers la cour et le verger. A coup sûr, cette nuit, la pluie battante reviendrait. Mélie s'en fit la réflexion avant de penser à Juste qu'elle devait aller chercher chez les voisins. Méfiante, elle s'efforçait de songer à autre chose pour éviter le discours de Victor. Que pouvait-il lui dire qu'elle ne savait déjà ?

Il s'assit près d'elle, sur le tas de bois qu'elle avait eu soin de ramasser quelques jours auparavant.

— Je te dégoûte, n'est-ce pas ?

Sa question fusa sans détours, rebondit dans le silence entrecoupé des mugissements du vent. Interdite, Mélie ne cilla pas. Ses bras qui se tendaient vers le fil s'immobilisèrent. La tête basse, comme s'il se parlait à lui-même, il continua :

— Je sais ce que tu penses. Je le vois bien, tu n'es pas heureuse...

Les bras de Mélie retombèrent le long de son corps. Elle sentait qu'elle devait réagir mais ignorait comment.

— Tais-toi ! fit-elle seulement.

— Tu vois, poursuivit-il, tu pleures, j'ai raison...

Il attendit un peu tandis qu'elle se remettait à pleurer, le visage enfoui entre ses mains. C'était plus fort qu'elle, tout se mêlait dans ce chagrin, même sa violence envers Thomas qu'elle regrettait déjà. Victor se leva et la prit contre lui.

— Fais-moi confiance ! supplia-t-il, toi et Juste, vous êtes tout ce que je possède dans l'existence... Regarde-moi !

Il saisit son visage et le tourna vers lui. Mélie se laissait faire, elle sentait ses caresses dans ses cheveux, la force de ses épaules, sa chaleur d'homme qui la réconfortait comme autrefois, lorsqu'ils roulaient ensemble sur les pentes fleuries de la Drôme, entre les aubépines et les fougères, ivres de rire et d'amour. Croire encore un instant à l'ancien bonheur, oublier la fadeur des jours, Mélie le souhaitait plus que tout au monde. Quand Victor devint plus pressant et plus tendre, elle ne résista pas.

Le même soir, Alexandre Delaunay dîna seul en face de sa femme, Marie-Louise. La vaste salle de leur ferme, qui d'ordinaire bruissait d'allées et venues, lui parut vide et froide. Même les lueurs dansantes des lampes à pétrole et le feu qui pétillait dans la cheminée de pierre n'atténuaient pas cette étrange sensation.

— Il reste des châtaignes, dit-il, on aurait dû prévoir une veillée...

Attablés de chaque côté d'une grande table en bois de merisier, ils plongeaient l'un après l'autre leur cuillère dans la soupe épaisse et fumante. Deux jeunes garçons manquaient à leur repas : Léon, le premier valet, et P'tit Blaise, l'apprenti, tous deux partis au marché de Villers.

Marie-Louise se taisait. Entre les craquements du feu, on n'entendait que le tic-tac de la grosse horloge dont le balancier de cuivre brillait dans la pénombre. Alexandre n'avait même pas ôté son chapeau, seule sa veste mouillée de pluie séchait, accrochée près de l'âtre. Il n'aimait pas ce silence comme il n'aimait pas se retrouver en tête à tête avec celle dont il avait fait son épouse, voici presque neuf ans. Il avait beau la connaître, son mutisme le surprenait toujours. Il essuya sa moustache avant de boire une gorgée de cidre qui lui fit claquer la langue en connaisseur.

— Nos pommes ont bien donné cette année, continua-t-il, j'espère doubler la production à la prochaine saison, qu'en penses-tu ?

Elle leva vers lui un regard indifférent.

— Veux-tu du fromage ? demanda-t-elle.

Il fit aller sa tête de droite à gauche pour répondre non et plia son couteau d'un coup sec, signe qu'il n'avait plus faim. Au moment de quitter la table, il jeta vers elle un coup d'œil interrogateur. Même à ce jour, il n'avait pas réussi à percer toute la part de mystère dont elle s'entourait. Que se passait-il vraiment derrière ce front où quelques cheveux gris prenaient racine, fondus dans la masse brune que coiffait l'impeccable bonnette blanche ?

Depuis leur mariage, il ne pouvait rien lui reprocher. Il avait toujours connu chez elle cette rigueur et cette retenue permanentes qui lui donnaient un air presque étranger, souvent absent. Lorsque, à l'une des foires Saint-Laurent, Anthime avait scellé l'accord des épousailles avec le père Richard, les deux hommes s'étaient tapés du plat de leur main droite pour conclure l'affaire. En guise de cadeau immédiat, Anthime avait reçu un « torrillon » et deux laitières. « Ça y est, avait-il annoncé, peu après, à son fils aîné en lui montrant une photo tachée, je t'ai trouvé la femme qu'il te faut. » Et, mélangeant exprès leurs deux intérêts, il avait poursuivi : « Elle nous apportera dix vergées de bonne terre, trois demi-sang et quinze moutons. Qu'en dis-tu ? » Alexandre n'avait rien dit.

Une fois de plus, il s'était plié à la décision paternelle. Non par faiblesse mais parce que cela lui importait peu. Pourvu que Marie-Louise fût serviable et travailleuse, le reste il s'en accommoderait. Au fil des années, il s'était habitué à son corps qui acceptait sans réclamer, à sa patience et à sa soumission. Petit à petit, il avait compris que cette perpétuelle acceptation était à la mesure d'une culpabilité étouffante : celle de ne pouvoir lui donner d'enfant. Alors, parce qu'il préférait sa terre, la seule qui lui rendait au centuple les semences qu'il s'acharnait à lui transmettre, Alexandre avait fini par oublier Marie-Louise. Elle s'était dissoute dans son quotidien, transparente comme les brumes qui nappaient ses champs, certains matins d'automne.

Sans un mot, il repoussa sa chaise. En attendant le retour de ses deux ouvriers, il avait besoin de prendre l'air, de s'éloigner de la salle et de son atmosphère lourde à supporter depuis que son père ne s'y trouvait plus. Il enfila sa veste et sortit.

Dehors, le vent le surprit mais l'air doux qu'il brassait compensait la violence de ses bourrasques. Alexandre fit quelques pas. La nuit s'étendait sur tout le bourg. De l'endroit où il se tenait, il percevait entre les sifflements du vent l'eau du Beauvais, gonflé des pluies récentes, qui gargouillait dans son lit. Les yeux clos, il aurait pu décrire son pays sans se tromper. Chaque sentier, chaque talus n'avait aucun secret pour lui. Il savait se représenter à côté de ses dix hectares de sol fécond et ses trente de terre plus sablonneuse le paysage accidenté d'une vallée à l'autre où poussaient, entre les landes, les cerisiers sauvages, les chênes rouvres ou les hêtres qu'on nommait « fayes », ici. A trente ans, il avait toujours travaillé en communion avec sa terre. Rien de ce qu'elle offrait ne lui était inconnu. Combien de fois déjà, ne s'était-il pas penché vers elle, la saisissant dans sa main pour en retirer une poignée qu'il humait comme un parfum précieux ? Devant les journaliers médusés, embauchés pour les semailles, il décidait ainsi de la prochaine jachère : « Celle-ci est fatiguée, constatait-il, il faut qu'elle se repose ! » Jusqu'à présent, sa vie ne s'était construite qu'autour de ces inquiétudes. Pourquoi donc, soudain, s'interrogeait-il ?

D'un pas décidé, il marcha vers les étables. A cette heure, tout était calme. Après la traite, les bêtes s'endormaient dans la chaleur de la paille. D'ici peu, P'tit Blaise serait de retour pour coucher au-dessus des stalles où se reposaient les chevaux. Un ordre paisible émanait de la nuit comme un lent affaissement vers le sommeil. Alexandre fixa la voûte obscure du ciel. De nombreux nuages cachaient la lune et les étoiles, quelques gouttes se mirent à voler. Sans qu'il le voulût, tout à coup, l'image des yeux clairs de Mélie s'interposa dans cet espace. Jamais il ne l'avait vue d'aussi près et c'était comme un embrasement subit. De toute sa vie, il n'avait rien connu de pareil. Ebahi par cette flambée brutale, Alexandre ne sentait plus la pluie ni le vent et tout son corps se tendait comme les voiles des bateaux qu'un jour il avait aperçus à Port-en-Bessin. Il ne comprenait pas ce qui lui arrivait et quand on le héla de la barrière, il ne put réagir tout de suite.

— C'est nous, patron ! crièrent ensemble Léon et le P'tit Blaise. Que faites-vous là, par ce temps ?

Il ignora leur question et s'empressa d'aller vers eux, heureux de la diversion.

— Venez me raconter ! invita-t-il, je vais déboucher une bonne bouteille.

Volubiles et enjoués, ils prirent place autour de la longue table. Marie-Louise amena les pots en grès qui servaient de tasses.

Ils burent et discutèrent ainsi jusque fort tard dans la nuit. Lorsque Alexandre rejoignit le lit où se trouvait déjà Marie-Louise, il posa d'abord la lampe et s'assit près d'elle. Le visage à demi tourné sur l'oreiller, ses longs cheveux noirs attachés, elle dormait.

— Marie, Marie, appela-t-il tout bas.

Les paupières fermées se soulevèrent. Alexandre étendit le bras pour éteindre la lampe, qui à son goût éclairait trop les traits familiers, puis il porta sa bouche à la naissance de son cou. Qui cherchait-il à aimer, ce soir ? Quelle femme désirait-il atteindre ? Derrière l'abandon du corps qui ne résistait ni ne se cabrait, se profilaient les rives d'un torrent où il rêvait d'accoster. Ce n'était pas Marie-Louise qu'il possédait ainsi mais une autre femme. En s'endormant dans la tiédeur des draps, il imaginait encore d'autres caresses.

Par habitude, le lendemain matin, il s'éveilla tôt et descendit dans la salle après une rapide toilette. A travers les vitres, une lumière à peine rosée se profilait à l'horizon au-dessus de Caumont. Un moment, il fixa cette faible clarté qui semblait se mouvoir entre les nuages, puis il s'attabla. Marie-Louise qui avait rallumé le feu lui présenta le pain rôti où fondaient de fines tranches de lard grillé. Une odeur appétissante et âcre envahissait la pièce. Sur la table, les moques en grès attendaient le cidre.

— Sais-tu qui j'ai vu, hier ? interrogea-t-il, à brûle-pourpoint.

Elle s'affairait autour de lui, préparant l'en-cas du matin pour les deux jeunes ouvriers qui n'allaient pas tarder. Entre eux, rien ne paraissait subsister de l'élan qui les avait unis dans leur repos.

— Et qui donc as-tu vu ? reprit-elle, occupée près de la cheminée où les flammes montaient dans un crépitement sonore.

— L'épouse de Victor, dit seulement Alexandre parce qu'il ne pouvait articuler d'autre nom.

Marie-Louise suspendit ses gestes et tourna la tête vers lui. Une lueur plus vive teintait ses yeux, sa bouche s'arrondit pour parler mais elle ne put poursuivre. Sous une brusque poussée, la porte d'entrée s'ouvrit et la silhouette affolée de Léon s'imposa dans l'embrasure :

— Patron, vite ! La Demoiselle est par terre, elle ne peut plus se lever...

Alexandre ne fit qu'un bond. Celle qu'on nommait ainsi était la plus belle bête de son troupeau. Une excellente laitière achetée très cher à l'une des foires de Lessay et qui avait toujours tenu ses promesses. Il courut jusqu'à l'étable où P'tit Blaise l'attendait aussi. Les neuf vaches alignées mangeaient leur fourrage, seule, la dixième, couchée, gisait sur le flanc. Il se mit à tâter le museau et les naseaux qu'il jugea trop chauds et secs, puis il encouragea d'une voix douce :

— Demoiselle, Demoiselle.

Les grands yeux n'eurent aucune réaction même quand ses mains palpèrent le ventre blanc et plein.

— Elle « réchauffe », commenta Léon, il faudrait la saigner !

Alexandre de plus en plus inquiet se mordit les lèvres. Sa vache ne devait mettre bas que d'ici deux mois et tout avait bien fonctionné pour la naissance de ses deux précédents veaux. Quelle maladie pouvait donc la frapper alors qu'hier encore elle paraissait en bonne santé ?

— On va la saigner à la queue, ordonna-t-il, et toi, Blaise, tu files chercher le père Hamel !

Obéissant, le jeune valet se dépêcha d'atteindre la route. Le jour ouvrait déjà une large brèche sur les collines. Sans rien voir, P'tit Blaise courait de toutes ses forces vers le vieux bourg et la montée accélérait les battements de son cœur, hachait sa respiration qui sortait en petites buées de sa bouche entrouverte. Il arriva à bout de souffle chez le rebouteux et le trouva assis, tranquille, devant la soupe du matin.

— Prends donc un bol avec moi ! invita celui-ci, trop occupé pour prêter attention à l'énervement du garçon.

Blaise avait faim et soif mais il y avait urgence.

— Il faut que vous veniez tout de suite ! répondit-il, la Demoiselle est en train de crever.

A ce nom, le père Hamel reposa son bol. Quel paysan dans tout Sept-Vents ne connaissait cette remarquable bête ? Sa robe soyeuse et veloutée, ses flancs ronds aux belles proportions avaient engendré une prestigieuse descendance : deux jeunes taureaux à la noble allure que le fils Delaunay exhibait à toutes les foires de la région et dont il ne louait les services que moyennant quelques liasses de bons billets. Hamel ajusta sa casquette et, comme s'il réfléchissait avec intensité, réduisit ses yeux à deux minuscules fentes :

— C'est peut-être la cocotte ?

Blaise avait souvent vu les ravages de la fièvre aphteuse, il pouvait donner son avis :

— Non, ce n'est pas ça. On dirait plutôt une sorte d'abattement.

Hamel enfila sa veste, prit la canne qui ne le quittait pas.

— On y va, je te suis !

Ses soixante ans l'obligèrent à marcher plus lentement que Blaise dont les quinze années justifiaient la vitalité.

— Attends-moi ! cria-t-il, tu es plus vif que mon furet quand il chasse les garennes...

En riant, Blaise s'arrêta un moment mais la peur revint, le pinçant au cœur.

— Dépêchez-vous ! supplia-t-il, le patron doit s'impatienter.

Dès leur arrivée dans la ferme, ils comprirent que quelque chose de grave avait eu lieu. Les yeux rouges, Marie-Louise accueillit le père Hamel d'un hochement de tête.

— Elle vient de passer ! déclara-t-elle, et ses mains trituraient le long tablier qui recouvrait sa jupe.

Hamel entra dans l'étable. Le visage livide d'Alexandre acheva de le renseigner. Il se baissa vers le corps inerte de la vache qui s'étalait, les yeux révulsés. Un peu d'écume avait séché au bord des naseaux et des traces de la saignée tachaient encore la paille de la litière. Après une minutieuse inspection, il eut une moue dubitative vers Alexandre :

— Elle était belle, ton amouillante[1], mais pas plus malade que toi et moi ! On lui a jeté un sort.

Léon et P'tit Blaise, qui surveillaient la scène, n'échangèrent qu'un bref regard. Fou de rage, Alexandre venait de lancer violemment son chapeau sur le sol. Une formidable colère déferlait en lui.

— Si je tiens celui qui a fait ça, menaça-t-il, en serrant ses poings jusqu'à les faire blanchir, je suis capable de le tuer !

Comme une traînée de poussière, l'histoire essaima dans tout Sept-Vents. Elle rebondit de bouche à oreille, s'enfla de rumeurs et de vaines suppositions. Certains se réjouissaient du malheur d'Alexandre, l'œuvre du diable punissait celui qui n'avait fait qu'amasser sans rendre grâce à Dieu. Les Delaunay n'avaient jamais fréquenté l'église avec assiduité et les biens du fils aîné suscitaient d'insidieuses jalousies. D'autres, au contraire, prirent son parti et l'encouragèrent.

Dès le lendemain, à la sortie de la grand-messe, Mélie apprit l'événement. C'était un beau dimanche. Sur les murs abrités, les jasmins fleurissaient en petites touffes jaunes et leur parfum entêtant montait dans l'air plus doux. En découvrant qu'on avait jeté un sort sur le troupeau d'Alexandre, elle n'eut d'abord qu'un frémissement puis elle pensa que les bêtes allaient être frappées les unes après les autres si rien n'était fait, alors seulement un élan de compassion la traversa.

Le souvenir d'Alexandre et de sa main tendue près du Boussigny surgit de nouveau. Elle regrettait sa véhémence mais comment réparer maintenant ? Midi sonna et le portail libéra un flot bavard de paroissiens qui envahirent le cœur de Sept-Vents. Un franc soleil illuminait les toits des maisons et les rues, brillantait les bonnettes

1. Vache qui va vêler.

amidonnées et la moire des chapeaux qui se faufilaient entre les voitures à cheval et de rares bicyclettes.

Mélie salua des connaissances et, tenant Juste par la main, elle se mêla à l'animation éphémère qu'un avant-goût de printemps accentuait.

Comme chaque dimanche, elle se rendait à Dampierre où vivait sa mère. Une lieue la séparait de celle dont Victor n'avait jamais accepté la présence sous son toit. « Je n'ai personne de mon côté, avait-il dit, je ne veux pas de ta mère non plus... »

Faute d'argent, Mélie ne pouvait prendre le tramway et se retrouva en contrebas du moulin de Boissel, le long des haies où fleuriraient bientôt les aubépines et les prunelliers. Elle surveillait Juste qui gambadait à ses côtés et ne prêta aucune attention à la voiture qui s'arrêta sur le bord opposé de la route. D'un ton prudent, une femme l'interpella :

— Nous pouvons vous rapprocher peut-être ? Nous allons aussi par là...

Assis à sa gauche, le conducteur semblait tout absorbé par son élégant demi-sang. Le menton un peu crispé, il fixait avec obstination le cheval et la route. Ce fut pourtant lui que Mélie reconnut tout de suite. Alexandre venait d'interrompre sa course vers la grand-route et Marie-Louise se penchait en l'invitant à monter. Raidie par la surprise, elle ne savait que faire. Accepter signifiait un début de réconciliation mais l'ombre de Victor planait au-dessus d'elle comme une menace. Seule la plainte du petit qui avait mal aux pieds la décida. En remerciant, elle finit par hisser son fils sur le siège arrière puis, aidée par Marie-Louise, monta à son tour.

La voiture ne tarda pas à reprendre son allure régulière et Marie-Louise fit quelques réflexions anodines sur le temps. Mélie répondait du bout des lèvres, détaillait en même temps les habits qui sentaient l'aisance. Le chapeau noir de celle qui était assise devant elle venait sans nul doute de la ville ainsi que son manteau de drap fin, gansé de velours, dont le bas s'ouvrait sur des bottines en cuir. Pour les dimanches et les fêtes, comme la plupart des femmes ici, Mélie ne possédait qu'une bonnette et une paire de sabots de rechange. Cette différence les séparait déjà, rendait impossible tout élan d'amitié. A la place, une envie de se battre germait en Mélie. Elle ne pouvait s'enliser dans cette survie quotidienne. Il lui fallait trouver une solution...

Elle se redressa sur le siège en cuir. Les premières maisons de Dampierre apparaissaient avec leurs toits de chaume et d'ardoise.

— Je vais descendre ici, si vous le permettez, dit-elle.

Alexandre tira sur les rênes avant d'accrocher son fouet sur le côté de la voiture puis il s'empressa d'aller ouvrir la porte. Avec légèreté, il souleva l'enfant et le mit par terre, sa main droite se tendit ensuite vers Mélie. Leurs yeux se croisèrent ; quelque chose passa qu'ils ne s'expliquèrent pas. Quand la main attendue rejoignit enfin la sienne sous l'œil vigilant de Marie-Louise, le trouble s'évanouit.

— Je vous remercie, dit encore Mélie, Juste avait si mal aux pieds...

Elle ne voulait surtout pas faire croire qu'il s'agissait d'elle. Sa fierté devait prendre le pas sur l'événement. En guise d'adieu, l'épouse d'Alexandre lui adressa un petit signe :

— Si vous avez besoin de quoi que ce soit, surtout n'hésitez pas, insista-t-elle. Votre vie n'est pas facile, nous le savons.

Sa phrase heurta Mélie comme un coup de poing. Elle allait réagir lorsque la voiture s'ébranla sous la traction du cheval. Alexandre ôta son feutre dans un geste courtois.

— A très bientôt ! cria-t-il.

Mélie resta sur la berme pour les regarder disparaître. Lorsqu'elle se détourna, tout son être n'était plus qu'un désir de revanche.

La petite maison des Letellier se dressait à l'entrée de Dampierre. Elle y pénétra après avoir franchi un minuscule jardin, encore déserté par la verdure en cette saison. Françoise, sa mère, veuve à quarante-cinq ans, vivait seule ici. Sa solide réputation de couturière faisait affluer les commandes. Auprès d'elle, Mélie retrouvait l'équilibre qui lui manquait. Quand, après la mort de son père, elle lui avait présenté Victor, Françoise Letellier avait vite jugé ce gaillard trop fanfaron et trop séduisant. En se renseignant sur son compte, partout elle avait obtenu la même réponse : « Il la rendra malheureuse ! » Par expérience et sagesse, elle avait compris que rien ne pourrait infléchir la décision de la jeune fille, déjà bien entichée du garçon. Le désaveu d'Anthime Delaunay avait confirmé Victor dans son rôle de martyr. Aussitôt après, Mélie l'épousa. Pendant des semaines, les villageois n'avaient pas cessé d'évoquer la drôle de noce où n'assistait aucun membre de la famille Delaunay. A la sortie de la messe, sur le perron de la petite église de Dampierre, un autre scandale s'était produit. La dernière « fiancée » de Victor, Alphonsine Lesage, jeune veuve au tempérament trop emporté, avait quitté précipitamment sa boutique de mercerie, « A la chèvre Arthémise », pour remonter d'une traite la rue principale et attendre le nouveau couple de pied ferme. A leur apparition, sous le nez du violoneux ébahi, elle avait brandi un fusil de chasse et tiré plusieurs coups en l'air en les insultant. Désarmée par le garde-champêtre, elle avait eu droit à un procès-verbal que le maire avait curieusement fini par annuler. Tout cela avait conforté Françoise dans son ressentiment envers Victor. Quand le naufrage du couple s'amorça et que les beuveries de l'époux devinrent légendaires, elle pensa qu'il fallait prier et se déplaça même en pèlerinage jusqu'à Notre-Dame-du-Bel-Air, dans le nord de la Bretagne. Mélie lui savait gré de sa discrétion.

En ce début d'après-midi, fidèle à son habitude, elle déposa une tarte aux pommes, cuite du matin, sur la nappe à carreaux qui protégeait la table. Le sourire de Juste effaça les mauvais souvenirs. Le soleil entrait par la vitre, dessinait des rais de lumière sur le bois usé des meubles, blondissant la croûte dorée du gâteau. Le petit pointa son doigt pour l'enfoncer dans la compote qui nappait la surface de la pâte. C'était ce geste qui amusait toujours les deux femmes et les unissait dans un rire détendu. Elles parlaient alors du pays, des nouvelles des uns et des autres jusqu'à ce qu'un fait plus important les marquât davantage. Cette fois, Françoise ne put éviter l'affaire de la vache ensorcelée. La veille, sur le marché, on l'avait mise au courant et ses soupçons s'étaient tout de suite portés sur un homme dont elle n'osait prononcer le nom.

— J'ai pensé à quelqu'un, dit-elle, et toi ?

Mélie mordit dans sa part de gâteau, redevenant un instant semblable à la petite fille qu'elle était autrefois. Son visage rond gardait des traces d'enfance, les prolongeait. Sa mère admirait toujours ses traits réguliers, sa peau et ses yeux clairs qui lui renvoyaient l'image de son propre passé. Elle aussi avait été belle et enviée. Mais sa beauté plus froide, plus distante n'avait pas résisté à la rigueur des jours.

Sans donner de suite à sa question, Mélie savoura d'abord sa première bouchée. Du dehors leur parvenaient des cris d'enfants qui jouaient le long de la route. Attirés par les prémices d'une saison plus clémente, ils s'égrenaient entre les talus et les prairies, piaillant comme une nuée d'oiseaux.

— Je sais à qui tu penses, déclara-t-elle enfin.

Mais avant de continuer, elle se tourna vers Juste :

— Tu peux aller jouer dans le jardin, si tu veux...

D'un bond, le petit s'éclipsa, laissant le champ libre à leurs confidences.

— Moi aussi, reprit-elle alors, en reposant sa part de gâteau ; et la tête inclinée sous le poids de ce qu'elle avait à dire, elle acheva : Je ne cesse de penser à Victor...

3

Une semaine plus tard, Alexandre fut réveillé en plein milieu de la nuit. Dans un sursaut, il ouvrit les yeux et s'assit sur son lit, essayant de percevoir encore ce qui venait d'abréger son sommeil.

Il avait choisi de se coucher tôt, éreinté par une longue journée consacrée à l'entretien de ses clôtures et au nettoyage des fossés qui bordaient ses champs. Léon et P'tit Blaise qui l'avaient aidé n'avaient pas résisté non plus. Des giboulées, portées par un fort vent du nord, tombaient en rafales, frappaient les vitres et la toiture. Il crut qu'il avait rêvé. Depuis la perte de la Demoiselle, il ne se sentait plus tranquille ; ses nuits se peuplaient souvent de peurs confuses. Il soupira et s'étendit à nouveau. Sans doute ne s'agissait-il que des gémissements du vent ? Il allait se rendormir lorsqu'un cri s'éleva, suivi de longs hennissements de bêtes affolées. Cette fois, il bondit hors de son lit, enfila à toute vitesse son pantalon et sa veste pliés sur une chaise et dévala les escaliers. Au-dehors, une lueur inquiétante éclairait la nuit et la voix aiguë de Léon montait dans des grondements sourds, entrecoupés de craquements :

— Patron ! Au secours ! Vite...

Il réalisa tout de suite ce qui se passait. Sur sa droite

où s'alignaient quelques-uns des bâtiments de sa ferme, l'écurie avait pris feu. Léon et P'tit Blaise couraient dans tous les sens, versaient des seaux d'eau tirée du puits, situé au centre de la cour.

— Les chevaux ! Les chevaux ! s'époumona Alexandre.

Les flammes s'échappaient de la bâtisse, se nourrissant de paille sèche et de foin. Elles s'élevaient, dévorantes, implacables, consumant peu à peu le chaume du toit et le bois des stalles. Aussitôt, des voisins accoururent en renfort. Avec Marie-Louise, ils formèrent une chaîne du puits à l'écurie mais il manquait des bras.

Après un début de panique, un calme méthodique les saisit. Ils avaient conscience qu'il fallait agir vite et bien. En tête de la file, Alexandre les encourageait sans cesse. L'obsession de ses chevaux brûlant vifs le submergeait de désespoir. Il en avait bien vu certains sortir à temps mais il ne savait pas combien. Par chance, les giboulées continuaient de tomber, facilitant le travail. Personne ne se plaignait du froid ; une solidarité impromptue avait joué, rassemblant tous ceux que les lueurs de l'incendie et les clameurs avaient alertés. La lutte ne cessa qu'au petit matin après qu'Alexandre eut donné le signal de l'arrêt.

Sur la barrière des collines, le jour déployait une écharpe incandescente. Même le ciel semblait avoir pris les couleurs du feu. Tous se regardèrent. De l'écurie ne restaient que des poutres noircies et une partie du toit. Le sol jonché de cendres fumait encore. Un cercle silencieux entoura Alexandre qui tentait d'évaluer le sinistre. P'tit Blaise, qui avait donné l'alerte, s'approcha de lui. Ses habits étaient déchirés et il portait des ecchymoses provoquées par les chevaux effrayés.

— Je ne sais pas ce qui s'est passé, dit-il, j'ai été réveillé par les bêtes qui se cabraient. Tout de suite, j'ai pensé au feu.

Alexandre cherchait maintenant un coupable. Il se tourna vers Léon.

— Et toi ?

— Rien entendu non plus, patron. J'étais de l'autre côté.

Un voisin conseilla de rattraper les chevaux qui s'étaient enfuis. Blaise et Léon obéirent et quittèrent le groupe. Tremblant encore sous le choc et le froid, Marie-Louise invita alors tous ceux qui avaient prêté main-forte à venir dans la salle de la ferme pour boire une eau chaude, mélange de cidre et d'alcool. Prostré, assis sur la margelle du puits, Alexandre ne bougea pas.

Il entendit à peine le retour de Léon et sa phrase rassurante :

— Les six chevaux sont là, patron, on les a retrouvés !

Un nom, un visage s'imposaient à lui dans une évidence terrible, creusaient un sillon irréductible qui exigeait vengeance et réparation immédiates. Déterminé, il marcha d'un pas lourd jusqu'à la ferme où les autres buvaient la goutte revigorante.

Un silence impressionnant accueillit son entrée. Marie-Louise comprit que quelque chose de grave allait advenir et qu'elle ne pouvait l'empêcher.

Sans un regard vers ceux qui se trouvaient là, Alexandre se dirigea vers la cheminée et, d'un geste, ôta le fusil accroché sur le manteau, puis, avec ce calme qui les pétrifiait tous, il prit son chapeau, l'enfonça sur sa tête et sortit.

L'horizon tout à l'heure rougeâtre se délestait des derniers lambeaux de nuit. A cette heure si matinale, Alexandre croisa quelques silhouettes qu'il ne vit même pas. Il allait sûr de lui, mû par une volonté qui le dépassait où se mêlaient de vieilles rancœurs et l'image lointaine de sa mère. Tandis que ses bottes s'enfonçaient dans la terre molle et détrempée, des corneilles égarées planaient et craillaient au-dessus des champs qu'il contournait. Aveugle et sourd à leur tapage, il avançait, la main serrée sur la lanière du fusil qu'il portait en bandoulière. Par prudence, il évita le centre du bourg et emprunta un chemin transversal qui menait à la ferme isolée. En arrivant devant la barrière, il s'arrêta un instant. Depuis combien d'années n'était-il pas venu ici ? Jusqu'à aujourd'hui, il avait toujours évité cet endroit, préférant même rallonger ses trajets plutôt que de risquer une rencontre indésirable. Ce qui s'étalait sous ses yeux ne sentait pas la véritable misère mais une simplicité presque réduite à un dépouillement. Deux modestes bâtiments qui avaient dû héberger des bêtes laissaient leurs portes abîmées claquer sous les assauts du vent. Le jardin lui-même, mal entretenu, semblait en partie abandonné mais à l'intérieur de l'habitation des lampes à pétrole étaient allumées.

Il se prépara, fit glisser le fusil de son épaule en vérifiant l'état du chien puis ouvrit la barrière, le canon en avant. Pas un aboiement ne retentit à son arrivée, seules quelques volailles lancèrent des caquettements stridents et s'ébrouèrent dans un froissement de plumes. D'un violent coup de pied, il fit céder la porte d'entrée de la maison et surgit dans l'embrasure :

— Où est Victor ? hurla-t-il.

Plus morte que vive, Mélie se jeta sur Juste et le cacha dans sa longue jupe. Comme le petit sanglotait, elle articula quelques mots pour essayer d'apaiser Alexandre :

— Je ne sais pas où il est. Je ne l'ai pas vu depuis deux jours.

Elle s'efforçait en même temps de ralentir les battements désordonnés de son cœur. Malgré l'effroi qui la paralysait, elle voulait tenir tête, résister à l'affolement. D'un regard circulaire, Alexandre examina la pièce puis il ferma la porte derrière lui et s'approcha de l'escalier.

— Je le trouverai, je le trouverai, répétait-il.

Alors qu'il montait, Mélie serra son fils dans ses bras.

— Ce n'est rien, le consola-t-elle, il n'est pas méchant, il est en colère, c'est tout !

Après un rapide tour de la chambre, Alexandre, déçu, réapparut en haut des marches. Il remit son fusil à l'épaule et descendit le vieil escalier de bois en le faisant geindre. Son emportement paraissait assagi. Mélie qui avait réussi à réconforter Juste en profita pour l'envoyer jouer dans la remise :

— J'irai te rejoindre, promit-elle en l'éloignant au-dehors.

Lui à l'abri, elle se sentait de taille à affronter Alexandre. Il la dépassait d'une bonne tête et sa large carrure lui donnait une imposante assurance mais elle n'avait plus peur. Placide, il posa son fusil sur la table et s'empara d'une chaise pour s'asseoir. Le climat de terreur et d'angoisse avait disparu. A sa place ne restaient qu'un homme accablé et une femme qui voulait comprendre.

— Mon écurie a brûlé, commença-t-il à raconter, quelqu'un a allumé le feu, j'en suis persuadé.

Il leva des yeux suppliants vers Mélie :

— C'est lui, n'est-ce pas ? Dites-moi que j'ai raison !

En guise de réponse, elle reprit la phrase qu'elle avait déjà prononcée :

— Il n'est pas rentré depuis deux jours. Je ne sais rien d'autre.

Debout devant lui, elle l'observait, sentait tout le poids de son découragement mais ne savait comment réagir. Cet homme qu'une fureur sans nom avait presque rendu criminel était retourné, tout à coup, à cette part démunie de l'enfance qui perdurait en lui. Elle eut envie, comme elle le faisait pour son enfant, de caresser son front. L'apaisement devait venir, tout cela n'était qu'un malentendu. Comme s'il avait perçu son désir, Alexandre relâcha les dernières tensions de son corps et frissonna.

— Voilà des années qu'il me hait, reprit-il à voix plus basse, et c'est pourtant lui qui a causé la mort de notre mère !

L'émotion affleurait dans ses paroles, Mélie crut même qu'il allait pleurer. Avec ce qu'il venait de dire, elle réalisait l'énorme fossé qui séparait les deux frères ; l'un accusé injustement d'une mort dont il n'était pas responsable et l'autre faisant tout pour se venger de cette accusation.

— Dans cette histoire, déclara-t-elle, il n'y a pas de vrai coupable, il n'y a que des victimes.

Etonné, Alexandre la fixa. Il la retrouvait intacte comme elle lui était apparue près du Boussigny. Ses longs cheveux attachés en chignon, d'où s'échappaient des petites mèches blondes, scintillaient sous le rare soleil qui perçait les nuages, au-delà de la fenêtre. A cet instant, il ne put s'expliquer pourquoi il éprouva le besoin de tendre sa main vers elle. Il ne souhaitait surtout pas l'effaroucher après ce qui s'était passé, mais il avait envie qu'elle réponde à son appel. Elle hésita puis sa main se blottit dans la sienne. Il n'y avait plus le regard de Marie-Louise pour surveiller l'élan qui les rapprochait ainsi. Alors, Alexandre attira Mélie et ses bras se refermèrent sur elle. Ils restèrent enlacés l'un contre l'autre sans se parler. Elle écoutait ce corps d'homme fort et attentif qui respectait son simple désir de chaleur et de tendresse. Auprès de lui, elle aurait pu passer tout le jour si Juste n'était apparu sans crier gare.

— Maman ! je t'attends ! reprocha-t-il.

Gênée, Mélie s'écarta d'Alexandre. Le temps reprenait ses exigences. Elle rectifia ses cheveux, tira sur son tablier.

— Il ne faut pas que Victor sache que vous êtes venu ici !

Alexandre s'était déjà emparé de son fusil et s'apprêtait à partir.

— Il ne le saura pas, répondit-il, si personne ne lui dit.

Mélie saisit l'allusion, caressa la joue de son fils.

— J'ai confiance en lui. Si je lui demande, il ne répétera rien !

Silencieux, Alexandre hocha la tête avant de rejoindre la porte. Sur le seuil, il huma l'air vif à la façon d'un renard qui se méfie des attaques.

— La pluie va reprendre, commenta-t-il, je dois rentrer.

Il esquissa quelques pas jusqu'à la barrière.

— Au revoir, lança-t-il.

Il allait ajouter quelque chose mais, au dernier moment, il se ravisa et s'éloigna sur le chemin qui l'avait conduit ici. Une pluie drue succéda à son départ. Son crépitement continu giclait sur le sol de la cour, lavait les empreintes de ses bottes sur l'argile boueuse. C'était comme si la nature elle-même avait décidé que rien ne devait subsister de son passage. En s'en apercevant, Mélie ferma les yeux :

— Seigneur, pria-t-elle, donnez-moi du courage !

Victor allongea le bras, toucha le corps alangui de Rose qui dormait à ses côtés. Un flot de lumière entrait, dépassait des rideaux suspendus à la fenêtre de la chambre. A l'intensité du jour, il réalisa que la matinée devait être bien avancée. Depuis deux jours et deux nuits qu'il avait élu domicile à Villers, à l'auberge de la Poste, il n'avait pas vu les heures s'écouler. De temps en temps, il profitait du marché aux bestiaux ou de la fête des comices agricoles qui attirait la foule des environs, pour retrouver ici ses « vrais amis » comme il disait : ceux qui payaient généreusement les tournées attendues ou lui prêtaient l'argent qu'il jurait de rendre aussitôt. Grâce à eux, il pouvait montrer à Rose, la servante de l'auberge, le billet qu'elle convoitait : « C'est pour toi, ma belle, si tu es gentille ! »

Rose n'était ni farouche ni compliquée. Avec elle, l'amour coulait de source. Ses trente ans avaient déjà alourdi son corps et cerné ses yeux où se lisait à certains moments une résignation pathétique. Mais Victor ne percevait en elle que la docilité à satisfaire son désir.

Il décida de se lever sans faire de bruit et repoussa le drap rêche en toile de chanvre avant de s'étirer, satisfait. Il s'était couché très tard. Posté près de l'église, l'œil aux aguets, il avait cru discerner des reflets rougeoyants dans le ciel chargé. Il s'était alors revu apostrophant Jules, le taupier jeteur de sorts de Saint-Pierre-du-Fresne : « J'ai encore quelque chose à te demander ! »

Son réseau de relations utiles se ramifiait dans tout le pays. Il savait qui aller voir et pour quoi. D'instinct, il s'était éloigné de quelques lieues de Sept-Vents ; il valait mieux que son affaire ne s'ébruitât pas.

Jules Decaen rendait volontiers service à qui lui apportait quelques bonnes bouteilles en échange. Une fois de plus, moyennant un calva, de dix ans d'âge, il avait tout de suite obtempéré à sa demande.

Après une grimace de contentement, Victor se déplaça du lit à la fenêtre pour soulever un rideau. Le temps clair l'appelait au-dehors. Il avait envie de marcher sur la grand-route qu'il entrevoyait par-delà les bouquets d'arbres, le long des maisons et des haies. Elle chatoyait encore mouillée de pluie sous un timide soleil. Il se décida et laissa Rose qui s'éveillait.

Dès son arrivée dans la salle de l'auberge, il fut accueilli par des remarques grivoises, accompagnées de gros rires. Des buveurs impénitents l'apostrophaient déjà pour qu'il se joignît à eux mais il les évita. La satisfaction passée, un étrange sentiment prenait sa place. Il lui fallait être seul, s'éloigner de ce qu'il venait de vivre dans la turbulence et l'excès. D'un geste distrait, il salua la compagnie qui s'esclaffait et sortit.

Quelques nuages assombrissaient le ciel, dissimulaient le soleil par à-coups, faisant clignoter la lumière. Victor retrouva la petite ville, ses passants, son lendemain de foire qui offrait des rues salies sous les allées et venues des bestiaux. Le choc de la nuit amorti, les vapeurs d'alcool dissipées, il se voyait, face à sa solitude. Après une joie fugace, le doute, le dégoût surgissaient. Abandonnant les artères principales, il s'enfonça dans la campagne, longea des champs bordés d'ormes et de sorbiers où paissaient des troupeaux de vaches. Entre les talus et les fossés, des genêts se mêlaient aux fougères et aux ajoncs. Le vent froid disparu, la promesse des beaux jours regonflait de sève arbres et plantes. Il s'arrêta près d'une rangée de troènes et s'assit sur une souche qu'on avait sciée. Il ne regrettait pas vraiment l'acte qu'il avait commandité, il ne pensait qu'à

Mélie, à ce qui l'avait poussé à venir jusqu'ici chercher un réconfort illusoire auprès de Rose.

La veille de son départ, lorsqu'il était rentré dans la cour de leur ferme, l'après-midi touchait à sa fin mais le ciel dégagé gardait toute sa clarté. C'est en levant les yeux qu'il l'avait aperçue et son sang n'avait fait qu'un tour. Allongée sur le toit de chaume de leur maison, sans accorder d'importance au danger, Mélie réparait les parties endommagées par lesquelles l'eau s'était infiltrée à plusieurs reprises. « Descends immédiatement ! C'est trop dangereux ! » s'écria-t-il. La peur qu'elle ne glisse et se fracasse sur le sol le mettait hors de lui. Il courut jusqu'à l'échelle, appuyée contre le mur, et la tenant de ses deux mains, il ordonna à nouveau : « Nom de Dieu ! Descends ! »

Mélie n'avait pas fini mais elle redoutait sa violence. Elle était montée sur ce toit parce qu'ils n'avaient pas l'argent nécessaire pour les réparations et parce qu'elle voulait aussi relever le défi qu'elle s'était lancé à elle-même. Remplaçant sa longue jupe par un vieux pantalon de toile pour faciliter la tâche, elle avait même laissé ses sabots au bas de l'échelle.

« Je viens ! » lui répondit-elle à contrecœur !

Elle avait réussi à colmater deux brèches mais ne savait combien de temps elles résisteraient. Ses pieds nus s'arc-boutaient sur la paille, trouvaient les bons appuis que sa silhouette légère et gracile repérait en se mouvant avec aisance.

Là-haut, une immense impression de liberté l'avait saisie. Le ciel lui paraissait à portée de main et le paysage qu'elle découvrait rompait la monotonie de son quotidien. Longtemps avant de commencer, elle avait regardé autour d'elle. Sans vertige ni frayeur, ses yeux s'étaient perdus dans le lointain jusqu'à l'horizon qui s'étendait au-delà de Caumont vers les plaines dont elle avait toujours rêvé. Le Bessin miroitait sous une lumière blonde. Elle était certaine de distinguer ses champs, ses herbages presque en fleurs et ses fermes où la vie s'écoulait comme une eau jaillit de la terre, palpitante et limpide. Quelque chose s'était alors dénoué en elle ; semblable à cette émotion que la phrase perfide de Marie-Louise avait déclenchée sur la route de Dampierre.

A regret, elle était descendue du toit, obéissant aux appels exigeants de Victor qui ignorait tout de ses choix. Il n'avait pas compris sa démarche, n'en avait retenu que l'audace et la force qui le dépassaient.

Deux jours plus tard, loin d'elle, assis sur la souche d'un arbre abattu, il continuait de penser à leur dispute et à son refus de se laisser aimer, ce soir-là. Il avait fui parce qu'elle échappait à son emprise et qu'il ne le supportait pas.

Devant lui, des convois attelés débouchèrent sur la grand-route qui conduisait au Mont-Saint-Michel. On entendit des claquements de fouet, des grincements de roues et quelques « Holà » jetés par les cochers à leurs chevaux. Le jour suivait son cours avec son cortège d'habitudes, animait les routes et les chemins d'un va-et-vient renforcé par l'approche de la belle saison. Avant de prendre le train puis le tramway qui allaient le ramener à Sept-Vents, Victor imagina qu'il devrait bientôt se louer comme journalier dans un autre pays, peut-être le Cotentin ou la Bretagne ? Il espérait faire d'autres rencontres. Sa vie ici ne lui suffisait plus. Passer ailleurs le printemps et l'été, c'était aussi changer Mélie. A son retour, il en était sûr, elle l'attendrait comme avant, lorsqu'il venait la chercher chez sa mère et qu'elle se tenait au bout du chemin, droite et simple, les yeux pleins d'amour, prête à l'écouter et à le croire envers et contre tout. Pour ce regard-là, il aurait pu tout pardonner, tout oublier comme il oubliait déjà Rose et leurs étreintes sans passion.

Quand il arriva à Sept-Vents, le soir ombrait les hauteurs vers Caumont, les couvrant de larges pans gris et brumeux. Un air plus sec avait succédé au vent et à la pluie. Il emprunta son chemin habituel qui contournait le centre du bourg. Plus bas, au lieu-dit des Fontaines, des bruits de voix le surprirent et l'incitèrent à se cacher derrière des hêtres. L'abbé Pelvey conversait avec Thomas, le cantonnier. Ils venaient sans doute de se croiser car ils n'échangeaient que des banalités sur le temps et les cultures. En s'excusant, le curé prit congé.

— On m'attend chez Alexandre Delaunay, dit-il.

— Je vois pourquoi... répondit Thomas.

Avant de s'éloigner vers le haut du bourg, l'abbé lui demanda encore de joindre ses prières aux siennes puis sa silhouette noire et courtaude disparut derrière des bosquets qui masquaient le chemin. Victor choisit cet instant pour se montrer. Son balluchon de voyage sur l'épaule, il fit irruption devant le cantonnier.

— Tiens ! Tu es de retour... remarqua ce dernier, sans manifester le moindre étonnement.

— J'étais à Villers pour la foire aux bestiaux.

Méfiant malgré lui, Thomas fronça les sourcils :

— C'est mieux pour toi que tu n'aies pas été là !

— Pourquoi donc ?

Victor feignait l'innocence avec une candeur calculée, mais les deux hommes se mesuraient dans un jeu qui consistait à ne pas être dupe tout en le faisant croire.

— Chez ton frère ! l'écurie a brûlé.

Thomas dévisagea avec insistance Victor qui ne bronchait pas. Autour d'eux, le jour faiblissait de plus en plus, des corbeaux croassèrent avec des battements d'ailes en se posant sur les arbres.

Sur un ton neutre, Victor questionna encore :

— Et les chevaux ?

Le cantonnier plongea son regard perçant dans le sien :

— Pas de casse ! Ils ont tous été sauvés et le curé est parti chez lui pour désensorceler sa maison et ses bêtes. Allez ! termina-t-il, je dois rentrer, souhaite donc le bonjour à Mélie !

Il replaça sa bêche et sa faux sur son épaule et se détourna de celui qui restait coi, méditant ses paroles.

Quand, peu de temps après, Victor retrouva la ferme, Mélie finissait de donner à manger à Juste. Elle ne répondit pas à son « Bonjour ! » trop enjoué et laissa l'enfant se précipiter vers lui. En riant, il le souleva de terre pour le faire tournoyer tandis qu'elle versait deux louches de soupe dans un bol et préparait un morceau de fromage avec ce qui restait de cidre et de pain. Victor prit place à table. Un climat pesant envahit la pièce. Il attendit qu'elle couchât le petit pour oser enfin lui parler :

— Dès les premiers beaux jours, fit-il, j'irai me louer vers Saint-Lô ou Coutances.

Assise au bout de la table, Mélie avait croisé ses mains sur son tablier. Elle s'inquiéta :

— Et comment ferai-je pour Juste ?

— Je laisserai un peu d'argent. Avec ton travail régulier de blanchisseuse, il ne manquera de rien.

Comme il sentait qu'elle le soupçonnait de quelque forfait inavoué, il secoua la tête :

— Ce n'est pas ce que tu crois. J'ai besoin de quitter le pays sinon je suis capable de faire des bêtises.

— C'est à cause d'Alexandre, n'est-ce pas ?

La cuillère qu'il tenait s'échappa de sa main et roula sur la table. Il repoussa son bol.

— Quand je vois ses champs, ses bêtes, ses fermes qui me narguent comme autant d'insultes, j'ai envie de le tuer ! Il m'a volé. Avec le père, ils ont toujours été de mèche pour me gruger de tout. L'héritage a été partagé en tirant à la courte paille devant un notaire véreux. Tout était joué d'avance !

Un rictus déforma ses traits. Il remplit de cidre la moque vide posée devant lui et la but d'un trait avant de se diriger vers la fenêtre.

— Il paraît qu'on t'a vue avec lui... acheva-t-il, le dos tourné.

Un court silence suivit sa phrase puis Mélie indifférente commença à débarrasser la table.

— Je me débrouillerai pour le petit, et pour moi, commenta-t-elle, ne l'ai-je pas toujours fait jusqu'à présent ?

Victor quitta la vitre où le paysage s'estompait dans l'obscurité de plus en plus dense.

— Je vais me coucher, dit-il.

Il monta seul et sans illusion vers la chambre. Cette nuit-là, Mélie s'endormit auprès de Juste.

4

« Aux premiers beaux jours, je partirai », avait-il dit. Il tint parole.

Un petit matin clair d'avril, Victor ne prit qu'un sac de toile où s'entassaient quelques affaires de rechange. Mélie l'accompagna jusqu'à la route.

— Je te donnerai des nouvelles, fit-il, je ne sais pas encore comment...

Il voulut l'attirer contre lui mais elle résista.

— C'est mieux ainsi, crois-moi ! reprit-il. Quand je reviendrai à la Saint-Gilles, nous récolterons les premières pommes pour le cidre... Je ramènerai de l'argent et des cadeaux pour le petit et toi.

Mélie se taisait. Un vent presque tiède soulevait quelques boucles de ses cheveux. L'une de ses mains agrippa la barrière de la cour comme si elle cherchait un appui. Victor accrocha le sac sur son épaule. Il avait plusieurs lieues à parcourir mais comptait sur l'opportunité de quelque carriole. Une dernière fois, il étendit le bras vers elle pour toucher ses cheveux. Elle retint son émotion et inclina la tête pour que sa joue frôle la main offerte.

— Prends bien soin de toi et du petit ! recommanda-t-il.

Puis, comme s'il voulait faire vite, il baissa les yeux et, les lèvres serrées, s'en fut.

Longtemps, Mélie fixa le tournant du chemin où il disparut. Une page de sa vie se tournait, emportée par les pas de celui qui la laissait. Enfouissant son visage dans ses mains, elle chancela et s'assit sur une grosse pierre qui saillait hors des herbes tendres. Elle aurait pu rester là, donner libre cours à son chagrin et se délivrer de cette impression d'abandon qui l'accablait. Elle n'en fit rien. Toute l'énergie qu'elle avait accumulée depuis son enfance lui revint. Elle tendit son front vers le ciel. Sa vraie vie n'allait-elle pas commencer maintenant ? N'était-ce pas d'abord à Juste et à son avenir qu'il fallait penser ? Il apprendrait à lire, à écrire et à compter, ne ressemblerait pas à son père qui fuyait toujours vers d'autres horizons. Elle quitta la pierre où elle venait d'échouer. Plus bas, des ânes flanqués de bidons de lait montaient le chemin en brayant. Assises en amazone sur leur dos, des laitières revenaient déjà de la traite. Le temps pressait. Mélie se dépêcha de rentrer pour habiller Juste et se rendre avec lui à l'école des garçons. Depuis peu, un jeune instituteur, frais émoulu de l'école normale de Caen, y prenait en charge une trentaine d'élèves. Elle le connaissait par sa réputation de bon maître. Elle traversa la petite cour encombrée de bousculades, de rires et de cris d'enfants que la récréation venait de disséminer comme un vol d'étourneaux. En l'apercevant, le jeune homme vint à sa rencontre ; il la salua avec déférence et s'intéressa tout de suite au petit qui le dévisageait d'un air curieux.

— Il est trop jeune, dit-il d'emblée, il faut attendre au moins un an !

Mélie avait prévu sa réflexion. Ses yeux bleus supplièrent :

— Il a tant envie d'apprendre, insista-t-elle, je suis certaine qu'il va faire de rapides progrès...

Un moment, l'instituteur hésita puis il dit de nouveau avec regret :

— Je ne peux pas, je vous assure...

Il espérait qu'elle allait comprendre et s'en aller sans s'appesantir mais elle le saisit par l'une de ses manches.

— Je vous en prie, implora-t-elle, Juste ne doit pas ressembler à son père qui n'a jamais fréquenté l'école. Moi-même je sais à peine écrire et compter. Avec l'instruction, il sortira de chez nous et s'installera à la ville.

Pensif, le jeune maître lissa sa moustache. Comment résister à cette jolie femme ? Il se perdit dans la contemplation de ses souliers, pressentant que son refus pouvait entraîner quelque chose de terrible chez elle.

— Bon, je vais le prendre à l'essai pendant un mois, finit-il par dire. Qu'il vienne demain à huit heures !

Elle porta les poings fermés à sa bouche comme font les enfants devant un jouet neuf.

— Merci. Oh ! merci, répéta-t-elle.

Presque aussitôt, la cloche qui marquait la fin de la pause se mit à tinter... Pour sortir, elle dut se frayer un passage parmi les élèves qui accouraient. La voie qu'elle s'était tracée s'ouvrait enfin. Il n'y manquait qu'une autre étape, sans doute la plus redoutable.

En passant par le lavoir, elle confia le petit aux blanchisseuses qui s'étaient regroupées. De loin on entendait leurs coups de battoir et les bourdonnements de leurs voix qui se mêlaient au chuintement de la rivière. L'écho grossissait à travers les arbres puis se perdait au gré du vent qui soufflait sur les champs et les vergers. La vie reprenait avec les chants d'oiseaux et les jeunes pousses qui perçaient la terre. Elle s'arrêta pour cueillir des digitales et quelques fleurs roses du pain à coucou. Sans qu'elle se l'explique, le souvenir d'Alexandre l'effleura. Que faisait-il donc en ce moment ? Quel chemin avait-il choisi de suivre depuis qu'elle ne l'avait revu ?

Elle pensa que le renouveau qui éclatait partout autour d'elle pouvait aussi séparer ou meurtrir. Et, lorsqu'elle frappa à la porte de Baptiste Roussel, comme pour lui donner raison, les fleurs s'étaient déjà fanées dans sa main. D'un geste, elle les dispersa.

Baptiste était un homme dur et froid. Seule lui importait sa renommée de meilleur couvreur en paille de la région. Il écouta Mélie dans un silence discret, enroulant en même temps des cordes et vérifiant leur état. A quelques pas derrière lui, ses deux ouvriers n'arrivaient pas à contenir un sourire narquois. Mélie parla de tout son cœur, raconta cette passion qui s'était allumée en elle comme un brasier. Elle était certaine de pouvoir monter sur les toits ; sa taille, sa légèreté se jouaient des obstacles. Avec fougue, elle aligna l'un après l'autre les arguments les plus convaincants, rosissant sous l'élan de la foi qui la transportait. Lorsqu'elle s'arrêta, tout son visage semblait suspendu à la réponse du couvreur. Sans se presser, Baptiste Roussel remit les cordes qu'il venait d'inspecter à l'un de ses ouvriers et, d'un coup de menton, fit signe aux deux hommes de s'éloigner. A près de soixante ans, la longue pratique de son métier lui avait donné la peau mate et rugueuse de ceux qui travaillent sans cesse au-dehors. Une grande ride barrait son front, accusant l'austérité de ses traits d'où ne s'échappait aucune trace de faiblesse. Artisan avant tout, il en avait trop vu et trop entendu chez ceux qui l'appelaient pour manifester étonnement ou ironie. Tranquille et dans un mouvement protecteur, il posa sa main sur l'épaule de Mélie :

— C'est pas pour une femme ! déclara-t-il seulement et l'accent de sa voix résonnait comme une sentence définitive.

Poliment, il fit mine de soulever sa casquette pour dire au revoir à celle qui le regardait toujours.

— Au plaisir, madame Delaunay ! ajouta-t-il en rejoignant la cour où l'attendaient ses ouvriers. Je ne peux pas faire grand-chose pour vous !

Il monta ensuite dans sa carriole et, comme si rien n'avait eu lieu, encouragea son cheval d'un « Ho ! » sonore pour le mettre en route. La gorge sèche, Mélie dut faire demi-tour.

Jusqu'au soir et la nuit suivante, elle s'interrogea.

Peut-être n'avait-elle nourri qu'un rêve ? un projet trop ambitieux ? Le danger existait mais elle se sentait capable de l'affronter. Tout au long de son enfance, n'avait-elle pas aimé le risque ? Celui que son entêtement et son courage lui faisaient surmonter sans cesse ? Avec Victor, elle s'était assagie parce qu'il la voulait obéissante, identique à un idéal que la naissance de leur fils avait renforcé. Mais souvent, en berçant son petit Juste, Mélie s'était répété qu'il réaliserait ce qu'elle n'avait jamais pu accomplir. Jour après jour, elle l'avait entouré et choyé pour cela, acceptant même dans cette attente un travail de laveuse qui ne rapportait que quelques sous. Accroupie au bord de la rivière, quand ses gestes mécaniques libéraient son esprit, elle continuait pourtant d'entendre les paroles de son père : « Toi, lui disait-il, tu remplaceras ton frère qui n'a pas vécu. » Resurgissait alors le souvenir d'un nom qui avait hanté ses années d'enfance. Elle revoyait : « Jacques Letellier 1882-1884 » inscrit sur la petite tombe du cimetière de Dampierre où on l'emmenait régulièrement. Au fil des ans, en dépit des compliments sur sa féminité, elle n'avait pu tout à fait se détacher de cette ombre.

Que se passait-il donc aujourd'hui ? Sur quel obscur chemin son destin voulait-il la pousser, alors qu'elle se retrouvait seule et encore humiliée par l'obsédante phrase de Marie-Louise ? Mélie avait beau réfléchir, soupeser le pour et le contre, c'était un appel secret qui l'enfiévrait. Elle devait aller plus loin, se battre encore. L'argent qu'elle gagnerait servirait aussi à Juste. Elle lui achèterait enfin ce violon qu'il avait remarqué à la dernière fête de la Saint-Jean. Sous une nuit chaude et étoilée de juin, quand la farandole s'était formée, prête à s'élancer le long de la Drôme, illuminée des traditionnels brandons, médusé, il avait désigné le violoneux : « Je voudrais jouer aussi, maman ! »

Dans ses yeux, elle avait lu une telle fascination, un tel espoir qu'elle s'était juré, coûte que coûte, de lui en offrir un.

L'arrivée du matin la tira d'un repos sans sommeil, plein d'interrogations et de doutes. Elle colla son front soucieux contre la fenêtre de la chambre. La journée s'annonçait encore belle et ensoleillée. Le chant du coq salua l'aube comme un hymne au printemps qui s'installait. Avec précaution, elle embrassa Juste pour le réveiller :

— Viens ! lui souffla-t-elle, tu vas retrouver les grands à l'école.

Il ouvrit les yeux, esquissa un sourire. Pour elle, pour tout ce qu'elle lui avait déjà dit, il n'avait pas peur. Avant qu'il ne se lève, une dernière fois, elle lui caressa la joue :

— Si tu apprends bien, murmura-t-elle, je ne sais pas encore comment mais je te le promets, tu l'auras ton violon !

Mélie s'apprêtait à monter jusqu'au marché de Caumont pour y vendre des œufs et quelques volailles, lorsque le facteur la héla de la barrière.

— Des nouvelles pour vous, madame Delaunay !

Il tombait une pluie fine qui mouillait sa pèlerine et sa bicyclette au guidon haut et retourné. Il s'attarda comme s'il attendait qu'elle ouvre l'enveloppe et lui en livre le contenu mais elle s'empara de la lettre, remercia et la mit au fond de son panier :

— Je n'ai pas le temps, je la lirai en route, dit-elle.

Il parut déçu puis, à regret, enfourcha son vélo.

— Alors, bonne journée ! souhaita-t-il.

Mélie suivit son sillage qui se perdit vers d'autres fermes. Bientôt, il ne resta plus que le grésillement de sa sonnette qu'on entendait de loin en loin. Le cœur plus léger, elle reprit son trajet. Au-dessus d'elle, les nuages s'écartaient déjà. Des pans de soleil s'échappaient, envoyant une lumière changeante qui irisait les feuilles et les arbres encore humides. Après avoir dépassé le haut du bourg, elle souffla un instant, posa par terre le grand panier où s'entassaient les volailles qu'elle avait dû elle-même tuer et plumer. Là, à l'abri des regards indiscrets, elle prit la lettre de Victor et l'ouvrit. Quelqu'un l'avait écrite pour lui. Les mots tracés à l'encre noire s'alignaient dans de savants pleins et déliés. Elle admira d'abord le dessin des arabesques avant de commencer à les déchiffrer. Victor racontait qu'il avait trouvé du travail près de Coutances dans une imposante ferme qui employait trois ouvriers. Malgré la sévérité de son patron, il comptait rester là pour les moissons. Il disait aussi que le petit lui manquait et qu'il pensait bien à lui et à elle, à tout ce qu'il n'avait pas su leur donner et qui prenait aujourd'hui une autre dimension. Pourras-tu me pardonner ? demandait-il encore comme s'il avait besoin qu'elle le rassure. Il terminait en promettant de lui réécrire bientôt si quelqu'un acceptait de le faire à sa place.

Mélie replia la lettre. Elle ramassa son panier et continua de marcher. Au fur et à mesure qu'elle approchait de Caumont, le souvenir de Victor se diluait sous le soleil. Elle n'avait plus rien à lui pardonner, ne souhaitait qu'une chose : gagner encore un peu de temps.

Quand elle entra dans Caumont, la place du marché fourmillait déjà d'étals et de marchands. Chaque semaine, tous les habitants des environs affluaient par grappes à cet immanquable rendez-vous. Des hommes portant « blaude » et casquette se mêlaient aux longues jupes et aux bonnettes des femmes endimanchées. Une joyeuse effervescence bouillonnait dans une cacophonie de cris de bêtes et de gens. Sous la poussée du vent, des effluves savoureux de galettes de sarrasin et de viandes grillées se répandaient parmi la foule.

Mélie réussit à se faufiler non loin du portail de l'église où elle trouva un endroit pour s'installer. Devant elle, aux côtés du curé, un étrange petit attroupement discutait avec animation en regardant le clocher. Intriguée, elle s'approcha. Cette nuit, entendit-elle, le vent avait fait tomber le coq en fer forgé qui coiffait la haute flèche. Le curé expliquait qu'avec l'approche des fêtes pascales, cet emblème qui symbolisait le reniement de saint Pierre revêtait une importance primordiale. Sa remise en place défierait le Malin à qui il attribuait la responsabilité du drame.

Sans rien dire, Mélie observa la flèche ajourée. Elle imagina qu'on pouvait accéder à sa base par un escalier en colimaçon. Là-haut, bien sûr, il fallait des cordes pour prévenir tout danger mais la corpulence et le poids d'un homme risquaient d'endommager l'édifice. Malgré le péril, elle évalua les bienfaits et même le prestige qu'elle tirerait de cet exploit. Soudain, elle se revit sur le toit de sa ferme, ressentit le même sentiment de plénitude qui l'avait coupée du monde. Si elle remportait ce fabuleux pari, Baptiste Roussel la considérerait autrement. Ici, la moindre anecdote était répétée, alimentant les longs palabres qui s'échangeaient des uns aux autres. Baptiste l'apprendrait. Elle serra les dents et les poings. Le courage ne lui manquait pas mais elle devait d'abord faire accepter son idée par le curé.

— Vous n'y pensez pas, Mélie ! s'écria-t-il.

Elle lui avait parlé tout bas à l'oreille pour que personne n'entende mais elle lut sur son visage un tel étonnement, une telle incrédulité qu'elle fut à deux doigts de renoncer. Pourtant, il s'agissait bien d'un signe manifeste de la Providence. Elle en était certaine, il n'y avait pas de hasard mais une volonté délibérée de répondre à ses prières secrètes. L'image de son père souriant dominait la flèche, l'appelait comme une main tendue invisible et sécurisante. En gagnant la confiance des hommes, elle gagnerait aussi un coin de son paradis. Son ton se raffermit :

— Je suis capable de le faire, dit-elle au curé, le Seigneur m'aidera !

Désarmé par sa repartie, le prêtre fronça les sourcils en réfléchissant. Il connaissait Mélie depuis longtemps. Elle avait toujours montré une piété réservée mais exemplaire, participant aux pèlerinages et aux fêtes. La distance qui séparait Sept-Vents de Caumont-L'Eventé n'avait jamais été un obstacle. Par ici, la vie religieuse reliait les bourgs aux communes, tissait des liens profonds entre les fidèles et leur curé. Il n'en disait rien mais il priait souvent pour elle et son petit.

— Il faut une femme ! insista Mélie, ma petite taille et ma légèreté n'abîmeront pas la charpente.

Ses yeux brûlaient d'une flamme intérieure qui le stupéfia. Quelle foi l'animait donc pour qu'elle soit aussi sûre d'elle !

— Si vous montez, précisa-t-il, il faudra plusieurs cordes et des bras d'hommes pour vous retenir...

Aussitôt, elle comprit qu'il était sur le point de céder.

— Je n'ai qu'un pantalon à enfiler, répondit-elle, et votre bénédiction à recevoir !

Aucune crainte ni inquiétude ne freinait son énergie. A la regarder, on avait l'impression qu'une force surnaturelle la poussait. Il pensa que l'Esprit saint soufflait sur elle et la protégerait. Se soumettant alors au choix divin, il l'entraîna vers le presbytère. Là, dans un coin de la buanderie, en un tour de main, Mélie noua sa jupe à la taille et ajusta par-dessus le large pantalon qu'on venait de lui prêter. Ainsi accoutrée, elle paraissait toute jeune. Par contraste, cet habit d'homme lui donnait un air espiègle qui la rendait touchante. Quand elle ressortit, devant l'église où l'attendaient deux jeunes hommes requis par le curé, derrière la lueur amusée de leur regard, elle lut un autre désir mais n'y prit pas garde. Ce qu'elle devait accomplir mobilisait son esprit et son corps.

— Nous devons d'abord monter jusqu'à la plateforme, leur déclara-t-elle. D'après l'abbé, il existe un escalier intérieur en bois.

Les deux jeunes hommes échangèrent un regard. Sa façon de parler les sidérait. Elle prenait en main l'organisation du projet, assignait à chacun sa place et son rôle.

— Vous, vous serez du côté gauche ! planifiait-elle. Et vous, au moindre dérapage de ma part, vous enroulerez la corde autour du clocheton qu'on aperçoit d'ici !

De son index, elle leur désigna la partie saillante, puis se tourna vers le curé :

— Tranquillisez-vous, mon père ! Bien encordée, je ne risque pas grand-chose. Quelques contusions, tout au plus...

— Que Dieu vous accompagne ! fit-il seulement.

De toute sa volonté, tendue comme la flèche où elle allait grimper, Mélie croyait en sa victoire. Deux cordes enserrèrent sa taille avec de puissants nœuds et le coq en fer fut amarré sur son dos pour lui laisser les mains libres. Quittant le marché qui battait son plein, des badauds s'agglutinèrent autour du curé et lui posèrent mille questions. Certains hommes, plus rusés que d'autres, engagèrent des paris. Une femme pouvait-elle accomplir ce genre de prouesse ? Ils n'avaient pas eu le temps de la voir mais leurs sourires moqueurs et leurs lourdes réflexions révélaient le fond de leurs pensées.

En haut de la plate-forme, étrangère à leurs discours, Mélie se préparait. Tout de suite, elle repéra les trèfles en pierre ajourée qui jalonnaient la flèche. Ils formeraient de bons appuis pour ses pieds. Avant de se mettre à grimper, elle jeta un dernier regard autour d'elle. A soixante mètres du sol, dans le lointain, elle découvrit une étendue couleur d'émeraude qui scintillait sous le soleil. De place en place, des points d'un blanc brillant se déplaçaient sur elle en fendant sa masse argentée. Sans les avoir jamais vus, Mélie réalisa qu'il s'agissait de la mer et des voiliers de Port-en-Bessin. Alors, elle se signa, demanda aux deux hommes s'ils étaient prêts et s'élança. Plus elle s'accrochait, plus la rugosité des pierres échauffait ses mains. Elle oublia vite le sol et les yeux braqués sur elle. Seuls importaient le sommet de la flèche et la croix en métal où le coq viendrait se ficher à nouveau. En progressant, ses pieds trouvaient les appuis salutaires, son corps se mouvait par prudentes et régulières oscillations qui la collaient contre la pierre froide. De ses lèvres sèches ne sortaient que des halètements brefs, rythmés par ses efforts. Plus bas, sur la plate-forme, les deux hommes surveillaient les cordes passées autour d'eux et enroulées au clocheton comme à une poulie tandis que de la foule fusaient des cris d'encouragement ou des rires sarcastiques qui conjuraient la peur.

Peu à peu, Mélie se rapprocha de la pointe mais, parvenue à un endroit trop étroit, elle ne put le dépasser. D'une main, elle saisit alors le coq accroché dans son dos et le souleva avec précaution. L'un de ses bras lui faisait très mal et ses jambes tremblaient de fatigue mais elle s'étira encore jusqu'à ce que tout son corps ne puisse aller plus loin et de sa main libre, dans une ultime tension, elle planta le coq sur la croix, l'enfonçant d'un geste sec. Aussitôt, des applaudissements crépitèrent entrecoupés de sifflets et d'acclamations. Au sol, l'heure des comptes sonnait entre perdants et gagnants.

Pour Mélie, ce n'était pas fini. Il fallait encore redescendre. Des gouttes de sueur perlaient à la racine de ses cheveux et son cœur s'emballait mais elle repéra ses appuis avec plus de facilité. A hauteur de la plate-forme, étourdie, elle se laissa empoigner par l'un des hommes qui avait remarqué sa brusque pâleur. D'un seul coup, ses forces l'abandonnèrent. Il la posa sur le plancher où elle se mit à trembler de tout son corps, n'arrivant même pas à contenir ses larmes. Ils avaient beau l'encourager, la féliciter, elle ne les entendait pas. La peau de ses mains la brûlait au fer rouge et les éraflures de ses pieds saignaient. Elle pleurait de tout, de cette souffrance mélangée à sa joie et du relâchement qui la rendait pantelante. Lorsqu'elle reprit ses esprits, ils la portèrent eux-mêmes dans l'escalier jusqu'au bas de l'église.

Sur le parvis, le soleil l'aveugla. Elle sentit à peine les mains du curé qui serraient les siennes dans un élan plein d'affection et de reconnaissance. En face d'elle, des hommes et des femmes admiratifs la dévisageaient en silence. L'un d'eux, plus grand que la moyenne, se détacha du groupe et s'avança. Il ne prononça que son nom mais elle identifia immédiatement sa voix et son appel. Alexandre, qui avait tout vu, la guettait.

— Je vous ramène à Sept-Vents, dit-il, ma carriole est plus bas.

Comme elle ne bougeait pas, il poursuivit sur un ton plus péremptoire :

— Vous n'êtes qu'un petit animal capricieux et inconscient. Si j'en avais le droit, je vous corrigerais !

Ses doigts se refermèrent sur son épaule, l'obligeant à le suivre.

— Venez ! acheva-t-il.

Alexandre marchait d'un pas résolu, ignorant les gens et le temps qui virait peu à peu au gris. Par un bras, il tenait Mélie encore toute secouée et la dirigeait vers sa carriole et son cheval, attaché au bas de la rue principale. Elle n'avait plus envie de lutter et se laissait conduire, petite et fragile à côté de lui, avec son imposante carrure et sa façon autoritaire de la mener. Ils atteignirent ainsi l'auberge devant laquelle le cheval attendait.

— Je vais vous aider à monter, dit Alexandre sur un ton radouci, nous ferons un détour par Villeneuve, j'ai quelqu'un à voir là-bas.

Mélie s'installa sans répondre. Le vent faisait danser des mèches de ses cheveux qui retombaient sur son visage en fines paillettes. Sa pâleur s'estompait. Le pantalon qu'elle avait gardé lui donnait un air espiègle qui évoquait quelque lutin sorti tout droit d'un conte. Soudain, Alexandre fut content qu'elle soit là, si près de lui. Il mit son cheval au trot, tandis qu'au-dessus d'eux, un chapelet de gros nuages s'amoncelait. Parmi toutes les remarques qui défilaient dans sa tête, il ne put réprimer celle qui le dérangeait le plus :

— Quand même, reprocha-t-il, vous auriez pu penser à votre fils !

Piquée au vif, Mélie s'indigna :

— Je n'ai pensé qu'à lui !

Ses yeux le toisèrent, elle allait demander « Mais

comment osez-vous ? » lorsqu'elle se mordit les lèvres et baissa le ton de sa voix :

— Je l'ai fait pour lui, pour qu'il soit fier !

Alexandre sentit que quelque chose la bouleversait. Elle parut d'ailleurs se tasser sur le siège comme sous l'effet d'un poids trop lourd.

— S'il ne peut l'être pour son père, poursuivit-elle d'une voix cassée par l'émotion, au moins, il le sera pour moi !

Deux larmes roulèrent sur ses joues qu'elle essuya d'un geste.

La route qui allait vers Villeneuve était ponctuée de chemins qui sillonnaient dans la verdure, entre les arbres et les champs. Alexandre prit le premier sentier qui s'offrait pour arrêter son cheval. Au bout, on apercevait un oratoire où se dressait une statue toute fleurie. De chaque côté, au-delà des pommiers couleur de neige, des champs de seigle en épis ondulaient sous les lents assauts du vent.

Il posa sa main sur celle de Mélie, la pressa. Le front incliné, elle ne pleurait plus. Il regarda son profil d'enfant au petit nez droit et volontaire, ses joues arrondies balayées par des boucles de cheveux fins qui faisaient penser à un duvet.

— Mélie ! appela-t-il doucement avant de l'enlacer.

Elle se laissa embrasser, ébahie par ce qui tourbillonnait en elle comme un vent fou. Elle aimait cet homme, la force qui émanait de lui comme un hâvre reposant. Jusqu'à ce jour, Victor n'avait su lui prodiguer que de brefs moments d'apaisement dont elle sortait sans illusion. Là, au creux de ces bras qui la retenaient, elle sentait la continuité du temps, l'ébauche d'une vie nouvelle qui s'inscrivait dans la durée. C'était comme une promesse qu'elle ne serait plus seule.

Alexandre la fit descendre de la carriole. Au bord du chemin, des noisetiers abritaient un renfoncement où les herbes croissaient émaillées de renoncules et de primevères. Il l'aima ici dans cet endroit sauvage et préservé comme s'il ne pouvait rien arriver d'autre et parce que tout son être l'exigeait. Après, ils écoutèrent ensemble le chuchotement des feuilles froissées par le vent et le calme environnant qui semblait les isoler du monde. Alexandre se taisait parce qu'il venait de rencontrer son rêve et qu'il n'en mesurait pas encore toutes les conséquences. La nuque appuyée sur la veste qu'il avait étalée sous sa tête, Mélie reposait dans le même silence.

Que pouvaient-ils tous deux partager qu'ils ne savaient déjà ? L'heure des questions surgirait en son temps. Pour l'instant, ils continuaient de goûter à la surprise de leurs étreintes car la séparation viendrait avec les jours d'éloignement et, plus tard aussi, ces moments où il allait falloir ruser et se battre pour se retrouver.

Mélie s'assit la première. Elle remit sa jupe, agrafa le corsage qui s'ouvrait sur sa gorge et arrangea ses cheveux où s'accrochaient des brindilles. Heureuse, elle s'amusa en riant à caresser la moustache d'Alexandre avec de longues herbes. Il fit mine de l'attraper et déclencha aussitôt une poursuite entre les arbres et les haies. Ils coururent jusqu'à l'oratoire, jusqu'à ce qu'il réussisse à l'emprisonner de ses deux bras, cherchant toujours à l'embrasser comme s'il ne parvenait pas à se rassasier d'elle.

— Tu es belle, répétait-il, tu es à moi !

Mais elle posa un doigt sur sa bouche et, riant toujours, défendit :

— Tais-toi ! Je ne suis à personne !

Ils virevoltèrent encore comme deux enfants qui jouent et se chamaillent puis, à bout de souffle, s'interrompirent. Mélie montra alors la statue de la Vierge, à l'abri dans sa niche de pierre :

— Il faut faire un vœu à Notre-Dame, dit-elle, elle nous protégera.

Alexandre la suivit tandis qu'elle s'agenouillait, l'invitant à l'imiter. Mais au dernier moment, il se rétracta :

— Je ne crois pas beaucoup à tout ça !

Des gouttes de pluie commençaient à tomber. Renonçant à sa visite prévue, il conseilla de rentrer avant l'averse. Sur la route qui les reconduisait au bourg, il demanda où était Victor. La profondeur du fossé qui divisait les deux frères se creusait encore plus. A la rancune s'ajoutait un lien étrange, tissé par la présence et le partage d'une femme. Mélie répondit évasivement :

— Il est parti se louer vers Coutances. Il ne reviendra qu'après les moissons.

Elle ne désirait surtout pas parler de lui comme elle évitait aussi de poser des questions sur Marie-Louise. Tout cela venait trop tôt, il fallait prolonger le bonheur de la découverte, en garder les traces qui aideraient à affronter d'autres matins. Il comprit qu'elle ne dirait rien de plus et préféra évoquer les récoltes qui s'annonçaient dans les champs en fleurs.

Ils se séparèrent à l'entrée de Sept-Vents. Alexandre aida Mélie à quitter la carriole et lui tendit le panier qu'elle avait oublié. A la place des œufs et des volailles, quelques billets étaient pliés.

— Ils ont été achetés par les Duhamel, expliqua-t-il, ils en avaient besoin pour le baptême de leur petit-fils, dimanche.

Avant de repartir, il passa encore la main dans ses cheveux :

— Moi aussi, je suis fier de toi ! Je reviendrai te voir, continua-t-il, je ne sais pas encore comment mais je viendrai.

Quelques minutes plus tard, il encouragea son cheval à reprendre son allure cadencée et la carriole s'éloigna. L'averse redoutée creva alors le ciel d'une pluie battante obligeant Mélie à courir vers des arbres. Elle se pelotonna sous des branches feuillues qui dépassaient, essayant d'ordonner le chaos de ses pensées et de ses sentiments. Qu'allait-il advenir maintenant ? Comment les jours s'enchaîneraient-ils aux nuits, à l'espoir, au secret qu'il faudrait taire envers et contre tout ? Aujourd'hui, sa vie avait basculé.

Elle profita d'une éclaircie passagère pour se remettre à marcher, l'esprit tiraillé de questions et de doutes. Chacun de ses pas la rapprochait de la ferme et de son petit Juste ; lui seul pouvait la soulager. En arrivant devant la barrière, l'humidité de l'air la fit frissonner. Elle jeta un coup d'œil machinal vers le fond de son panier et s'immobilisa : la lettre de Victor avait disparu.

Tôt le lendemain, une voisine vint frapper au carreau de la salle.

— Madame Delaunay, ouvrez ! J'ai quelque chose à vous montrer.

Juste commençait à manger une large tartine de pain de seigle, recouverte d'une couche de beurre salé où Mélie avait ajouté des morceaux de fromage. Elle profitait de l'absence de Victor. Combien de fois ne s'était-il emporté devant elle : « L'un ou l'autre, tonnait-il en inspectant le pain, mais pas les deux en même temps ! »

En cachette, Mélie glissait le fromage dans la main du petit, renouvelant ainsi le pacte d'une alliance qui les liait encore plus sûrement. Ce matin, dans la salle éclairée d'un faible jour, il n'existait ni contrainte ni regard inquisiteur mais une tendresse qui passait sans retenue, rendant Mélie légère malgré une nuit sans sommeil. Elle montra la porte à celle qui restait dehors, brandissant un papier.

— Je vais vous ouvrir.

A peine entrée, la voisine étala sous ses yeux l'une des pages du journal : *La Croix du bocage.*

— Regardez ! On parle de vous...

Un encart était consacré à Caumont-L'Eventé. En quelques lignes, un journaliste relatait ce qui venait d'arriver au clocher de l'église. Il y avait aussi une photo un peu floue de Mélie, prise sur le parvis, et son nom écrit au-dessous. Un nom qui la surprit et qui lui fit plaisir sans qu'elle sût tout de suite pourquoi. La légende mentionnait simplement : « Mélie Letellier de Sept-Vents ». Elle s'empara du papier, se précipita vers Juste qui finissait son repas :

— Tu vois la photo, là ?

Attentif, l'enfant scruta la page, puis de son index suivit les mots en articulant plusieurs syllabes à voix haute.

— Il sait presque lire ! s'écria Mélie en prenant la voisine à témoin.

Une joie intense balayait sa nuit difficile et les douloureuses questions qui l'avaient oppressée. Juste dardait ses yeux clairs sur elle et son sourire comblé lui renvoyait sa joie multipliée comme au travers d'un miroir. Le courant qui les unissait ancrait Mélie dans son indéfectible envie d'aller plus loin.

— Je vous laisse, fit la voisine, comme si elle sentait qu'elle devait s'effacer. A tout à l'heure, madame Delaunay, et bravo encore !

Discrète, elle s'éclipsa par la porte restée entrouverte.

« Il faut du temps », avait dit Alexandre. Mélie se souvenait de sa phrase mais ne parvenait pas à détacher son regard du journal. Elle se refusait à croire que toute sa revanche était là. Il ne s'agissait que d'un début. Le temps dont avait parlé Alexandre, c'était celui qu'ils avaient à peine abordé : celui de la route qui s'ouvrait devant eux et des choix de leur vie respective qui pesaient déjà si lourd. Il ne suffisait pas que son nom et sa photo soient dans le journal, elle devait prouver davantage encore. Si rien d'autre ne se produisait, tôt ou tard, on se moquerait de son courage comme d'une folie passagère. Les femmes d'ici ne devaient-elles pas occuper une place désignée à l'avance ? Plus elle réfléchissait, plus elle pressentait que les félicitations ne dureraient pas et que le pire était sans doute à venir. L'admiration d'Alexandre n'y changeait rien. Elle replia la feuille du journal et s'apprêta à conduire le petit à l'école.

Tout le jour, une pluie de compliments l'accompagna. Le boulanger du bourg voulut même lui offrir une demi-tourte de pain brié, celui qui se conservait le plus longtemps.

— Tenez ! dit-il en surgissant tout blanc de farine

dans sa minuscule boutique, cette fois, vous ne me devrez rien... Ce sera mon hommage !

Avec politesse, Mélie refusa. Elle ne pouvait accepter ce qu'elle prenait pour un acte de charité :

— Votre geste me touche, mais je n'ai rien fait pour le mériter.

— Vous êtes montée remettre le coq au clocher de l'église et vous trouvez ça banal ?

— Et si j'avais été un homme, m'auriez-vous aussi donné votre pain ?

Un instant, le boulanger se figea puis il choisit de redescendre dans son fournil :

— Comme vous voulez, madame Delaunay, c'était pourtant de bon cœur...

Elle aligna les pièces de monnaie sur le comptoir et sortit. Jamais l'expression « gagner son pain à la sueur de son front » ne lui avait semblé aussi criante de vérité. Ce pain qu'elle serrait sous son bras, bien enveloppé dans un linge propre, avait toute la saveur de sa victoire. Elle l'emporta chez elle avec précaution.

En passant devant l'auberge du Chemin de fer que Victor fréquentait si souvent, elle eut un mouvement de recul. Des sarcasmes et des rires fusèrent, lui rappelant combien ses pressentiments rejoignaient déjà la réalité. Par bravade, elle s'arrêta et se posta sur le seuil de l'entrée. Dans un nuage de fumée, les joues rouges et la casquette en arrière, des hommes trinquaient. Certains étaient assis, d'autres debout mais tous se gaussaient à qui mieux mieux. Mélie se persuada qu'à partir de ce jour elle ne craindrait plus rien et les défia. Sa silhouette menue se dessina dans l'embrasure. Elle tenait toujours le pain sous son bras mais dans ses yeux fixes luisait toute l'audace de sa témérité.

— Et alors ? les nargua-t-elle.

Un silence immédiat accueillit sa question. Rires et moqueries s'évanouirent, remplacés par des toussotements gênés. Mal à l'aise, l'aubergiste l'invita.

— Entrez donc, madame Delaunay ! Je voudrais vous offrir quelque chose...

Elle connaissait ces hommes-là, savait que leurs fanfaronnades ne s'alimentaient que dans l'alcool de leurs verres et dans un semblant de fraternité virile qu'ils affichaient par dépit. Il suffisait de les affronter et plus un ne bronchait.

A l'une des tables, elle aperçut les deux compagnons de Victor qui le ramenaient les soirs de grande beuverie. Pour la saluer, ils soulevèrent leur casquette, un peu trop déférents.

— Allez, messieurs ! s'exclama-t-elle sans s'émouvoir, buvez à ceux qui en ont besoin ! Ceux dont les plaisanteries faciles cachent le manque de bravoure et de cran ! Pas un ici n'aurait pu me remplacer !

Elle leur tourna alors le dos et reprit son chemin, tandis que, derrière elle, la stupeur succédait au silence.

Ce soir-là, elle joua plus longtemps que d'habitude avec Juste puis ils admirèrent ensemble le coucher du soleil, son disque pourpre qui s'enfonçait lentement au-delà des collines. Quand il disparut, Mélie entraîna le petit :

— Il est temps d'aller dormir, recommanda-t-elle.

Main dans la main, ils quittèrent le banc du jardin installé à l'ombre des pommiers et rentrèrent. L'air se rafraîchissait d'un vent soutenu qui forcissait à l'approche de la nuit. Son souffle humide apporterait bientôt la grisaille et la pluie ; en y songeant, Mélie tira la porte de la salle. Elle avait encore les doigts sur le loquet lorsqu'un crissement de roues l'arrêta. Le jour qui s'éteignait accentuait la pénombre, l'obligeant à s'aventurer jusqu'au bas des marches de l'entrée pour voir qui arrivait. Avant de reconnaître celui qui marchait, elle ne perçut qu'une tache jaune d'or au fond du jardin. Alexandre venait vers elle, un bouquet de jonquilles à la main. Il avait guetté la tombée du jour et n'avait pu s'empêcher de la rejoindre.

« Où vas-tu ? » avait demandé Marie-Louise alors qu'il se préparait. Pour la première fois, il avait ressenti sa présence comme un fardeau. L'image de Mélie le hantait. Il pensait sans cesse à leurs étreintes, à ce nouveau goût qui avait surgi en lui, le transformant. A trente ans passés, il découvrait soudain la passion et le désir.

La question de Marie-Louise l'embarrassa. Il avait presque envie de répondre qu'il était le seul maître chez lui et qu'il ne devait rendre de comptes à personne mais pourquoi rabrouer celle qui l'entourait, le servait sans se ménager ? Elle ne méritait ni violence ni aigreur. D'un pas ferme, il se dirigea vers la porte. « Je vais faire un tour du côté des étables, dit-il, puis j'irai sans doute me promener. Ne m'attends pas. » Sans fournir d'autre explication, il sortit. Son cheval attelé, il oublia vite celle qui s'était déjà replongée dans son mutisme ordinaire. Il allait vers Mélie, semblable aux rivières du pays qui se jetaient dans la Drôme, attirées par d'irrésistibles courants.

Dès son arrivée, elle lui ouvrit sa porte et le refuge d'une chambre qu'ils espéraient. Il l'aima toute la nuit. Entre les brèves plages de leur sommeil, ils discutèrent longtemps, étonnés de tout ce qu'ils avaient à se dire. Dans la révélation de l'amour, Alexandre parlait déjà de partir, de vendre ses terres pour en acheter d'autres vers les pays d'en haut, là où Victor n'avait pas su emmener Mélie. Il la voulait toute à lui, épanouie et insouciante. Pour le petit, il échafaudait aussi maints projets, envisageant même de lui donner un frère ou une sœur. Sa vie éclatait, il ne la retenait pas.

Ce n'est qu'au petit matin, alors qu'elle s'attardait à le regarder dormir, les traits détendus, qu'elle comprit l'enfant qui s'accrochait en lui. S'il ne ressemblait pas à Juste, ils avaient en commun les mêmes domaines, la même fragilité. Attendrie, elle décida de se lever pour s'approcher de la fenêtre. Une aube grise repoussait la nuit. Au ras du sol, des brouillards bas stagnaient sur les champs pentus, faisant paraître la terre grasse et humide.

Avant de descendre dans la salle, elle réalisa que le jour allait rester mouillé de cette bruine froide et frissonna.

Sans faire de bruit, peu de temps après, Alexandre la rejoignit. Il ne voulut rien manger ni boire et s'esquiva au moment où Juste commençait à s'éveiller. Mélie le reconduisit jusqu'à la barrière. Il l'embrassa sur le front et, comme s'il ne parvenait pas à le chasser de ses pensées, évoqua Victor :

— Depuis qu'il est parti, dit-il, les mauvais sorts se sont enfuis aussi. Je voudrais qu'il ne revienne jamais !

— Tais-toi ! défendit-elle, il ne faut pas parler de lui !

Mais il saisit son visage à pleines mains, la forçant à découvrir la flamme qui embrasait ses yeux.

— Si ! Nous devons en reparler. Je ne supporterai plus qu'il te touche, que tu lui cèdes. Tu es bien à moi, maintenant !

— Je te l'ai déjà dit, Alexandre, je n'appartiens à personne. Pas plus à toi qu'à lui.

La voix de Mélie était paisible et sûre, elle ne cherchait pas à le bousculer mais à rétablir une évidence. Triste, il se mit à contempler le sol. A qui voulait-elle donc échapper ?

— C'est toi que j'aime, continua-t-elle, mais nous sommes engagés l'un et l'autre. Je ne peux tout te sacrifier d'un seul coup. Tu le comprends, n'est-ce pas ?

Il fit signe que oui et s'en alla.

Mélie vit la carriole se perdre dans les rubans de brume qui flottaient entre les arbres et les champs. Seuls ne résonnèrent plus que le grincement des roues et le martèlement étouffé des sabots du cheval sur la chaussée mouillée. Alors, elle abandonna la barrière et ne pensa plus qu'au petit Juste qui l'attendait.

— C'est à toi que j'appartiens, murmura-t-elle.

5

Comme chaque année, la fête des rogations mobilisa tout le bourg. Elle débutait toujours trois jours avant l'Ascension et s'achevait par la grande foire de Vire où se rendaient la plupart des « Bocains ».

Par superstition plus que par croyance, Alexandre s'y conforma. Le mois de mai s'étirait dans une chaleur soyeuse et ensoleillée. L'abbé Pelvey y discerna une volonté de la Providence. Les moissons seraient généreuses et florissantes si chacun invoquait sur elles la protection divine. C'est ce qu'il expliqua en chaire le dimanche précédant les processions. Il espérait ainsi réveiller la conscience des quelques inconditionnels qui refusaient les bénédictions annuelles. En l'écoutant, du banc où elle avait pris place, au milieu de l'église remplie de fidèles, Marie-Louise comprit qu'il s'adressait à Alexandre. Plusieurs fois déjà, il avait essayé de le sermonner sans succès. Sa dernière tentative remontait au désenvoûtement de ses bâtiments, lorsqu'il était venu après la mort de la Demoiselle et l'incendie de l'écurie. A son arrivée, l'abbé ne doutait pas qu'un autre sorcier serait appelé en renfort derrière lui mais il récita quand même les prières d'usage, bénit les stalles, les étables et toucha les animaux en exhortant le diable à les quitter. Il inspecta ensuite les fourrages et les litières, cherchant un éventuel « cordeau » formé par des poils tressés d'une autre vache et qui pouvait donner le « lait bleu », celui qui empêche la fabrication du beurre. Comme il ne trouvait rien, il déclara que le sort allait enfin s'arrêter et prit Alexandre à témoin :

— Si tu continues à ne pas fréquenter l'église, l'envoûtement reviendra. Tes récoltes risquent de te jouer de mauvais tours...

— Je vous ferai venir pour les rogations, avait seulement consenti Alexandre.

L'abbé Pelvey sortit de l'église, revêtu de sa chasuble chamarrée d'or. Devant lui, trois enfants de chœur en surplis blanc et rouge ouvraient le chemin en portant les bannières flamboyantes de saint Laurent et saint Jacques, protecteurs de Sept-Vents. Autour d'eux, les fumées des encensoirs se fondaient dans les brumes qui s'échappaient par endroits des mares et des cours d'eau, retombant en voiles vaporeux sur les champs. Le cortège des participants suivait : d'abord les hommes, la casquette ou le chapeau à la main, puis les femmes portant bonnette et missel et quelques enfants. Dès le premier arrêt, devant les parcelles des Clomesnil où le sainfoin, l'orge et le sarrasin fleurissaient, des chants montèrent dans l'air tiède tandis que tous s'agenouillaient à même le sol, reprenant d'une seule voix : « *Libera nos domine.* »

Chaque champ fut ainsi honoré. Aspergeant d'eau bénite les sillons où poussaient les jeunes tiges, le curé implorait la clémence du ciel pour préserver les futures moissons des maladies, de la foudre et des rongeurs. En écho, tous les fidèles entamaient des psaumes et demandaient d'être épargnés par la famine et même la peste. Les terres d'Alexandre, parmi les plus vastes, furent les plus longues à bénir. Le soir tombait déjà quand l'abbé termina par des incantations, destinées cette fois à éloigner les mauvais sorts. Laissant Léon et Blaise, Marie-Louise se pencha vers Thomas, le cantonnier qui assistait à la procession :

— S'il pouvait aussi le désensorceler d'une femme !

— Que voulez-vous dire ? s'étonna-t-il.

— Je sais de quoi je parle. Alexandre n'est plus le même depuis quelque temps. Il a la tête ailleurs.

Elle le regarda droit dans les yeux :

— Qui est-ce ? questionna-t-elle, vous devez bien le savoir !

Plus bas, devant eux, les chants s'interrompirent. Le curé se tut, imité par tous ceux qui l'avaient accompagné jusque-là. Thomas ne répondit pas à Marie-Louise. Il haussa les épaules, faisant mine de n'être pas au courant. S'il avait bien sa petite idée là-dessus, il n'était pas près de la livrer.

Avec le soir, la procession se dispersa, elle se reformerait demain sur d'autres parcelles. En s'éloignant, Thomas se posait des questions : que Mélie et Alexandre soient amoureux, c'était leur affaire, mais mesuraient-ils tout le danger encouru ? Il marchait ainsi la tête basse et le front soucieux lorsque Alexandre déboucha devant lui :

— Que se passe-t-il, Thomas ? T'as pas ton air des grands jours !

Pris de court, le cantonnier sursauta.

— Ce n'est rien, se défendit-il, je pense à ce qu'on vient de me dire.

Il lui montra alors les blés verts qui saillaient de ses champs en tiges courtes et touffues.

— Ils sont comme toi, reprit-il, robustes et pleins de promesses si rien ne vient les faucher avant ! Méfie-toi, l'enjeu est serré.

Un long moment après son départ, Alexandre demeura pensif. Toute la procession s'était disséminée, les derniers fidèles dont on apercevait les vêtements, taches sombres et mouvantes qui s'amenuisaient au fil de leur marche, disparaissaient sous ses yeux dans l'ombre du soir.

A présent seul au bord de ses champs, il admira ses cultures. Léon et P'tit Blaise avaient bien travaillé. Il les revoyait à ses côtés, répandant sur le sol la chaux qui fertilisait, préparait la terre, passant ensuite les grands rouleaux de pierre, traînés par les chevaux, puis, plus tard encore, la charrue qui traçait les longs sillons, prêts à recevoir les semailles. Ce labeur-là constituait sa vie, sa raison de souhaiter chaque matin le lever du jour comme un espoir renaît. Il aurait pu se contenter de ce quotidien, suivre le modèle de son père. Mais maintenant que Mélie était apparue, rien ne pouvait être pareil. Alexandre doutait.

Il s'assit au pied d'un cerisier sauvage qui croissait à la lisière d'une haie. A qui confier ce qui le tourmentait ? Le souvenir de son retour à la ferme après sa nuit passée dans les bras de Mélie revenait avec la brûlure d'un remords. En pénétrant dans la salle à peine éclairée par un soleil naissant, il n'avait vu que le visage livide de Marie-Louise qui se tenait impassible, assise au bout de la grande table. Elle ne semblait pas avoir quitté cet endroit de la nuit. Dès son entrée, elle lui avait adressé un regard insoutenable de bête perdue. Pas un reproche, pas un mot n'avait franchi ses lèvres mais sur ses traits marqués se lisait une immense détresse.

Alexandre s'était détourné, saisi à la gorge par une angoisse qu'il n'avait jamais ressentie où la culpabilité se mêlait à l'impuissance. Il ne pouvait que la plaindre parce qu'il n'éprouvait plus d'autre sentiment pour elle.

Aussitôt après, elle avait osé reprendre cette incroyable habitude de lui préparer son repas, réchauffer la soupe, et sortir le pain comme s'il fallait rattraper le temps, effacer tout de suite la blessure. Puis, dans sa dignité silencieuse, elle s'était à nouveau assise pour le regarder manger. Dans la grande pièce, on n'avait plus entendu que le métal de la cuillère qui cognait à intervalles réguliers la faïence de l'assiette et les aspirations sonores d'Alexandre. Il ne supportait plus son silence, cette façon de ne rien dire et de l'observer. Il aurait préféré des cris, des plaintes, quelque chose qui lui aurait épargné le désarroi de son visage. Au lieu de cela, deux larmes avaient strié d'une ligne brillante les joues creusées de celle qui s'offrait ainsi en victime. « Bon Dieu ! avait-il hurlé en jetant sa cuillère sur la table, vas-tu parler à la fin ? »

Il s'était levé, hérissé de colère, tandis que Marie-Louise ne tressaillait même pas. Elle avait attendu qu'il soit face à la fenêtre et, d'une voix où sourdaient la rancœur et la haine, elle avait lancé : « Tu sens la femme. »

Alors, les mâchoires serrées, Alexandre avait claqué la porte avant de s'échapper.

Maintenant, au-dessus de sa tête, les feuilles du cerisier au pied duquel il se tenait oscillaient sous un vent plus frais. Le soir grandissait, assombrissant les herbes, les arbres et les haies. Depuis ce matin-là, voilà presque une semaine, il n'avait pas revu Mélie. Pourtant, il pensait à elle, à tout ce qu'ils avaient partagé et qu'il désirait tant retrouver, mais comment s'y prendre pour ne plus subir l'hostilité douloureuse de Marie-Louise ?

Autour de lui, la nature s'égayait des forces vivantes de l'amour. Dans les arbres, le chant des coucous répondait à celui des pinsons, les nids se garnissaient de brindilles et de paille. En coassant près des cours d'eau, les crapauds s'égosillaient de désir et les insectes reproduisaient le rythme immuable de leurs accouplements. L'appel surgissait de partout comme une invitation à les rejoindre. Alexandre communiait avec eux. Il devait revoir Mélie, la prendre contre lui, l'aimer encore avec la chance que Victor ne soit pas là. Tant pis pour Marie-Louise et ses larmes ! Il ne cèderait pas à l'agressivité de son chagrin. Demain, coûte que coûte, il irait retrouver celle dont il ne parvenait plus à se détacher.

Par habitude, Mélie appuya son front contre la vitre de la salle. Elle aussi avait suivi les rogations, mais avec cette distance que supposait l'éventualité d'une rencontre avec Marie-Louise. Depuis qu'elle n'avait pas revu Alexandre, elle vivait dans l'attente, surveillant chaque jour l'allée de la cour, se surprenant à guetter une arrivée où se confondaient la peur et le désir. Parfois, la nuit, elle se mettait à prier : « Seigneur, faites que je parvienne à lui dire non ! » Des larmes venaient puis son corps faiblissait ; le souvenir des bras d'Alexandre la chavirait. Cette passion qu'ils devaient cacher avait la saveur d'un fruit défendu, le goût d'un péché qui attire et repousse tout à la fois. Elle s'endormait exténuée, vaincue par ce combat, et son réveil ne dissipait même pas cette lutte où elle s'épuisait en vain. Le petit Juste redevenait alors le pôle de son univers ; en s'occupant de lui, elle trouvait la dérive salutaire qui suspendait son tourment.

Ce matin encore, face au jardin fleuri, elle se préparait à le tirer de son sommeil lorsqu'elle fut alertée par une silhouette qui ouvrait la barrière.

Elle crut apercevoir Alexandre et se raidit, mais l'homme qui entrait était beaucoup plus petit et presque maigre. Il se dirigea vers la porte et frappa. A contre-jour, son visage paraissait étranger à Mélie. Elle dut scruter avec attention les traits burinés sous la large casquette, avant de ressentir un pincement au cœur.

— Bonjour, madame Delaunay, fit-il en ôtant son couvre-chef, vous me reconnaissez, n'est-ce pas ?

— Je crois, répondit-elle hésitante, je vous ai vu chez Baptiste Roussel, non ?

L'homme se tenait un peu gauche et maladroit sur le pas de la porte, roulant sa casquette entre ses mains comme s'il devait dire quelque chose qui lui coûtait. Soudain, Mélie se souvint de lui. Dans la cour, alors qu'elle adressait son discours enflammé au vieux Baptiste, il riait derrière elle, plus fort encore que son compère, se moquant sans retenue de ses paroles. Aussitôt, elle se durcit et ne s'effaça pas pour le faire entrer.

— Oui, je me souviens parfaitement de vous, lâcha-t-elle d'une voix froide, que me voulez-vous ?

A son regard, il comprit que sa mémoire lui restituait la scène et s'excusa :

— Pardon, je ne me suis pas présenté mais je m'appelle Albert Renault, c'est mon patron Baptiste qui m'envoie...

Il sentit alors que sa méfiance se muait en surprise.

— Entrez ! finit-elle par dire, nous serons mieux pour parler...

Dans le fond de la pièce, Juste s'éveillait. Mélie vint à lui en priant l'ouvrier de s'asseoir et de poursuivre. Elle voulait montrer par là qu'elle prenait ses distances malgré l'espoir qui accélérait les battements de son cœur.

— C'est mon patron, insista-t-il à nouveau, il dit qu'il veut bien vous embaucher à l'essai...

Mélie lui tournait le dos, il ne put voir l'émotion qui la transfigurait. Elle serra son fils contre elle dans cette joie qu'elle ne contrôlait pas.

— Tu m'étouffes, maman ! s'écria-t-il.

Alors, ils éclatèrent ensemble d'un rire en cascade comme s'ils étaient seuls. En les voyant ainsi, Albert Renault devina que c'était gagné.

Mélie s'approcha de la table où il avait pris place et posa deux verres avec le cidre qu'elle mettait au frais dans le garde-manger. L'ouvrier se détendit :

— A votre bel exploit dont tout le monde a parlé !

Ils trinquèrent en amis. Albert raconta que Baptiste Roussel avait été sidéré par sa réussite mais il ne s'était décidé qu'hier au soir : « Tu iras la trouver demain matin, avait-il commandé, tu lui expliqueras bien que c'est pour un essai, après on verra. » Puis, comme s'il devait se soumettre à leurs habitudes et à leur langage d'hommes, à cette connivence de leur fréquentation quotidienne et virile, il avait désigné la bonne hauteur de son pantalon : « Elle en a là-dedans ! »

Albert s'abstint de relater cet épisode à Mélie mais son sourire en disait long. Avant de repartir, il lui fixa un rendez-vous pour le lendemain :

— Le patron vous attend à sept heures, soyez précise !

Toute la matinée, elle ne cessa d'y penser. Assise au bord de la table non desservie, elle retournait les questions dans sa tête. Devant elle, un rayon de soleil éclairait la dernière carte postale de Victor. Il répondait avec brièveté au petit mot qu'elle lui avait adressé et sur lequel Juste avait dessiné des fleurs et des arbres. Vers midi, elle s'étonna à peine lorsque Alexandre passa sa tête dans l'embrasure de la porte pour lui demander s'il pouvait entrer. Elle ne savait comment lui dire qu'elle était heureuse de le revoir et qu'en même temps sa vie allait changer. N'écoutant que son désir, il la tira par la main, pressé de la sentir contre lui, ne maîtrisant pas la convoitise qui l'avait envahi depuis la veille.

— Toi, toi, répéta-t-il, et sa bouche impatiente effleura ses lèvres puis glissa le long de son cou, l'appelant de toute son ardeur à l'abandon.

Mélie ne résista pas ; elle allait l'entraîner vers la chambre lorsqu'elle sentit une réticence. Alexandre venait d'apercevoir la carte postale retournée qui traînait sur la table et ses yeux ne pouvaient se détacher de la dernière phrase : « Je vous embrasse tous les deux, comme je vous aime. Victor. »

— Qu'y a-t-il ? interrogea-t-elle sans comprendre.

Il ne répondit pas mais le froncement de ses sourcils parlait pour lui. De son index, il montra la carte :

— Quelles sont les nouvelles ? ironisa-t-il.

En le prenant par un bras, elle tenta de l'apaiser.

— Calme-toi, voyons ! Nous sommes mariés, tu le sais bien !

C'était plus fort que lui, il ne supportait pas l'idée que Victor allait revenir. Mélie ne devait exister que pour lui, pour eux, pour leur amour volé au temps, pour l'avenir qu'il lui offrait sans compter et qu'elle hésitait encore à prendre. Il voulait l'entendre tout de suite lui dire qu'ils allaient partir ensemble loin, qu'elle abandonnait pour lui l'anneau qu'un jour ce frère qu'il haïssait lui avait passé au doigt. Il voulait des preuves, des marques tangibles de son attachement avec cette peur au fond de lui qu'elle l'oublie, qu'il ne soit plus soudain qu'une étincelle dans ses nuits, comme ces étoiles fugitives qu'il repérait parfois dans le ciel de juin.

Mais elle se taisait, ne promettait rien. Les pieds sur terre, enracinée dans ce sol où elle avait grandi, les seuls projets qu'elle bâtissait ne tenaient qu'à son inlassable volonté de parvenir à ses fins par ses propres moyens.

— Nous avons construit notre vie chacun de notre côté, expliqua-t-elle, nous ne pouvons brûler les étapes.

Comme un enfant têtu, il se détourna.

— Quitte-le ! ordonna-t-il, je ne veux plus qu'il te touche !

Il revenait toujours à son obsession. Le retour de Victor annonçait la fin de leur liberté et, qui sait, peut-être aussi la fin du partage et de la déraison... Parce qu'il s'obstinait, Mélie s'attaqua à ce qu'ils n'avaient jamais évoqué :

— Et Marie-Louise ? demanda-t-elle d'une voix sereine, pourrais-tu la quitter comme ça aussi ?

Sous l'effet des mots, il parut se cabrer. Les anciennes images et la culpabilité qui en découlait défilèrent devant ses yeux. Ce n'était pas un hasard si aujourd'hui il avait choisi l'après-midi pour se rendre ici. Risquer de passer une nouvelle nuit auprès de Mélie déclencherait à coup sûr d'autres scènes, d'autres tensions. Il se souvenait des paroles de Thomas et de ses avertissements. Une lassitude soudaine s'abattit sur ses épaules, il se laissa tomber sur une chaise. La guerre lui paraissait trop difficile à mener car il s'agissait bien d'une guerre avec des territoires à conquérir, des ennemis à abattre et des batailles à remporter. Il se sentait vide et inutile, presque démuni, et se courba. Une fois de plus, Mélie l'entoura de ses bras, lui caressant les cheveux, la nuque, le rassurant avec les mots qu'elle employait pour Juste. Les mots d'une mère qu'il avait à peine entendus et qu'elle lui chuchotait, la bouche collée contre son oreille. Ils ramenaient en lui, de cette part la plus obscure de son être, de fragiles vibrations qui ressemblaient à des bercements et qui le consolaient.

Des deux, désormais, Mélie se savait la plus forte.

6

Sans prendre garde à la pluie, Mélie avait couru pour ne pas être en retard, claquant ses sabots contre les pierres qui affleuraient entre les herbes et les ornières détrempées. Elle arriva essoufflée comme sous l'effet d'une grande peur. Baptiste Roussel lui ouvrit la porte. Dans son visage austère, une lueur de plaisir sembla filtrer un instant. Ce petit bout de femme aux cheveux lissés par la pluie qui le fixait, plein d'interrogations et de craintes, l'émouvait mais il dissimula vite son sentiment, reprenant son rôle de patron et de chef.

— Entrez ! fit-il, je vous attendais.

Dans la pièce principale de la maison où elle se faufila, Mélie aperçut les deux ouvriers qui la dévisageaient. Elle reconnut Albert Renault et lui adressa un sourire.

— Vous avez déjà vu Albert, coupa Baptiste, je ne vous le présente pas. Par contre, voici Charles, mon second. Il travaille avec moi depuis un an. Un bon couvreur qui saura me relayer s'il persévère...

Gardant sa casquette sur la tête pour lui signifier qu'elle n'était plus une femme à qui l'on devait des égards mais une apprentie qu'il engageait, il lui parlait comme si elle faisait déjà partie de son atelier.

Mélie aimait sa façon de la traiter d'égal à égal. C'était là l'unique et précieux hommage qu'il lui rendait.

Après les présentations d'usage, comme si tout avait été convenu à l'avance, Albert et Charles les laissèrent.

— Nous allons à l'atelier, expliquèrent-ils, à tout à l'heure, patron !

Baptiste surveillait ce moment. Debout dans la salle où régnait une pagaille de célibataire endurci, Mélie l'observait. Il n'avait pas changé mais, dans les traits qu'elle avait jugés autrefois si sévères, pointait une nuance bienveillante qui la réconforta. Derrière les gestes bourrus et la voix sèche, elle discernait déjà la faiblesse d'un cœur qui cherchait à se cacher.

Il l'invita à s'asseoir près d'une table encombrée d'objets de toutes sortes qu'il repoussa d'un geste pour dégager un espace.

— Bon, fit-il, venons-en au fait !

Le dos bien calé contre sa chaise, il sortit sa blague à tabac et commença par se rouler une cigarette.

— Vous ne monterez pas sur les toits, déclara-t-il sans ménagement.

De surprise, Mélie arrondit les yeux et la bouche. Pas une seconde, elle n'avait imaginé une telle éventualité. D'un œil goguenard, il mesura l'effet de sa phrase. Elle semblait être sur la défensive, prête à riposter comme un animal qui se sent en danger.

— Holà ! poursuivit-il, pour l'instant, c'est moi qui décide ! Tout apprenti que j'engage doit d'abord s'initier au métier et vous n'y connaissez rien !

Il lui lança un regard aigü et intransigeant qu'elle essaya de soutenir. Leurs yeux se croisèrent dans un échange où passait toute la violence contenue d'un affrontement. Baptiste sentit qu'elle lui jetait un défi conforme à sa nature et que se jouait là tout l'avenir de leur relation. Mais ce fut elle qui baissa son regard en premier.

Il respira. Tant d'aplomb l'ébahissait. « J'avais bien vu, pensa-t-il, elle a un sacré caractère ! » Un sourire vainqueur teinté d'amusement étira sa bouche où manquaient quelques dents. Mélie s'occupait à suivre d'un doigt distrait le tracé d'une ligne imaginaire sur le bois de la table. Comme si rien ne s'était passé, il enchaîna :

— D'abord, il faudra parfaitement savoir choisir la paille, pour cela, je vous emmènerai dans les champs après la fauche...

Le doigt de Mélie s'immobilisa. Cet homme la conseillait et la dirigeait comme un cheval sauvage qu'on dompte avant de le harnacher.

— Après, acheva-t-il, vous lierez les chevrons d'un lien de premier choix qu'il faudra encore apprendre à reconnaître et à utiliser...

Il multipliait les précisions, lui démontrant par là qu'elle avait encore un long chemin à parcourir et que rien n'était gagné. Enfin, il évoqua son salaire. Au début, seulement quelques sous par semaine, mais qui augmenterait vite si ses dispositions et ses compétences le justifiaient. Mélie fut d'accord. Les quelques sous proposés valaient ce qu'elle recevait pour son travail de blanchisseuse. Par la suite, à elle de prouver ses capacités. Ce contrat établi, Baptiste l'emmena vers l'atelier qui se dressait derrière la maison, au fond d'une cour. Elle découvrit une sorte de hangar au toit en tôle ondulée dont la porte grande ouverte laissait s'échapper des bruits de scie et de battage. A côté du bâtiment, en bordure de la cour, un ruisseau courait entre deux petites rives encaissées. On y accédait par une descente aménagée en escalier où les marches en terre avaient été consolidées par des plaques de bois afin d'éviter tout glissement.

A l'intérieur de l'atelier, Albert et Charles s'activaient. Le premier ratissait un grand amas de roseaux, l'autre découpait de fines lamelles de bois à partir de rondins qui s'empilaient près de lui. Une odeur sèche émanait des tas de paille et des roseaux brassés qui exhalaient une poussière un peu aigre, mélangée à la sciure du bois. Presque malgré elle, Mélie inspira longuement. Elle recevait cette senteur, s'en imprégnait comme s'il fallait qu'elle devienne un repère délimitant les jalons de sa prochaine vie. Une histoire s'ébauchait, se ramifiant déjà en elle comme un jeune arbre aux branches vigoureuses.

— Je voudrais bien commencer tout de suite, dit-elle.

Le soir, lorsqu'elle rentra chez elle, la pluie avait lavé le ciel. Le jour s'éteignait dans une lumière grise où ne brillaient que des gouttes d'eau qui perlaient encore çà et là, le long des feuillages. Mélie avait hâte de retrouver Juste, de lui raconter tout ce qui emplissait sa tête et qui la rendait si heureuse malgré la fatigue et la tension de ce premier jour.

Evitant le centre du bourg, elle passa devant quelques fermes et emprunta le sentier rocailleux qu'elle aimait prendre. Il la conduisait toujours à son but en coupant à travers une allée plantée de chênes et de « fayes » qui abritaient ses pas. Elle y retrouvait la quiétude qu'annonçait la proximité de sa maison. Chaque arbre, chaque plante lui parlait. Elle reconnaissait les oiseaux à leurs cris, savait repérer la fuite éperdue d'un écureuil trop téméraire ou les coups de bec réguliers d'un pivert contre l'épaisseur d'une écorce. Ce soir-là, la même impression de plénitude vint à elle comme le présage d'une soirée paisible et détendue. Elle ne vit rien venir.

Brusquement, une main l'attrapa aux cheveux et tira, lui arrachant un hurlement de douleur. Puis, sans qu'elle puisse réagir, deux violentes poussées la précipitèrent sur le sol où sa jupe se macula de boue.

— Traînée ! entendit-elle, et ses yeux hagards découvrirent au-dessus d'elle le visage en furie de Marie-Louise.

Mélie voulut fuir et roula sur le sol pour s'écarter mais l'autre bondissait déjà, la couvrant de coups de pied aveugles dont la force lui perçait les os. Un court instant, elle ne pensa qu'à se protéger mais ses bras repliés devant elle ne firent qu'exaspérer la folie de celle qui se vengeait ainsi. Marie-Louise se mit à la frapper au visage et sur la tête de ses mains nues. Les traits convulsés, elle perdait toute apparence féminine et sa bouche déformée lâchait un chapelet d'injures :

— Tu paieras ! Tu paieras ! hurlait-elle entre deux volées de coups.

A portée de sa main, Mélie repéra sur le sol une grosse branche qui pouvait servir de bâton et s'en empara pour frapper aussi. Déstabilisée, Marie-Louise recula. Ce fut assez pour que Mélie se redresse et qu'en dépit de son épuisement elle la menace à son tour.

Décoiffées, haletantes, elles se firent face. La lutte se poursuivait dans cette arène où même la nature paraissait économiser son souffle. Des corbeaux s'envolèrent de la cime des arbres, croassant dans des battements d'ailes effrayés. Ces deux femmes qui se rossaient pour un homme désorganisaient la lenteur du soir, cette retombée du temps qui enveloppait bêtes et insectes avant de les entraîner vers le sommeil.

Marie-Louise ne se calmait pas. Elle se rua de nouveau sur Mélie, s'acharnant avec un désespoir qui mêlait aux éraillements de sa voix des larmes de rage. Plus petite et plus agile, Mélie esquiva son ultime attaque. Elle calcula que, d'un croc-en-jambe, elle pouvait l'envoyer à terre et la paralyser. Aussitôt, son pied s'interposa pour la faire tomber. Dans sa chute, le visage de Marie-Louise heurta une pierre de plein fouet. En gémissant de souffrance, elle ne parvint pas à se remettre debout. L'arcade sourcilière ouverte, son sang giclait en coulées chaudes qui ruisselaient sur ses joues. La bataille venait de se terminer.

Epuisée, Mélie envoya le bâton s'échouer au milieu des herbes et s'assit pour reprendre haleine. Elle fixait Marie-Louise qui restait par terre, tentant d'éponger son sang en pressant une manche de son corsage déchiré contre sa blessure. Elle pleurait. Des sanglots sourds soulevaient ses épaules frémissantes de douleur et de désappointement. Mélie la découvrait. Après le terrible excès dont elle sortait vaincue, le pathétisme de sa défaite joint à sa blessure la touchait. Elle s'approcha d'elle et lui tendit l'un des grands mouchoirs de coton que sa mère brodait à ses initiales.

— Tenez ! fit-elle, il arrêtera le sang.

Marie-Louise prit le mouchoir et l'appliqua sur son front en feu puis elle se releva, évitant le regard de Mélie et tout ce qui pouvait les relier d'une manière ou d'une autre. Sur son visage, les traînées de sang et de boue se mélangeaient aux larmes. Elle se décida à s'éloigner enfin. Mélie suivit sa démarche vacillante qui disparut peu après de l'autre côté du chemin. Elle ne pouvait plus rien pour elle que la laisser s'enfuir, broyée par son chagrin.

Une lumière blanche inondait les collines. Sous la chaleur de juin, les foins jaunissaient déjà, couvrant les herbages de leurs longues tiges touffues. Le temps de la fenaison appelait les journaliers à venir se louer en renfort. La plupart arrivaient à pied des départements voisins ou dans des carrioles qui acceptaient de les rapprocher. Ils frappaient alors aux portes des grandes fermes, proposant leurs bras contre quelques sous et de la nourriture. Alexandre embaucha les trois hommes qui revenaient chez lui chaque année à la même époque, et dont il connaissait la persévérance et le zèle.

Dans une aube fraîche, des colonnes de faucheurs se répandirent à travers la campagne. Sur leurs épaules, les lames des faux brillaient et leurs sabots foulaient les chemins encore trempés de rosée. Devant eux, de rares faneuses mécaniques tirées par de lourds chevaux ouvraient la marche, tandis qu'au bout des rangs, les femmes coiffées de grands chapeaux de paille portaient des fourches en bois. Des chants s'élevaient, timides encore, unissant le courage à la gaieté avant d'envahir les prairies sous un soleil de plus en plus ardent.

Parmi les plus aisés, Alexandre possédait sa propre faneuse qu'il se mit à conduire lui-même dans l'un de ses champs. Faisant aller son cheval à un pas cadencé, il surveillait en même temps le cliquetis des roues dentées qui soulevaient les brassées d'herbes et les amoncelaient en piles irrégulières derrière lui. Plus loin, les trois journaliers avec Léon et P'tit Blaise formaient des « moncées » ou petits tas qu'ils allaient bientôt botteler et lier.

D'une prairie à l'autre, les gestes se répondaient, accompagnés de sons rauques que la régularité des efforts amenait au bord des lèvres.

Vers dix heures, des femmes vinrent apporter la soupe et des chopines de cidre. A leur tête, Marie-Louise organisa la distribution. D'habitude, elle évitait toujours la brûlure écrasante du soleil, préférant se consacrer aux menus travaux de la ferme, mais elle ne quittait plus Alexandre. En la voyant arriver, il stoppa son cheval. Malgré ses manches de chemise relevées, il avait chaud, et la peau de ses bras et de son cou se voilait d'une moiteur tenace qu'un mouchoir mouillé ne réussissait à dissiper que quelques instants. Marie-Louise le servit en premier, lui tendant un gobelet de cidre et une assiettée de soupe aux légumes où flottaient des morceaux de pain recuit et de lard. Il ne dit rien et s'assit un peu à l'écart, sous l'un des ormes centenaires qui ombrageaient la prairie.

Il n'avait pas envie de lui parler. Depuis combien de temps, d'ailleurs, le silence s'était-il fait entre eux ? Que cherchait-elle ici ? Quel étrange sentiment la poussait à se dévouer corps et âme sans compter ? A l'entourer de soins ininterrompus qui le glaçaient ?

Il eut l'impression qu'elle achetait son indulgence. Pour lui, elle avait choisi le meilleur lard et le meilleur cidre dont elle enterra la bouteille en grès dans le sol pour la garder au frais. A la voir se plier puis s'agenouiller devant lui pour creuser la terre de ses mains nues, il la compara à un chien qui s'offre à son maître. Une déchirure, un écœurement surgirent. Un flot de souvenirs récents remonta à sa conscience. Lorsqu'elle était apparue, le visage en sang dans l'entrebâillement de la porte, il s'était précipité :

« Tu t'es blessée ? — Ce n'est rien, avait-elle répondu,

je suis tombée. » Puis, sans attendre, elle était partie baigner sa plaie, abandonnant le mouchoir de Mélie par inadvertance. En le ramassant, Alexandre s'était figé. Pour les avoir déjà vues, il connaissait les initiales brodées et savait à qui elles appartenaient. « Pourquoi ? » avait-il alors demandé en brandissant le tissu taché entre deux doigts. Mais elle s'était détournée, gardant son habituel silence jusqu'à ce qu'il l'oblige à parler en la secouant de toutes ses forces : « Vas-tu me le dire, à la fin ? » avait-il crié alors qu'elle se décomposait de frayeur.

« C'est elle, elle m'a agressée », avait-elle jeté à bout de nerfs, mais il n'avait pas voulu y croire. « Tu mens ! » avait-il seulement ajouté avant de la relâcher.

La nuit, pour ne pas dormir à ses côtés, il avait rejoint une petite chambre isolée, à l'étage. Après quelques heures d'insomnie, il avait enfin sombré dans un sommeil sans rêves, jusqu'à ce qu'une main vienne caresser son front pour le réveiller. Dans la pénombre d'une nuit étoilée, Marie-Louise se tenait au bord de son lit. Jamais auparavant, elle n'avait osé ainsi le surprendre ou l'inviter et voilà qu'elle le suppliait, penchée près de lui, le provoquant dans cette impudeur brutale, si insolite chez elle, si contraire à sa maîtrise familière. Elle paraissait hors d'elle, hors de toute mesure et plus pitoyable encore. « Va dormir ! » avait ordonné sèchement Alexandre. Mais elle avait tenté de résister, de l'enjôler avant de fondre en larmes devant le rejet qu'il lui signifiait, le visage fermé.

Au-dehors, les ululements d'une chouette s'étaient mêlés à des aboiements lointains, aux soupirs de la brise qui agitait les feuilles des arbres. La nuit palpitait de sa vie coutumière faite de rumeurs légères et continues. Il n'y avait de place pour aucun désordre ni bouleversement. Dans le désarroi de sa solitude, Marie-Louise avait alors quitté la chambre.

Un envol de pies jacassantes tira Alexandre de sa rêverie. La pause du déjeuner finie, autour de lui, la fauche reprenait. A présent munies de leurs grandes fourches et de leurs râteaux, les femmes retournaient les foins pour les faire sécher, tandis que les journaliers à genoux commençaient à ployer les gerbes. Une touffeur dense saisissait chaque mouvement, chaque respiration. Les fronts et les bras nus s'humidifiaient de fines gouttelettes qui jaillissaient sous le rythme des efforts. Un instant, les larges rasades de cidre suspendaient la sécheresse des lèvres mais l'apaisement n'arrivait qu'avec l'eau des cours d'eau avoisinants où tous allaient se rafraîchir de temps à autre. Alexandre reprit les rênes de son cheval. Il s'éloignait à nouveau de Marie-Louise qui remportait les faitouts vides après la distribution de soupe. Aidée par une autre femme, elle monta dans une carriole pour prendre le chemin du retour. De loin, Alexandre la vit se retourner et agiter la main dans sa direction mais, en réponse, il ne lui adressa qu'un vague signe de tête. Il voulait se concentrer sur le sol que le cheval arpentait de son pas solide et sur ce qui restait encore à faner dans ses autres herbages. Là, il échappait à ses doutes, à sa peur, car cette femme dont il partageait la vie depuis des années lui semblait tout à coup dangereuse et menaçante. N'était-ce donc pas à cause d'elle qu'il n'avait pas revu Mélie depuis plus de quinze jours ? Il n'avait eu de ses nouvelles que par Thomas, le cantonnier. « Elle travaille dur chez le père Roussel, avait dit ce dernier, elle le suit du matin au soir comme son ombre... » Et devant son étonnement, avec un clin d'œil farceur, il avait plaisanté : « Le Victor, il est battu à plates coutures ! »

Aujourd'hui encore, Alexandre ne pouvait oublier cette phrase-là, elle résonnait à ses oreilles comme un réconfort qui différait le péril.

7

La peur était aussi entrée dans la vie de Mélie.

Chaque jour, sur le trajet qui la menait chez Baptiste ou le soir, à son retour, elle guettait les ombres, les froissements des herbes, le moindre bruit singulier. La nuit, elle fermait la porte à double tour et se couchait auprès de Juste comme si elle cherchait à le protéger aussi. Là, dans le creux du matelas qui les réunissait, elle songeait à ces louves qui pouvaient se sacrifier pour sauver leurs petits. Elle n'était tranquille que le jour lorsqu'elle le savait à l'école et qu'elle-même s'acharnait dans le travail pour oublier.

L'atmosphère de l'atelier, la compagnie de ces hommes qu'elle apprenait à découvrir et l'envie toujours renouvelée de se dépasser la défendaient de tout. Petit à petit, elle s'intégrait à cet univers inconnu, respectant les territoires et les marques des uns et des autres pour ne rien brusquer. Mais en douce, elle avançait étape par étape, le sourire aux lèvres et le front têtu.

Un matin, pour la première fois, Baptiste l'emmena chez Eugène Lebret. Le bourrelier avait fait appel à ses services à cause d'un trou dans le chaume qui coiffait sa maison. Mélie s'installa aux côtés d'Albert dans la carriole qui transportait les chevrons, les bottes de paille et les lattes en bois. Par souci de conformité et pour ne pas créer de différences, elle ne quittait plus le pantalon qu'elle ôtait simplement le soir, à son départ. Même ainsi habillée, elle ne perdait ni sa féminité ni la grâce que son visage et son corps reflétaient toujours. Elle ne faisait que les dépasser avec ce naturel déconcertant que Baptiste avait vite remarqué et apprécié.

Il la commandait et la rudoyait souvent comme s'il voulait que son travail soit parfait. Plus d'une fois, il l'avait obligée à reprendre le peigne pour éliminer les impuretés des pailles posées sur le chevalet de l'atelier.

— Mieux que ça ! tonnait-il, il ne doit rien rester ! Les tiges doivent être lisses et belles comme des bijoux.

Il se délectait à les admirer, les inspectait du plat de sa main qu'il passait délicatement, presque avec amour, sur chaque botte. Mélie se taisait, reprenait l'outil pour recommencer. Elle savait qu'il exigeait d'elle la perfection, ce dépassement dont il la sentait capable et qu'il encourageait à sa manière. Jamais il ne lui adressait de compliments et, lorsqu'il était satisfait, il n'émettait qu'un grognement sourd qu'elle avait du mal à interpréter.

A leur arrivée, le ciel se dégageait à peine du côté de Caumont. Depuis plusieurs jours, les nuages succédaient aux pluies irrégulières qui masquaient toute velléité de soleil. Albert descendit le premier de la carriole et déplia la grande échelle. Dès qu'il les aperçut, le bourrelier vint au-devant d'eux pour les accueillir.

— On peut accéder par l'intérieur aussi, dit-il, il y a un escalier jusqu'au grenier.

En même temps, il dévisageait Mélie avec curiosité, s'amusait de la voir là, si à l'aise entre ces hommes.

— Alors, madame Delaunay, ironisa-t-il, c'est vous qui allez monter sur le toit ?

En réponse, Baptiste s'interposa sur un ton qui ne laissait aucune place à la discussion :

— Si je l'ai amenée, c'est qu'elle doit être là !

Lebret n'insista pas, et, pour faire diversion, proposa la traditionnelle goutte avant le début des travaux. Après avoir trinqué, Baptiste suivi de Mélie grimpa vers la toiture par l'escalier du grenier tandis qu'Albert montait par l'extérieur. A maints endroits, la charpente trouée s'ouvrait sur le ciel. En homme de métier, le vieux Roussel estima que le toit devait avoir plus de vingt ans d'âge et qu'il avait été usé de façon précoce ; il fallait donc le refaire entièrement. Mais Lebret ne voulut rien savoir :

— Pour l'instant, colmatez les brèches, ensuite on verra !

Les deux artisans avaient beau s'apprécier à travers leurs spécialités respectives, dans le domaine où il excellait, Baptiste s'entêta :

— Je ne m'occupe pas de vos cuirs, répéta-t-il, faites-moi donc confiance pour le chaume !

Le bourrelier ne céda pas. Pas une minute, il n'avait envisagé la somme d'argent requise ni l'importance du travail. Gagner du temps lui paraissait essentiel. Avec l'été qui venait, le chaume résisterait bien aux faibles intempéries. Il accumulait les arguments, plaidait son point de vue en vrai bas Normand qui calcule et se méfie, jusqu'à ce que Baptiste abdique après un haussement d'épaules résigné :

— C'est comme vous voulez mais, d'ici la fin de l'année, il se percera de nouveau.

Puis il coupa court à tout nouveau palabre et pria alors Mélie de l'aider. Elle apporta les gluis de seigle qu'elle avait préparés et attachés au moyen de tiges de ronce fendues. Sa fierté se lisait sur son visage, c'était la première fois qu'elle participait ainsi au rebouchage d'une toiture. La veille, Baptiste avait enfin acquiescé devant son ouvrage : « Pas mal, pas mal, avait-il dit, demain on verra. »

A présent, il lui expliquait comment allait procéder Albert, d'abord poser les lattes en bois de chêne bouilli qu'il avait façonnées lui-même dans l'atelier, puis les clouer sur les chevrons. Sur cette base, la couverture végétale viendrait se fixer : de bas en haut et de gauche à droite. Il détaillait chaque opération, chaque agencement projeté par l'ouvrier qui se tenait prêt au-dessus d'eux, allongé sur le toit en pente.

Mélie ne perdait pas une miette de son discours. Au fur et à mesure que le temps passait, Baptiste se rapprochait d'elle comme un père enseigne à son enfant. Elle sentait le lien se nouer, les unir peu à peu, drainant un imperceptible courant d'affection. Dans cette chaleur-là, elle retrouvait l'image disparue de son propre père. Par pudeur, elle ne disait rien, ne voulait pas trop y croire mais souvent, c'est elle qui préparait les repas de Baptiste et s'inquiétait de lui. Et pour ne pas le décevoir, elle aurait pu franchir des montagnes.

Des grappes de nuages sombres s'accrochaient au ciel, l'air se mettait à la pluie et au vent. Albert se dépêchait avant que des averses n'éclatent. Il restait encore deux trous à boucher lorsque les premières gouttes tombèrent. Il s'arrêta, scruta les nuées opaques qui s'étaient formées au-dessus de lui.

— Tu peux continuer ! conseilla Baptiste qui le regardait, c'est seulement une ondée.

Mais en amont, le vent ramenait d'autres nuages plus noirs, plus préoccupants. Albert doutait. Il allait les montrer à son patron lorsqu'une femme courant et gesticulant fit irruption dans la cour.

— Madame Delaunay ! s'écria-t-elle, à bout de souffle, venez ! Venez !

Mélie se pencha par la petite fenêtre du grenier et reconnut aussitôt l'une de ses voisines :

— Que se passe-t-il, madame Brunet ?

La femme se raidit comme affectée par quelque chose de terrible qui la pétrifiait. De ses deux mains, elle triturait le tablier qui recouvrait sa longue jupe et sa bouche s'agitait de spasmes qui l'empêchaient de parler. Elle avala plusieurs fois sa salive avant de parvenir enfin à lâcher d'une voix atterrée :

— C'est vot' petit Juste. Il faut que vous veniez tout de suite !

En le tenant à pleins bras, Mélie se souvenait de la lune rousse. Pour arriver jusqu'à lui, elle avait couru à perdre haleine sans attendre Baptiste qui proposait la carriole, ni la voisine qui la suivait de loin. Un grand vide s'était emparé d'elle, une béance où plus rien ne demeurait qu'une supplique qu'elle avait formulée tout au long de sa course : « Sainte-Vierge, aidez-nous ! »

Plusieurs fois, elle avait titubé, s'était rattrapée à un arbre, la main sur le cœur pour tenter de contenir ses soubresauts, avec l'éprouvante impression de ne jamais pouvoir atteindre son but. Et maintenant, elle était seule, serrant contre elle le petit corps chaud et fiévreux de Juste tandis que derrière elle, après avoir fait prévenir le médecin, l'instituteur n'osait plus bouger.

Que lui importait ces gens autour d'elle, ces regards qui fouillaient son chagrin, son effroyable peur ? Dans sa détresse, elle reprenait le refrain d'une berceuse qu'elle chantait autrefois, penchée de la même façon sur son lit de bébé, quand il gazouillait vers elle.

Dors, dors
Bel ange d'amour
Dors, dors
Jusqu'au jour.

Et plus rien ne comptait que ces mots murmurés et ses folles promesses : « Seigneur, faites qu'il guérisse et je ne reverrai plus Alexandre ! »

D'instinct, elle liait les deux histoires, craignant un châtiment divin et des représailles pour son inconduite. Entre ses bras, la pâleur du petit Juste donnait à son visage la transparence de la cire. Son ventre dur et tendu ne laissait planer aucun doute. Le « carreau » venait de le frapper : maladie redoutable qui enflammait le ventre des enfants. Pour certains, la mort était la seule issue. Toutes les mères le savaient par ici et les nombreux cierges qui ornaient les statues de saint Martin imploraient son intercession pour préserver leurs enfants de cet implacable fléau. Mais que faire contre le destin et la volonté divine ? Peut-on assez les protéger ?

Mélie revoyait la lune rousse du printemps dans une nuit claire et parfumée. Les premières douleurs l'avaient secouée tout entière, puis elle avait amadoué son corps, l'asservissant à son unique désir : mettre au monde l'enfant qui était déjà ce qu'elle possédait de plus cher. Aidée par deux voisines, entre les bassines d'eau et les linges rougis, elle s'était délivrée de lui en retenant ses cris, ne versant que deux larmes brûlantes, dont aujourd'hui elle retrouvait le goût. Tout à coup, le temps annulait les six années passées à le voir grandir, à le guider, à l'aimer. Et la souffrance devenait encore plus insupportable et plus aiguë.

A son arrivée, le médecin les sépara à grand-peine. Il ne se prononça pas et demanda de porter le petit au chaud, dans son lit. Quelqu'un prêta sa carriole pour le reconduire avec sa mère. Toute la nuit, Mélie le veilla. La fièvre ne baissait pas. Elle ne cessait de tremper de grands carrés de tissu qu'elle étalait sur ses tempes et son front pour les rafraîchir. Les potions du médecin n'avaient pas l'air d'agir. Alors, elle s'agenouillait près du matelas de plume et, serrant ses mains jusqu'à ce que les jointures blanchissent et que ses ongles s'enfoncent dans sa chair, elle offrait sa douleur en priant tous les saints du paradis. Si Juste guérissait, parce qu'elle se rendait compte de sa faute et de son péché, elle ne reverrait plus Alexandre, elle le promettait, le jurait. Pour son enfant et seulement pour lui, elle ne céderait plus à la tentation.

Le soir, Baptiste était venu la voir. D'abord, il n'avait pu parler et n'avait posé qu'une main maladroite sur ses cheveux puis il avait décidé de l'aider : « Je vais chercher le père Hamel, il le touchera. » Un peu plus tard, Mélie avait ouvert sa porte au rebouteux. Jusqu'au petit matin, elle oscilla entre son délire et l'épuisante attente qui la brisait. Elle s'efforçait de résister au sommeil, pensait à Victor, l'appelait comme s'il pouvait l'entendre puis sombrait dans une semi-léthargie où sa solitude lui semblait insurmontable. Enfin, alourdies de fatigue et de tension, ses paupières se fermèrent. Quand elle les rouvrit, le soleil entrait à flots par la fenêtre, une mésange sautillait sur le rebord en pierre à la recherche de quelque nourriture. Elle reprit ses esprits et, du coin de la cheminée où elle s'était recroquevillée à même le sol, elle glissa vers le matelas de plume. Allongé, les yeux grands ouverts, Juste souriait.

— Maman, dit-il en l'apercevant, j'ai faim !

Alors seulement, elle sut qu'il était sauvé et pleura tout son saoul.

8

Les moissons ne tardèrent pas. Partout, les épis mûrs et fournis se balançaient sous le vent. Alexandre se perdait à les soupeser, à sentir leurs têtes drues et compactes dans le creux de sa main. Il retrouvait les plaisirs de son enfance, des années où son père choisissait l'un des plus beaux et croquait dedans : « Ils sont à point, déclarait-il, regarde ! » Les grains écrasés laissaient s'écouler leur farine blanche : « Tu vois, poursuivait-il, ils sont pleins comme des brebis qui vont mettre bas et dont il faut d'abord tâter le ventre pour savoir. »

Alexandre n'avait rien oublié de ses leçons. Il aimait ses champs comme son père lui avait appris à les aimer, en comparant leur fertilité et leur abondance à des êtres vivants. Jamais ils ne l'avaient déçu, contrarié tout au plus, quand le vent, le froid ou la pluie étouffaient sur place la vigueur des semailles. Alors, il s'arrangeait pour croire à de meilleures saisons et redoublait sa vigilance.

Mais cette année, au cœur de juillet, ses blés et ses seigles fléchissaient déjà sous leur propre poids. Ils rachetaient un peu de son amertume, de cette aigreur que Mélie avait versée au fond de lui comme un cidre suri.

Debout, face au jour qui pointait à l'horizon, il ne voulait plus y penser et surveillait la route. Bientôt, Léon et

P'tit Blaise suivis des journaliers déboucheraient en haut de la côte. Les faucilles aiguisées sur les pierres allaient saper les gerbes avant le battage. Tout ceci n'obéissait-il pas à cet ordre immuable qui se répétait chaque année ? Seule la perspective du banquet final apparaissait comme une détente ou un répit.

Il s'épuisa à la besogne pour obtenir la paix, celle qui le portait jusqu'au sommeil, les membres ankylosés, le dos fourbu. Là, il s'écroulait toujours après l'apparition d'une image floue de Mélie qui s'évanouissait comme happée par la nuit. Parfois, il s'éveillait, touchait le drap. Où était-elle ? Sa main ne rencontrait qu'un tissu rêche et froid. De très loin en lui émergeait alors la tendresse passée qui accentuait le vide du lit où il essayait tant bien que mal de se construire un refuge. Aucun matin n'apaisait le déchirement du rejet qu'elle lui avait opposé.

La fenaison à peine terminée, il avait voulu aller à pied jusque chez elle. Dans la lumière rouge du crépuscule, les bottes de foin achevaient de sécher, dressant des monticules sombres dans les prairies dénudées. Il avait marché le long des talus et des haies, coupant à travers des taillis et des chemins creux. Ses pas avaient peu à peu écarté le regard courroucé de Marie-Louise. Il n'avait donné aucune explication à son escapade ; sa détermination était si visible qu'elle paraissait indiscutable. Pour éviter un inutile conflit, Marie-Louise s'était tue. Ne l'avait-on d'ailleurs pas mise au courant de ce qu'Alexandre ignorait encore ?

Sûr de lui en franchissant la barrière d'un seul coup, il avait vu le soleil sombrer et s'éteindre derrière les collines. Quelque chose avait vacillé dans son esprit sans qu'il comprît pourquoi. Mélie lui avait ouvert sa porte comme elle le faisait d'habitude mais au lieu de la refermer et de se suspendre à son cou, elle ne lui avait adressé qu'un petit sourire.

— Tu n'es pas contente de me voir ? avait-il demandé, peut-être que je te dérange ?

Il cherchait une excuse à la distance qu'elle venait de placer entre eux.

— Non, avait-elle répondu avant de l'inviter à s'asseoir près de la table, il faut que nous parlions.

Juste ne dormait plus dans la salle sur le matelas de plume. Depuis sa maladie, elle le couchait dans la chambre du haut pour qu'il soit isolé des bruits et livré à un sommeil réparateur.

— Tu veux manger ? boire ?

Elle s'inquiétait du bien-être d'Alexandre comme s'il fallait adoucir ce qu'elle se préparait à lui dire et qu'il ne percevait encore qu'obscurément.

Un moment, le cidre avait pétillé dans les bols en grès, ils avaient admiré sa couleur blonde et sa mousse légère avant de boire aux prochaines moissons et au nouveau travail de Mélie. Dans leur détour, les mots se chargeaient de sous-entendus, remplaçant la passion d'autrefois par des banalités qui les éloignaient l'un de l'autre. En allant remettre le cidre au frais dans la buanderie, Mélie était passée près d'Alexandre et il n'avait pu s'empêcher de la toucher, de la prendre contre lui.

— Tu ne me désires plus ?

Il la tenait entre ses bras, redoutant sa réponse, n'osant rien faire d'autre que la garder ainsi, le menton caressé par la soie de ses cheveux. Sans rudesse, elle s'était dégagée de son étreinte pour articuler les phrases qui allaient se graver en lui :

— Nous ne pouvons plus nous revoir, Alexandre. Je l'ai juré devant la Sainte Vierge. C'est elle qui a sauvé Juste ; si je manque à ma parole, ce sera l'enfer pour lui et moi !

Elle avait tout raconté ; le mal dont le petit avait été atteint, sa propre souffrance et enfin sa joie devant une guérison qu'elle n'espérait plus.

— J'ai juré, avait-elle répété, tu me comprends n'est-ce pas ? Nous ne devons plus nous revoir.

Un instant, un vrai chagrin les avait réunis, aussi fort peut-être que leur jouissance lorsqu'ils s'appartenaient et que le temps ne comptait plus. Puis, un courant glacé avait parcouru le dos d'Alexandre :

— Et tous nos projets ?

Sa voix s'était mise à trembler ; à quoi se raccrochait-il sinon à ce qu'il refusait de perdre, à ce bonheur entrevu auquel, soudain, il devait renoncer ? Malgré ses larmes, Mélie avait repris les mêmes arguments. Il ne s'agissait plus d'elle mais de cette foi qui la dépassait et contre laquelle Alexandre ni personne ne pouvait s'élever.

En silence, il avait alors quitté la ferme et celle qui désormais se refusait à lui. Dehors, la nuit chantait. Des stridulations de grillons s'échappaient des herbes et de temps à autre, dans les mares éparses, on entendait le saut des grenouilles entre les bouquets de roseaux et les prêles. Pendant longtemps, il avait cru sentir le regard de Mélie l'accompagner et, sans en prendre conscience, il s'était dirigé vers la Drôme. Dans l'air calme, des lucioles voletaient au-dessus de sa tête, aucun vent ne soulevait les feuilles des arbres et le ciel tapissé d'étoiles clignotait de tous ses feux. De loin d'abord, il avait écouté le flot régulier de la rivière avant de rejoindre ses rives. Que venait-il chercher ici ? Il ne savait pas, il obéissait seulement à cet instinct qui le poussait, à ce désespoir que Mélie avait jeté en lui et qui l'oppressait.

Sans bruit, il avait glissé le long du talus qui surplombait le courant, évitant les nombreuses fougères et quelques arbustes. Il ne pensait plus à rien. Parfois, des images taraudaient sa mémoire. Comment se soustraire à tout ce qui avait marqué sa vie depuis quelques mois ? Au bord de l'eau, il avait contemplé l'onde noire qui fuyait entre les pierres et les branches traînantes des saules. Puis, il avait essayé d'entrer dans cette eau qui l'invitait à s'immerger en elle pour mieux l'engloutir. Seuls son contact glacial et la vase disséminée sur ses bords où pullulaient les insectes l'avaient écœuré. En ultime dissuasion, le visage sarcastique de Victor avait tournoyé au-dessus de lui, achevant de le persuader à faire demi-tour.

Pourquoi mourir ? Quelle leçon donnerait-il à ceux qui guettaient sans relâche ses défaillances et ses faiblesses ?

Grelottant et trempé jusqu'aux os, il était remonté sur la berge pour retrouver le chemin de sa ferme. Là-bas, Marie-Louise l'attendait toujours. Ce n'était ni un réconfort ni un soulagement, seulement l'infime consolation dont il avait besoin, ce soir.

Cris et bravos saluèrent la dernière charretée.

A chaque fin de moisson, tous les moissonneurs se regroupaient autour d'une charrette enrubannée qui promenait à travers le bourg la dernière gerbe attachée par un lien tricolore où se mêlaient coquelicots, marguerites et bleuets. La fête allait venir, le cidre coulerait à flots entre les plats cuisinés par les femmes et les chansons à boire, rythmées par les violoneux. Cette année-là, Alexandre fit dresser une grande tablée dans la cour de sa ferme. Il avait besoin de bonne chère, de rires, de musique et de danses. L'argent dépensé n'avait pas d'importance, ce qu'il voulait c'était l'étourdissement, l'excès d'une soirée pleine de liesse.

Aidée par d'autres femmes, Marie-Louise fit ce qu'il demandait. Elles alignèrent cinq tables les unes contre les autres, posant sur les nappes blanches des guirlandes de palmes et de fleurs d'églantiers. La place du curé qui avait si bien béni les récoltes ne fut pas oubliée. Par chance, le beau temps et le vent sec se maintenaient. Dès sept heures du soir, ils se retrouvèrent une bonne trentaine à s'attabler. Les hommes restaient ensemble tandis que les femmes en bout de table s'apprêtaient à se lever à tour de rôle pour apporter les plats qu'elles avaient fait cuire toute la journée dans le four du boulanger. Cochonnailles, civets de lièvre, rôtis se succédèrent, arrosés des meilleurs cidres et poirés de la réserve.

Quand le jour déclina, Marie-Louise alluma quelques lanternes et des lampes Pigeon. Les premières notes de musique retentirent après le coup de calva qui marquait une pause entre deux plats.

— C'est pour améliorer la descente, eut soin de proclamer Alexandre en trinquant avec ses hôtes.

Aussitôt après, des couples se formèrent. Les deux violoneux juchés sur des tonneaux s'en donnaient à cœur joie et leurs pieds chaussés de sabots heurtaient en cadence les bords en bois cerclés de métal. Des cols de chemise se dégrafèrent, des hommes s'épongèrent le visage mais les corps libérés ne ressentaient plus la tension des journées précédentes. La cour s'embrasait d'un tourbillon de gaieté, de chansons, de cette exubérance qu'Alexandre désirait tant et qu'il laissait venir à lui comme une bouffée de réconfort. Il se leva, enlaça Marie-Louise et, pour la première fois depuis des années, dansa aussi. La ripaille et l'agitation durèrent toute la nuit. Attirés par ces réjouissances qui résonnaient à plus d'une lieue à la ronde, des voisins arrivèrent. Quand une lueur fauve, annonçant l'aube, se détacha au-dessus des toits, le curé était parti depuis longtemps. Certains participants s'étaient endormis à même les tables, bouche ouverte, la joue reposant sur leurs bras repliés. D'autres, le pas lent, l'allure traînante, quittèrent alors la ferme en remerciant. Les plus résistants, volubiles, commentaient les plaisirs éprouvés en répandant l'accent de leurs voix sur les routes désertes.

Peu à peu, la cour se vida de sa turbulence. Un étrange silence lui succéda et poussa Alexandre vers Marie-Louise. D'ici quelques heures, il le savait, avant le passage des glaneuses, Baptiste Roussel serait sur ses terres. Il choisirait les plus belles pailles, les gluis dorés et droits qu'il allait utiliser. Mélie l'accompagnerait, il ne pouvait en être autrement. Alexandre imaginait ses cheveux confondus à l'or des chaumes et du soleil, sa silhouette gracieuse se penchant vers le sol, écoutant celui dont elle emboîtait chaque pas. En prenant Marie-Louise entre ses bras, en l'entraînant vers le lit retrouvé de leur chambre, il ferma les yeux. Les flonflons de la fête continuaient de tourner dans sa tête, les vapeurs d'alcool déchaînaient en lui un désir toujours à fleur de peau. Ce n'était pas

Marie-Louise qu'il aimait dans cette fureur aveugle mais celle qui, lointaine et peut-être indifférente, le refusait. Quand il murmura « Mélie », un silence de mort s'abattit entre les quatre murs.

Du dehors, par la fenêtre entrebâillée, montaient des gazouillis d'oiseaux qui accueillaient le lever du soleil. Soudain, la voix éraillée de Léon appelant les journaliers pour le battage sonna comme un coup de clairon. Marie-Louise roula sur le côté du lit. Elle s'échappa des draps, dissimulant son corps dans la courtepointe qui était tombée sur le parquet. Quelques instants plus tard, Alexandre l'entendit verser de l'eau dans une cuvette en faïence, puis elle héla les deux valets et les journaliers pour leur donner la soupe du matin. Il décida alors de taire son malaise et s'habilla rapidement malgré son manque d'entrain.

Longtemps postée près de la fenêtre, Marie-Louise laissa ses yeux rivés au chemin qu'ils avaient emprunté. La tempe appuyée contre le montant de bois, elle pensait à Alexandre, au tournant que prenait leur vie après ces années où ils avaient vécu l'un près de l'autre sans s'en apercevoir. Il suffisait qu'apparaisse la faille pour que le sol où ils avaient pris racine devienne meuble et mouvant. La cour qu'il fallait débarrasser des traces de la veille, le beurre à baratter, les plantations du jardin, tout pouvait attendre. Seule s'imposait une certitude : en croyant reprendre Alexandre, elle le perdait à nouveau. Pourtant, elle s'était imaginée la plus forte.

Depuis la maladie du petit Juste, tous les habitants de Sept-Vents s'étaient rendu compte de la transformation de Mélie. Pas un jour ne passait sans qu'elle aille à l'église pour fleurir la statue de Notre-Dame. Dès l'aurore ou tard dans la soirée, on la voyait se prosterner devant elle et prier. Chaque bougie allumée signait sa parole donnée mais personne ne savait ce qu'elle promettait là, en secret, ni ce qu'elle endurait dans son vœu de renoncement à celui qu'elle aimait encore. Marie-Louise avait vite rapproché cette dévotion assidue des sautes d'humeur d'Alexandre qui buvait, à présent, plus qu'à son habitude. Lorsqu'il était revenu de la rivière, les habits trempés, elle s'était affolée : « Que t'est-il arrivé ? » « J'ai glissé dans la Drôme en voulant attraper des écrevisses », avait-il répondu en se forçant à rire, mais son hilarité frôlait la détresse et elle n'avait pas insisté.

Maintenant, devant ses yeux, le chemin où il venait de s'éloigner se fondait dans l'ombre et le soleil. La lumière s'infiltrait entre les branches de merisiers et de frênes puis plongeait en lignes verticales. Marie-Louise se figurait quelque sous-bois d'où allait surgir un animal sauvage. Elle aurait voulu que Mélie fût ici, aux abois, comme une biche effarouchée qu'elle aurait chassée ou tuée. Car tout son désir tendait vers ce seul but : éliminer celle qui n'avait pas hésité à lui voler l'homme qu'elle avait cru combler. Sur la route où Alexandre s'était enfui planait encore le prénom lâché comme un coup de grâce et qu'elle haïssait jusqu'au délire.

Dans la cour, les grognements du cochon qui réclamait sa pitance abrégèrent sa rêverie. Elle se souvint que, dans deux jours, il avait été convenu de le saigner. Cette fois, elle le ferait elle-même, personne ne l'en empêcherait.

Déjà loin d'elle et de leur naufrage, Alexandre entra dans son champ. Tout de suite, il remarqua les nuages qui s'accumulaient au-dessus des étangs du Val d'Aure :

— Tu vois ça ? fit-il à Léon qui le suivait, il va falloir se dépêcher ! C'est pour la fin de l'après-midi.

Derrière eux, les regards des journaliers évaluèrent aussi la couleur du ciel, mieux valait s'y mettre au plus tôt pour éviter les caprices du temps. Ils s'alignèrent autour des troncs de pommiers sciés, posés sur des attelles en bois. Saisissant les plus belles gerbes dans leurs mains, ils commencèrent à les battre sur les troncs pour recueillir ensuite les grains qui s'éparpillaient. En les imitant, Alexandre les encouragea de plusieurs : « Allez les gars ! » destinés à leur faire comprendre que le travail devait être fini avant la pluie.

Comme eux, il frappait avec assiduité mais le cœur n'y était pas. Là-bas, de l'autre côté du champ, Baptiste Roussel s'apprêtait à charger les gluis et Mélie l'escortait. Alexandre s'efforçait de se concentrer sur sa tâche mais il avait beau vouloir l'écarter, elle occupait tout son esprit. Lorsque Baptiste vint à sa rencontre, un bref instant, il espéra qu'elle s'approcherait aussi mais elle grimpa dans la charrette garée le long d'une haie et attendit.

— Ils sont superbes, cette année ! déclara le vieux Roussel.

Alexandre ne discuta même pas les prix et laissa carte blanche à l'artisan qui examinait les pailles en souriant d'aise, puis il questionna d'un air faussement détaché :

— Alors ? Vous êtes content de votre nouvelle recrue ?

Le sourire de Baptiste s'accentua :

— Vous parlez de la petite Letellier ?

Devant l'étonnement d'Alexandre, il s'expliqua :

— Pour moi, elle sera toujours « Letellier », j'ai bien connu son père et l'Victor, vous le savez aussi bien que moi, ne la mérite pas... Allez ! conclut-il, tope-là ! Je vous achète tout le lot.

Ils se tapèrent du plat de la main pour sceller la transaction. Baptiste pouvait s'en aller, l'affaire était bonne. Avant de se remettre à battre, Alexandre risqua un coup d'œil vers la charrette : Mélie se tenait un peu raide, les mains croisées sur ses genoux. En interceptant son regard, elle ne put réprimer un sursaut et baissa aussitôt le nez comme si elle voulait échapper à une épreuve.

Au-dessus d'elle, d'épais nuages s'agglutinaient, pressés par un vent que la mer semblait apporter. L'air se gonflait déjà d'une proche odeur de pluie. Alexandre fixait toujours Mélie et la masse sombre qui s'étendait dans le ciel. Après tous ces jours de soleil, c'était comme une grande tristesse qui se faisait en lui.

9

Quelques longs jours de pluie rafraîchirent l'air surchauffé. Un matin, en ouvrant sa fenêtre, Mélie surprit à nouveau le soleil. Il montait comme une flèche derrière les collines de Caumont, baignant leurs pentes d'une lumière revigorée qui forçait à cligner des yeux. Enfin, le retour du temps clair allait permettre de réparer le toit chez les Gautier. Voilà des semaines que le sabotier suppliait Baptiste. Débordé par les demandes, celui-ci ne pouvait satisfaire tout le monde en même temps.

« C'est toujours pareil, disait-il à Mélie, ils attendent la dernière minute... » Suivant sa vieille habitude, il grommelait tout bas, scrutait le ciel du matin au soir : « Le temps est à l'eau, on ne peut rien faire ! » Pour un peu, il aurait même pesté contre le bon Dieu qui lui mettait des bâtons dans les roues : « Sacré fi d'garce ! jurait-il, cette pluie ne s'arrêtera jamais ! »

Mélie riait, puis elle rejoignait Albert et Charles pour préparer avec eux les lattes de chêne et les chevrons. Les journées passaient sans qu'elle s'en aperçût. L'odeur de paille sèche et de bois tendre dont les copeaux giclaient sous la scie la réconfortait. Quand la pause du déjeuner arrivait, elle goûtait au cidre, partageait avec les trois hommes le repas qu'elle avait soin de leur réchauffer au-dehors. Elle distribuait aussi le pain, les servait et mangeait assise dans un coin du hangar. La conversation roulait alors sur les nouvelles du pays, glanées çà et là au hasard des rencontres, des foires ou des marchés.

Charles et Albert avaient appris à l'aimer comme ils aimaient les matins frais et stimulants de l'automne, quand, le fusil à l'épaule, leur chien sur les talons, ils partaient pour de grands affûts à travers les taillis et les fourrés.

Dès le début de la matinée, lorsqu'ils reconnaissaient son pas, sa voix, ils échangeaient toujours un regard. A chacune de ses entrées, elle semblait amener avec elle une senteur franche d'herbes coupées après l'averse. Aussitôt, les deux hommes se mettaient au travail, soutenus par un élan retrouvé.

Ils ne se posaient plus de questions et l'avaient admise parce qu'elle avait su s'imposer sans mièvrerie ni faux-semblant. Au départ bien sûr, Charles, le plus jeune, l'avait détaillée d'un œil évaluateur ; la conquête paraissait possible. Quel homme n'aurait pas essayé ? Mais Baptiste avait tout de suite décelé le manège. Il avait pris les deux hommes à part : « Que personne n'y touche ! avait-il menacé, sinon c'est la porte à la première incartade ! On est ici ensemble pour travailler, elle comme vous et moi ! » La leçon et l'ordre cinglants furent retenus. Charles s'habitua à la voir autrement.

Ce matin-là, pour accéder à la maison des Gautier, ils empruntèrent une petite route qui contournait le moulin d'Aubigny. Le cheval tirait joyeusement la carriole, il paraissait heureux de trotter sous le soleil.

— On en a pour la journée, commenta Baptiste qui conduisait, il n'y a qu'un pan de la toiture à refaire.

Derrière lui, Mélie était assise près des chevrons et des chaumes tandis qu'Albert examinait la corde et l'échelle. Charles était resté à l'atelier pour tailler de nouveaux rondins en chêne qui devaient bouillir dans l'eau avant de donner les indispensables lattes de bois fin. Baptiste s'était sans doute levé du bon pied, il plaisantait, joignant son humeur badine aux pas enlevés du cheval. Du ciel dégagé tombait une lumière cristalline qui scintillait sur le vert des plantes et des feuilles encore humides.

— On va vers l'automne, remarqua Albert en finissant d'enrouler sa corde.

Au-delà de la carriole, il regardait les champs dénudés et les vols moins élevés des hirondelles.

— On a quand même eu une belle saison, insista Baptiste, puis il montra la maison qui apparaissait sur une hauteur toute proche. C'est là, fit-il en faisant ralentir le cheval.

Raviné par les eaux, balayé par les vents, le toit de la modeste bâtisse avait cédé sur tout un côté. Quelques semaines auparavant, en attendant l'intervention nécessaire, Albert avait étalé dessus une grande bâche provisoire, fixée par des éclisses.

Occupé par ses commandes, le sabotier les accueillit avec chaleur mais ne s'attarda pas :

— Si vous avez besoin de quoi que ce soit, je suis dans mon atelier !

Pour ne pas perdre de temps, Albert se mit en place mais le vieux Roussel fit un signe à Mélie. L'échelle était déjà appuyée contre le mur et l'ouvrier prêt à grimper, lorsque la main de Baptiste l'arrêta :

— Aujourd'hui, c'est son tour !

D'un mouvement de tête, il désigna celle qui avait encore les bras chargés des gluis apprêtés.

— Je vais voir si mes leçons ont servi, poursuivit-il en la dévisageant.

Mélie se demandait s'il plaisantait ou non. Dans ses oreilles résonnait toujours le fameux ordre qu'il lui avait intimé lors de leur première entrevue : « Vous ne monterez pas sur les toits ! » Elle crut à un piège et tenta d'en rire mais Baptiste, imperturbable, dardait sur elle des yeux perçants qui semblaient la convier à un défi.

— C'est donc vrai ? questionna-t-elle, vous voulez que ce soit moi ?

— Il y a peu, vous étiez partante, vous avez donc perdu votre assurance ?

Le ton ironique la blessa. Il n'en fallut pas plus pour qu'elle se décide à déposer les pailles sur le sol :

— J'y vais !

Ses deux poings sur les hanches, elle soutint avec effronterie le regard de Baptiste, puis se dirigea vers l'échelle. Albert s'écarta tandis qu'elle gravissait un par un les barreaux pour atteindre le toit. En bas, le silence s'était installé entre les deux hommes qui l'observaient. Mélie savait qu'elle jouait là son avenir. Le vieux Roussel lui avait bel et bien tendu un piège à l'improviste. En se hissant sur le rebord du toit, elle se représentait son attente, son espoir peut-être aussi de la voir réussir. Elle comprit qu'elle tenait entre ses mains un enjeu capital et que, seule contre tous, elle devait une nouvelle fois le gagner. Comme sur le clocher de Caumont, elle serra les dents et commença la bataille qui exigeait minutie et perfection. La moindre erreur pouvait tout remettre en cause. Le corps contracté, elle se parlait à elle-même : « Les lattes d'abord, murmurait-elle, puis les pailles de seigle... » Elle avait besoin de s'encourager, de réciter les leçons retenues. Mentalement, la voix de Baptiste qui avait mille fois répété ses gestes et son savoir-faire pour elle l'accompagnait. « Ne pas le décevoir, surtout ne pas le décevoir ! » se disait-elle entre chaque rangée de pailles liées. A l'aide d'un long battoir, elle égalisait ensuite les liasses posées puis les arrêtait par des chevilles selon la méthode que l'artisan lui avait enseignée. Au loin devant elle, une lumière crue poudrait les étangs du Val d'Aure de minuscules éclats. Elle aurait pu, comme elle aimait le faire, laisser son regard admirer l'espace qui s'offrait avec pour unique frontière la route de Bayeux, fil noir tissé entre les arbres et les champs. Mais elle redoutait toute distraction ou rêverie. Au pied de la maison, un œil critique, aux aguets, détaillait chacun de ses gestes.

Malgré la brise, des gouttes de sueur mouillaient son front. Elle respirait fort en plaçant les faîtages de terre argileuse semée d'iris qui coiffaient les rangées de chaume. En elle, la voix de Baptiste ne la quittait pas, la guidant de ses explications et de ses conseils : « Les iris retiennent la terre, n'oubliez jamais ça ! Ils doivent couronner les faîtages qui assurent l'étanchéité... »

Combien d'heures avait-elle déjà passées à l'écouter, à l'imiter ? Parfois, elle devinait la jalousie réprimée de Charles. Le vieux couvreur ne l'avait-il pas présenté comme son second qui le relayerait un jour ? Alors, elle savait s'effacer, rendre sa place à l'ouvrier : « Je ne suis qu'une apprentie ! » disait-elle en le touchant affectueusement à l'épaule. D'un coup, Charles se détendait : « Pour sûr, Mélie, mais qu'est-ce que vous vous défendez bien ! » Leurs rires complices achevaient de dissoudre le malaise et, en levant un verre de cidre, ils s'embrassaient sur les deux joues comme s'ils avaient toujours été frère et sœur.

Elle resta plusieurs heures allongée ainsi sur le toit, une corde enroulée autour de sa taille. Au fur et à mesure du rebouchage, la couleur des nouveaux chaumes contrastait avec les anciens mais la toiture reprenait son aspect d'antan, lisse et homogène. Le sabotier vint plusieurs fois la contempler. Baptiste avait eu du mal à le faire taire lorsqu'il avait aperçu Mélie.

« Une femme ! s'était-il exclamé. Bon Dieu ! Mais ça ne tiendra pas... » Le vieux Roussel l'avait calmé : « Je le prends sur moi » et pour ne pas que Mélie entende, il l'avait entraîné à l'écart. « Elle travaille à la perfection. C'est moi qui vous le dis, Gautier, elle vaut plus que nous trois réunis ! »

Décontenancé, le sabotier n'avait plus protesté. Si cette affirmation sortait de la bouche même du meilleur couvreur en paille de la région, c'est que, quelque part, il y avait du vrai là-dedans...

« Si c'est vous qui me le garantissez, alors... »

Il était reparti sans autre commentaire, abandonnant

Baptiste qui surveillait les dernières opérations. Mélie terminait son travail avec la même conscience, le même soin.

— Tu vois, dit encore l'artisan à Albert, j'avais bien vu, elle ira loin si elle ne se laisse pas dévorer par ses hommes...

Sous sa moustache gris et blanc, ses lèvres esquissèrent une moue :

— Il faudrait que j'arrive à lui en parler.

Là-haut, ignorant tout de son discours, Mélie attachait les derniers écots ou chaumes privés d'épis. A présent, la peau de ses mains habituées à ces travaux s'était endurcie, seules quelques cloques d'irritation la brûlaient. Avant de redescendre, elle ne put s'empêcher de risquer un regard vers le lointain. Quelques nuages s'effilochaient dans le ciel, l'après-midi allait vers sa fin avec le lent déclin du soleil. Soudain, ses yeux captèrent un point qui grossissait en s'approchant. D'où elle était, elle devinait un homme marchant le long de la route, arrivant peut-être de la forêt de Balleroy ou plus loin, de Saint-Lô. Plus il avançait, plus sa silhouette déclenchait en elle une curieuse attirance. Elle demeura à califourchon sur le toit, sa main en visière pour se protéger de la réverbération du soleil, sourde aux appels de Baptiste et d'Albert qui la réclamaient. Bien avant de le reconnaître, un pincement au cœur l'alerta sur l'importance de celui qui progressait ainsi, un balluchon sur l'épaule. Cet homme revenait d'un voyage ou d'un long périple qui avait dû le mener par d'innombrables chemins. A force de le fixer, attirée par son allure étrange et solitaire, tout à coup, Mélie hurla son nom :

— Victor !

Elle agita la main dans sa direction en prenant à témoin ceux qui l'attendaient :

— Il revient ! Victor est de retour !

Aussitôt, elle se laissa glisser le long du toit et de l'échelle.

— Je viens de le voir, expliqua-t-elle à Baptiste, il arrive.

Le vieil artisan empoigna son bras en cherchant à calmer son émotion. Avec son air froid et distant, il la rappela à l'ordre :

— Holà ! s'écria-t-il, un mari ne fait pas la pluie et le beau temps. On est ici pour le travail et vous devez encore apprendre !

Ses paroles la mortifièrent. Elle avait cru qu'il allait la féliciter, lui adresser enfin ces louanges qu'il ne lui avait jamais exprimées. Au lieu de cela, il serrait son bras à lui faire mal et ses yeux se teintaient d'une lueur méchante. Mélie ne comprenait plus. Quand il la quitta pour aller dire au sabotier que son toit était réparé, un grand vide la saisit. Elle eut envie de pleurer et s'assit sur un muret qui courait dans le jardin entre une allée de cassis et de framboisiers. Près des baies presque mûres, des guêpes volaient lourdement comme étourdies par le nectar des fruits. L'été s'achevait dans une torpeur fragile que le moindre orage d'équinoxe pouvait faire basculer.

En la voyant si triste, Albert vint à elle :

— Je sais ce qui se passe... dit-il.

Elle leva vers lui son regard bleu :

— Baptiste est trop dur avec moi. Je suis découragée...

Avant d'aller vers la carriole et le cheval postés à l'entrée du jardin, l'ouvrier émit un petit rire de gorge :

— Fallait pas lui parler du Victor ! Il est jaloux, tout simplement !

Mélie avait tout imaginé, sauf l'émergence d'un sentiment contre lequel personne ne pouvait lutter. Pensive, elle suivit la démarche d'Albert jusqu'à la barrière. Voilà plusieurs mois qu'elle s'était consacrée à Baptiste et à ses leçons d'apprentissage. Elle l'avait entouré, prévenante et assidue. Le retour de Victor marquait la fin de cette harmonieuse et parfaite entente. Baptiste devenait jaloux comme un père l'est toujours de l'homme qui le détrône auprès de sa fille.

Quand Victor entra dans la cour, le soleil s'éteignait sur la crête des collines. Son arrivée fit s'ébattre les volailles et fuir le chat des voisins qui musardait près de la remise. Devant cette brusque déroute, il s'arrêta. Etait-ce un présage ? Ou avait-il déjà entendu la porte de la maison qui grinçait en s'ouvrant ? Il n'eut pas le temps de se poser des questions, le nez de Juste se profila dans l'entrebâillement.

— Papa ! hurla-t-il en se mettant à courir.

Derrière lui, Mélie apparut, un sourire éclairait son visage et Victor ne vit que lui en recevant le choc de l'enfant contre ses jambes. Il se baissa pour admirer son fils :

— Tu as grandi, non ?

Le petit acquiesça.

— On nous a mesurés à l'école, j'ai pris une tête...

— A l'école ? Tu vas à l'école maintenant ? Ta mère ne m'en a rien dit...

— Je ne sais pas, répondit Juste qui fixait le balluchon de son père posé sur le sol.

Victor saisit son coup d'œil :

— Oui, j'ai quelque chose pour toi mais je vais d'abord embrasser ta mère... Tu veux bien, n'est-ce pas ?

Le petit s'écarta pour laisser un passage mais, déjà, Mélie s'avançait vers eux. A mi-chemin, elle s'immobilisa. En redécouvrant Victor, elle tentait de trouver ce qui l'avait changé. Il semblait avoir forci et ses épaules plus larges tendaient le tissu noir de sa veste. L'ombre du soir adoucissait ses traits et dans son visage hâlé un grand sourire éveillait les traces heureuses d'un passé qu'elle n'avait pas tout à fait oublié. Il ne la prit pas dans ses bras mais caressa sa joue et embrassa ses doigts en les pressant contre sa bouche. Puis, main dans la main, ils marchèrent jusqu'à la maison. Victor regardait autour de lui, cherchant les empreintes familières, repérant ce qui avait construit ses jours et qui était sorti de sa mémoire durant ces mois d'été.

Dans la salle, elle approcha deux verres et un pichet de cidre tandis qu'il donnait à Juste le cadeau promis : un petit cheval de bois monté sur roulettes qu'il avait déniché à une foire de Saint-Lô. L'enfant remercia en bredouillant d'émotion et s'esquiva aussitôt vers le jardin. Alors, Victor reprit sa place habituelle et tout en trinquant avec Mélie s'enquit des derniers événements. Elle lui relata en détail ce qui avait fait la vie du bourg et de ses habitants, n'omettant ni la fenaison, ni les moissons, ni la fête qui s'ensuivit. Mais elle se retint d'aborder le sujet dont il ignorait tout : son travail chez Baptiste Roussel.

Après avoir bu, Victor souhaita manger une omelette aux cives, récoltées dans leur jardin. Elle s'empressa. Penchée près de la poêle en fonte où les œufs battus cuisaient, elle s'obstinait à imaginer que rien ne serait comme avant. C'était plus qu'un désir, une certitude qu'elle se répétait pour ne pas affronter la déception qu'elle devinait encore possible. Pour lui faire plaisir, elle ajouta de la crème fraîche à l'omelette et cette pointe d'échalote qu'il réclamait toujours. La cuisson se terminait lorsqu'il la rejoignit.

— Ma belle, murmura-t-il en se collant contre elle pour l'embrasser dans le cou.

Mais elle se cabra :

— C'est prêt, fit-elle avec une vivacité qui le désarçonna, et comme s'il fallait gagner du temps, elle poursuivit : Je dois aussi coucher le petit.

Juste endormi, elle goûta à peine au plat. Victor, lui, mangeait d'un solide appétit ; entre deux bouchées, il évoqua les semaines de travail qu'il venait d'accomplir. Un dur labeur qui ne l'avait pas rebuté parce qu'avec d'autres journaliers, ils avaient formé une équipe de joyeux drilles dont elle se représenta facilement les excès. Il riait encore des bons tours joués, des tournées mémorables et surtout du dernier soir de fête après la fin des moissons.

— Tu sais ce que c'est, dit-il, je ne vais pas te raconter !

Non, il ne devait rien expliquer. Mélie n'était pas disposée à entendre. Plus il se versait de grandes rasades de cidre, plus elle redevenait clairvoyante. Le miracle n'avait pas eu lieu, il ne s'était pas transformé. Depuis deux ou trois heures qu'il était ici, le temps effaçait le rêve qu'elle avait échafaudé. Quand il repoussa son assiette vide après avoir essuyé sa moustache d'un grand revers de manche, à l'un de ses regards, elle comprit ce qu'il voulait. Dans leur chambre, il lui offrit le caraco en velours noir qu'il avait acheté pour elle à Coutances. Il espérait ainsi la faire céder. Ne se souvenait-il pas de son refus avant son départ et de ses nuits passées auprès de Juste ? Même si elle avait répondu à ses lettres, il doutait encore de son accueil.

Quand la nuit envahit le jardin et que la lune ronde se détacha comme un phare dans le ciel, il jugea le moment venu et l'entoura de ses bras. Pour le remercier, elle s'abandonna sans contrôle ni réserve. Cet homme avait le droit de reconquérir sa vraie place, celle de l'époux qu'il avait toujours été. Mais elle avait beau justifier ses caresses et son désir, plus il devenait insistant, plus l'attirance désertait son corps. Sans qu'elle le veuille, l'image d'Alexandre s'interposa entre eux. Victor n'avait toujours écouté que son propre plaisir sans savoir susciter le sien. Dès qu'il avait commencé à l'aimer, elle s'était conformée à lui parce qu'elle croyait que l'amour n'appartenait qu'aux hommes ainsi que bien des femmes le lui avaient dit. Au lavoir, elles étaient toutes d'accord : « Un homme, ce n'est pas pareil. C'est son corps qui commande. » Parce qu'elle n'avait connu que lui, Mélie avait tout accepté pourvu qu'il la gardât. En rencontrant Alexandre, elle avait découvert l'autre versant de l'amour, celui de la véritable jouissance. Et dans les bras de celui qui régnait à nouveau en maître, elle réclamait de tous ses vœux l'absent, le seul qui manquait à sa vie.

Plus tard, alors que des ronflements réguliers emplissaient la pièce, les yeux tournés vers les étoiles elle pria pour demander l'aide et le secours que promettait le

Ciel. Des questions fusaient dans son esprit sans qu'elle puisse les juguler : que faisait Alexandre en ce moment ? A qui rêvait-il ? Jamais encore, elle n'avait autant ressenti l'envie de le revoir.

Du lit où il reposait, Victor l'appela plusieurs fois :

— Viens, Mélie ! Viens !

Dans un éclair, elle réalisa qu'il serait là désormais et, comme un animal pris au piège, elle eut, l'espace de quelques secondes, le sentiment d'une insurmontable détresse.

— Chez Baptiste Roussel !

De la fenêtre où il se tenait, Victor pivota vers elle.

— Alors c'est vrai ce qu'on dit ?

Son visage empourpré de colère se découpait dans un pâle carré de lumière qu'un matin gris envoyait sur le bourg. Au loin, de fines pluies apportées par un vent d'ouest annonçaient bien l'automne.

Achevant de desservir la table, Mélie se redressa. Elle avait préféré patienter jusqu'à la soupe du matin pour lui parler de son travail. Et voilà qu'il la fixait d'un œil réprobateur, la condamnant déjà sans même l'écouter plaider sa cause. Son dos se glaça. Comment devait-elle réagir ? Parlementer ? Crier ou fuir ? Victor agrippa le rebord d'une chaise :

— On m'a même dit que tu étais montée au clocher de Caumont ?

Elle répondit par un hochement de tête silencieux qui acheva de le mettre hors de lui :

— Je t'interdis de retourner chez Roussel ! Tu as suffisamment pris de risques. Ta place est ici et pas ailleurs !

Il assena sa dernière phrase comme un coup de tonnerre qui parut faire vibrer les murs. Usant de son droit légitime d'époux, il se déchaînait, refusant tout compromis. Pour mieux l'obliger à se taire, il claqua la chaise contre le sol :

— Une fois pour toutes, je t'ai dit non, tu n'iras plus !

Sous le choc, un barreau se fendit dans un craquement brutal qui le surprit. Son emportement retomba :

— Tu vois dans l'état où tu me mets...

Maintenant, il arpentait la salle de long en large alors qu'elle comptait les minutes qui retardaient son départ au travail.

— Pourquoi t'opposes-tu toujours ? se risqua-t-elle à demander, ne peux-tu pas me laisser choisir ?

Elle espérait quelque chose qui le ferait capituler, peut-être une pointe d'admiration ou ce sentiment de reconnaissance qu'il ne lui avait jamais témoigné. Mais il ne voyait que son intérêt : la prochaine récolte des pommes dont on tirerait le meilleur cidre, la tenue du jardin et de la basse-cour. Tout cela passait avant, il n'y avait pas de place pour le choix. Le seul valable, c'était celui qu'elle avait accepté pendant des années et qu'elle devait assumer envers et contre tout.

— Tu as toujours été heureuse ainsi, je te connais mieux que tu ne penses !

Sous une apparence plus calme, il reprenait toute la maison en main, dictant une impitoyable loi. Mélie eut beau lui démontrer que les êtres changeaient et que personne ne maîtrisait entièrement son destin, il ne voulut rien savoir.

— Les pommes ! reprit-il sans autre égard pour sa tristesse, tu vas m'aider à les cueillir, je suis revenu pour ça !

Ce fut seulement vers le soir qu'une carriole se rangea près de la barrière qui donnait sur la cour. Albert en descendit. Envoyé par Baptiste, il venait prendre des nouvelles de Mélie qu'ils avaient attendue tout le jour. En lui ouvrant la porte, elle ravala quelques larmes. Albert, qui ne comprenait pas, pensa aussitôt à un malheur :

— Il ne s'agit pas du petit, j'espère ?

Elle fit signe que non mais ne put rien dire de plus, Victor débouchait de la remise. En quelques enjambées, il fut près d'eux, interpellant sans ménagement le nouvel arrivant :

— Vous êtes ici pourquoi ?

L'agressivité du ton heurta Albert qui s'excusa :

— Ne vous fâchez pas ! Je viens prendre des nouvelles de votre femme. Le patron s'inquiète...

A ces mots, la rage secoua Victor.

— Allez lui dire qu'elle n'ira plus chez lui ! C'est moi qui commande ici !

L'ouvrier le sentait prêt à bondir. Sa violence avait quelque chose d'irraisonné et d'insupportable qu'il valait mieux éviter.

— J'ai compris, répondit-il, et il s'échappa sans demander son reste.

Derrière lui, Mélie ne parvenait plus à endiguer ses sanglots.

Quand la nuit survint et qu'elle enveloppa la maison de son silence feutré, Juste posa sa main sur celle de sa mère :

— Ne pleure pas, maman ! chuchota-t-il avant de s'endormir.

Mélie avait servi le repas sans articuler le moindre mot. De temps à autre, Victor lui avait jeté un regard teinté de crainte. Il regrettait sans doute mais ne pouvait se l'avouer. Lorsque, trop mal à l'aise, il se leva pour faire un tour au-dehors malgré la pluie, elle devina qu'il se dirigeait vers l'auberge. Alors, le temps se perdit. Les beaux mois d'été et leurs promesses de renouveau s'enfuirent. Seule, assise contre la table, bercée par la flamme dansante d'une lampe à pétrole, elle s'interrogea sur ce qu'elle allait devenir et ne put retenir le nom qui montait au bord de ses lèvres :

— Baptiste ! supplia-t-elle tout bas, aidez-moi ! Aidez-moi !

L'aube striait le ciel de lueurs cuivrées, quand Victor quitta l'auberge. Toute la nuit, entouré de ses anciens compagnons, il n'avait pas cessé de boire et de parler. En reprenant contact avec l'extérieur, il tituba et dut se rattraper de justesse à l'un des poteaux qui délimitaient les rails du tramway. Par chance, celui-ci ne passait pas encore et l'on ne percevait même pas les bruits de ferraille qui accompagnaient toujours son roulement cahoteux. De part et d'autre de la voie ferrée, des brumes humides et tenaces empêchaient d'apercevoir sa carcasse sombre. Victor se toucha les joues. Une barbe naissante et dure lui arracha une grimace. En plus de son mal de tête et de son état nauséeux, il imagina sans peine qu'il pouvait faire peur et repéra le bord d'un talus isolé où il s'assit. Quelques profondes inspirations ne suffirent pas à ramener la force qui manquait à ses jambes. Alors, sans prendre garde aux herbes mouillées, il se recroquevilla au pied d'un orme, les paupières lourdes d'un sommeil exigeant. Le jour finissait de naître quand il fut réveillé par un cri :

— Lève-toi ! Lève-toi, j'te dis !

Il ne vit d'abord qu'une forme allongée qui brillait près de son nez. S'ébrouant comme un jeune chien, il tenta d'y voir plus clair et s'accouda : à deux pas de lui, un fusil était pointé vers son visage et l'homme qui le serrait sans trembler le dominait d'une intransigeante détermination. Affolé, Victor leva des yeux de bête traquée : Baptiste Roussel le tenait à sa merci sous le canon de son fusil de chasse et la lueur qui enflammait ses prunelles rétrécies ne laissait aucune place au doute, il était prêt à tirer.

— Fais pas l'idiot, Baptiste ! Je ne t'ai rien fait !

Victor se défendait mal. Le vieux Roussel, sur ses gardes, se tendait comme un arbre centenaire battu par tous les vents et toutes les pluies.

— Ecoute-moi bien ! continua-t-il en plaçant le bout de son fusil tout près de sa bouche, si elle n'est pas chez moi demain à sept heures, j'te fais la peau !...

— T'as pas le droit, Baptiste, je me plaindrai aux gendarmes !

Un ricanement ironique répondit à ses menaces. Baptiste connaissait trop bien Victor. Il l'avait vu grandir et glisser peu à peu vers la débauche comme sur une pente boueuse. Pour lui, il restait l'indiscipliné et le rebelle dont les désordres avaient résisté à toutes les tentatives de remise sur le droit chemin. Jamais il n'avait eu peur de lui comme il n'avait d'ailleurs peur de personne ici. Pour mieux entériner ses paroles, d'un déclic, il ôta le cran d'arrêt.

— Arrête ! Nom de Dieu ! hurla Victor, le coup va partir !

Appuyé sur ses coudes, plus blanc qu'un linge, il respirait à grand-peine mais le vieux Roussel gardait son impassible fixité.

— Les gendarmes ? reprit-il en posant cette fois son arme sur le front de celui qui s'arc-boutait sur la terre, je leur raconterai qui a mis le feu à l'écurie de ton frère... Quelqu'un a parlé, t'es fichu ! Laisse Mélie, j'te dis ! Sinon personne ne te regrettera...

Le chantage fit son effet. Abasourdi, Victor s'écroula comme s'il renonçait à se sauver lui-même. En relevant son fusil, Baptiste se détourna :

— T'es prévenu ! conclut-il.

Au bout de quelques instants, Victor se mit debout. Il songeait aux mois qui venaient de s'écouler, à la quiétude qu'il avait connue loin de Sept-Vents. Il regrettait d'être revenu, d'avoir voulu regagner une place que tous ici lui refusaient. Il se représenta Mélie qui avait si bien réussi sans lui et la brisure de leur couple lui sauta aux yeux.

Le lendemain matin, Mélie se rendit chez Baptiste. Le vent qui s'intensifiait soulevait le châle qu'elle avait jeté sur ses épaules et balayait les feuilles sèches qui tourbillonnaient au ras du sol. Jamais ce pays ne lui parut autant mériter le nom de Sept-Vents. Souvent, l'automne sonnait l'heure de ces bourrasques qui plaquaient les vêtements contre le corps, gênaient la marche et recourbaient la cime des arbres. Il fallait vraiment être né ici pour s'habituer à ces rafales et à leurs mugissements plaintifs. Vaille que vaille, Mélie progressait à pas ténus. Par ce vent, la réfection des toits n'était pas possible ; qu'allait donc lui proposer Baptiste ? Et comment avait-il obtenu le brusque revirement de Victor ? Car elle en était sûre : lui seul avait pu le faire fléchir.

Pendant toute la soirée précédente, il n'avait pas desserré les dents. Ce n'est qu'au pied de l'escalier qui menait à la chambre qu'il s'était enfin adressé à elle : « Ce soir et les autres jours, tu peux dormir où tu veux, je m'en moque !... » Comme elle ne répondait pas, avant de gravir les marches, il avait continué : « Demain, si ça te chante, tu iras chez cette vieille canaille de Roussel ! Vous formez un beau couple tous les deux ! »

Mélie avait ensuite capté un bruit sec de clef qui tournait dans une serrure. Il s'était enfermé.

Ce matin, de peur qu'il ne revienne sur sa décision, elle était partie plus tôt, bravant l'obscurité qui s'attardait. Le sentier qu'elle empruntait d'habitude était désert mais rien ne l'effrayait. La joie de revoir Baptiste et l'atelier l'aidait à supporter la tempête et la nuit qui s'achevait. « Encore heureux qu'il ne pleuve pas ! » se réconfortait-elle en longeant les arbres et les haies. Elle ne fit pas tout de suite attention à un appel qui se fondit dans les sifflements du vent. Presque aussitôt, un deuxième cri rebondit dans l'air agité. Quelqu'un semblait l'interpeller d'une voix triste et se rapprochait d'elle en se faufilant entre les chênes et les sureaux qui poussaient en bordure du chemin. Une inquiétude la saisit avant qu'elle ne reconnaisse la silhouette de celui qui s'avançait ainsi. Alexandre la guettait.

Bientôt, il se posta devant elle, roulant son chapeau entre ses doigts. Le vent rabattait ses cheveux bruns et bouclés et son visage fatigué paraissait amaigri sous sa large moustache. Il avait dû se tenir là longtemps, car sa veste encore trempée des pluies de la nuit était toute froissée. Il ne parlait pas mais dans ses yeux sombres passait bien plus que des phrases. Mélie y lut une intensité qui ressemblait à une prière. Après un silence troublé, il articula enfin quelques paroles :

— Comment vas-tu ? demanda-t-il, et le petit ?

Ses questions anodines cherchaient à l'amadouer ; il redoutait un départ brutal ou une soudaine volte-face. Mais elle n'avait pas envie de partir et s'efforçait de refréner l'émotion qui la submergeait. Elle hésita quelques instants, le temps qu'un coup de vent plus violent n'emporte son châle. Alexandre se précipita pour ramasser le carré de laine grise qui s'enroulait autour d'une branche d'arbre arrachée. Dans un même réflexe, Mélie courut aussi. En se tendant, sa main rencontra celle d'Alexandre. Elle frémit, et la retira avec lenteur comme si elle craignait de lui faire mal mais il avait déjà calculé son geste et referma ses doigts sur les siens.

— Mélie, murmura-t-il, je pense à toi sans cesse... Tu n'as pas pu oublier tout ce que nous nous étions dit !

Il sentit qu'elle faiblissait et s'enhardit :

— Tu n'as pas oublié, n'est-ce pas ?

Comme elle penchait le front sans réagir, il l'enlaça. Elle s'abandonnait parce qu'elle avait compris qu'il s'était caché là durant des heures et qu'il était prêt à tout pour la garder. Autour d'eux, les premiers feux du jour perçaient les ombres de la nuit. Serrés l'un contre l'autre, ils n'en voyaient rien, ignorant tout sauf cet élan qui les rattachait. Alors, Alexandre attira Mélie au pied d'un châtaignier. Ils s'étonnèrent à peine du plaisir retrouvé, de ces ondes qui parcouraient leurs corps dans une exacte harmonie. C'était comme s'il n'y avait eu ni séparation ni temps perdu. Ils étaient à nouveau ensemble, liés peut-être plus fort par la cassure et le chagrin. Et leurs souffles accordés se mêlaient aux tumultes du vent.

Plus tard, lorsqu'elle arriva encore toute bouleversée chez Baptiste, personne ne prit garde à son émoi. Quelque chose paraissait avoir frappé la maison et l'atelier.

Charles et Albert parlaient entre eux à voix basse sans même la remarquer.

— Que se passe-t-il ? interrogea-t-elle tout de suite. Où est Baptiste ?

Albert grimaça.

— Cette nuit, il a eu une attaque ; il est chez lui pour le moment mais le docteur ne peut pas se prononcer...

Il ne finit pas sa phrase, Mélie avait déjà bondi vers la maison.

En franchissant la porte, elle eut un mouvement de recul. Les volets tirés plongeaient la pièce dans le noir. Seule une lampe-tempête, en équilibre sur une table près du lit, éclairait le corps étendu de Baptiste. Une impression de mort flottait entre les murs avec cette odeur si particulière qui remontait du fond de sa mémoire. Autrefois, son père avait eu la même position, le même visage couleur de cire près d'une veilleuse. Des souvenirs d'enfance, qu'elle pensait à jamais enfouis, surgissaient devant ses yeux et la paralysaient d'effroi. Surmontant ses réticences, elle s'avança. Baptiste ne bougeait pas. De temps en temps, un râle sortait de ses lèvres, témoin de la vie qui s'acharnait en lui. Elle prit une chaise et, tout en s'asseyant à côté du lit, lui parla :

— Baptiste ! c'est moi, Mélie. Je suis là...

Sa voix tremblait, elle ne comprenait pas pourquoi un tel chagrin la terrassait. Il ne devait pas la quitter maintenant, au moment où ils avaient encore tant à se dire. Au-delà de sa peine, elle scrutait les traits émaciés où la mort rôdait. La pensée d'Alexandre s'estompait devant son déchirement ; plus rien ne comptait que son désir de voir Baptiste survivre à tout prix.

Comme elle se penchait vers lui en répétant son nom, elle s'aperçut qu'il souriait. Alors, elle le supplia de ne pas l'abandonner. Elle évoqua les jours qu'ils avaient vécus ensemble, les repas qu'elle lui préparait, ces petits riens qui les unissaient. A travers ses larmes, elle dit encore combien elle avait besoin de sa présence, de ses conseils et qu'elle ne savait même pas pourquoi ni comment, mais que c'était ainsi. Plus elle racontait, plus le visage s'animait. Les paupières de Baptiste palpitaient et, sous sa moustache blanchie, les coins de sa bouche s'étiraient sous de minuscules contractions. Dans un moment de bonheur, elle sentit qu'il étreignait l'une de ses mains et se mit à prier sans entendre la porte s'ouvrir et le père Hamel, suivi d'Albert, entrer dans la salle.

— Ah ! C'est vous... s'étonna-t-elle en sursautant.

Si la médecine était impuissante, le savoir-faire du guérisseur n'avait pas échappé à Albert :

— J'ai pensé qu'il pourrait le toucher... commenta-t-il.

Avec le flegme débonnaire de celui qui en a trop vu, le rebouteux s'approcha de Baptiste :

— Fi d'putain ! lâcha-t-il, il en a pris un sérieux coup !

Puis, comme s'il devait se concentrer, il se tourna vers Mélie et Albert.

— Laissez-moi ! ordonna-t-il, il faut que je sois seul avec lui.

Ils sortirent sans protester. Au-dehors, la gravité du jour les empêcha de converser. Des images leur revenaient. Ce n'étaient pas celles de Baptiste qui luttait contre la mort mais celles du vieil homme qui, la veille encore, se démenait sans économiser sa vitalité.

Assise sur le banc accolé à un mur de la maison, Mélie abattue offrait ses yeux rougis au vent. Elle ne broncha même pas en apercevant le rebouteux qui se grattait les mains d'un air soucieux.

— Alors ? s'empressa de questionner Albert.

— J'ai fait ce que j'ai pu, répondit-il. Maintenant, il faut lui donner à boire toutes les heures des navets du diable macérés dans de l'herbe à la croix. S'il passe cette nuit, il est sauvé, sinon...

Il eut un haussement d'épaules résigné comme si le destin était plus fort que lui et s'en alla. Mélie suggéra alors de faire venir le curé :

— Il aura au moins les sacrements, expliqua-t-elle.

Charles se proposa alors de rejoindre le presbytère avec la carriole. Lorsqu'il revint, la nuit gagnait sur le jour. De loin en loin, des fenêtres clignotaient à travers le bourg. L'abbé Pelvey, assis à ses côtés, bien protégé par une pèlerine, comparait ces petites lumières à la foi de ses paroissiens. Auparavant, tout au long du chemin, il avait évoqué la vie de Baptiste, cet « indomptable mécréant » pour lequel il avait toujours ressenti de l'affection. « Je sais à qui j'ai affaire, disait-il à Charles, sa sévérité cache en fait un cœur d'or. Nous nous sommes témoigné une estime réciproque, c'est en son nom que je me dois d'être présent à ses derniers moments... »

En l'écoutant, plus d'une fois, Charles avait essuyé une larme. Toutes les années passées auprès de Baptiste se nouaient comme une boule au fond de sa gorge. Une grande page de sa vie se tournait et l'idée de ne plus voir bientôt la silhouette familière, de ne plus entendre la voix bourrue le plongeait dans un désarroi qu'il n'aurait jamais soupçonné. Albert les accueillit en ôtant sa casquette avec respect puis, l'abbé portant les saintes huiles, emboîta ses pas pour se rendre dans la maison où Mélie continuait de veiller. Il s'excusa de son retard. Pris par sa messe du soir, il avait parié sur la robustesse du couvreur :

— Avec sa constitution, fit-il, j'étais certain qu'il m'attendrait !

— Approchez-vous donc, mon père, invita Mélie, j'ai débarrassé la table et préparé les bougies...

Elle s'efforçait de contenir sa tristesse. La disparition de Baptiste risquait de murer tout son avenir. Victor n'allait-il pas lui imposer son inexorable volonté ? Qui la défendrait maintenant ?

Avec humilité, elle s'agenouilla aux pieds du malade tandis que Charles et Albert se tenaient en retrait, recueillis. Les prières de l'abbé commencèrent à se répandre dans la pièce où la pénombre s'emplit d'une intense dévotion.

— *Pater noster qui es in caeli.*

Yeux fermés, il écartait les bras avant que les autres ne lui répondent et que sa bénédiction finale n'intervienne :

— *In nomine patri et filii et spiritu sanctu...*

Sa main dessina un grand signe de croix au-dessus de Baptiste et quelque chose d'incroyable se produisit :

— Qu'est-ce que tu fous-là ? entendit-il tout bas.

Sidéré, l'abbé s'adressa à Mélie.

— Je crois bien qu'il a parlé...

Aussitôt, tous se ruèrent vers le lit. Immobile, le vieux Roussel avait les yeux grands ouverts et fixait le curé d'un regard méfiant.

— Qu'est-ce que tu fais ? reprit-il plus haut.

Mélie qui n'osait pas y croire le pressa :

— Vous me reconnaissez, Baptiste ? Vous me reconnaissez ?

— Bien sûr que je te reconnais et lui aussi.

D'un coup en avant, son menton désigna le prêtre qui se tenait coi et remerciait déjà le Ciel de ce miracle. Il était onze heures du soir. Le vent ne soufflait plus et le carillon du clocher de Caumont répercutait ses tintements sourds dans l'air apaisé.

10

Ce jour-là, Victor se leva plus tôt que d'habitude. La nuit encore trop dense ne permettait pas de prévoir le temps mais le vent lui renvoyait les bruits de la forge. Quand il était orienté à l'est, les martèlements d'habitude inaudibles montaient du vallon en coups assourdis. « C'est du froid et du sec, estima-t-il. Tant mieux ! On en a besoin pour le cidre. »

La récolte des jours précédents avait été fructueuse. Le verger avait fourni plus de pommes que de coutume. Cette année, s'il se débrouillait bien, il vendrait son cidre un bon prix et se rachèterait peut-être un cheval... Depuis des mois, dans la remise, la carriole reposait sur ses longs brancards. A chaque fois qu'il passait devant, un pincement lui tiraillait le cœur. Voilà presque quatre ans que son demi-sang et le reste de son troupeau de vaches avaient été vendus à la bougie. Il se souvenait encore du métayer envoyé par Alexandre qui avait emporté ses meilleures bêtes pour une bouchée de pain. Un affront qu'il ne pouvait oublier.

Malgré le travail qui l'attendait, il se sentait d'humeur morose. Mélie et lui ne s'adressaient presque plus la parole et s'évitaient. Les sentiments d'autrefois laissaient la place à une tolérance forcée, soutenue par l'image omniprésente du vieux Roussel. Victor le rendait responsable de cette faillite : « Je ne suis plus maître chez moi ! » se plaignait-il à l'auberge. Il avait même été jusqu'à souhaiter que le couvreur ne se remît pas de son attaque. « Qu'il aille au diable ! pestait-il en sciant son bois ou en soignant ses pommiers, ce sera un soulagement pour tout le monde ! »

Au fil des jours, sa rancœur viscérale grandissait contre tous ceux qui le contrariaient. Et lorsqu'il apprit que l'artisan resterait à moitié paralysé, il dut se rendre à l'évidence : ce vieux grigou pouvait toujours parler, mieux valait donc miser sur la discrétion !

Comme il le faisait depuis quelque temps, il s'attabla seul pour prendre sa soupe. Il pensait de plus en plus à son fils. En lui donnant ce qu'il n'avait jamais reçu : un échange, une complicité qui fortifieraient leur entente, il pouvait encore sauver quelque chose. Le moment lui parut bien choisi ; avant la reprise de l'école, il lui montrerait comment on fabrique le cidre et dans quelques années il saurait ainsi l'imiter et assurer la relève.

Mélie les laissa ensemble. Non par soumission, mais parce qu'elle n'osait pas dire qu'elle rêvait d'un autre avenir pour le petit. L'instituteur, qu'elle venait de rencontrer, n'avait pas déçu son espoir, au contraire. « Il est très éveillé et curieux, avait-il souligné, s'il continue, ce sera l'un de nos meilleurs éléments pour le certificat d'études. »

Elle n'avait confié son bonheur qu'à Baptiste. « Il ne faut rien dire, c'est beaucoup trop tôt, mais je crois que mon petit Juste ira loin... Heureusement qu'il est là ! »

Du fauteuil où il était cloué, le vieux Roussel avait souri. Si son côté droit ne répondait plus, de sa main gauche, il apprenait à plonger sa cuillère dans l'assiette de soupe que Mélie lui réchauffait. Souvent, elle découpait aussi les morceaux de viande ou de lard, cassait le pain, remplissait le verre de cidre ou de calva qu'il réclamait. Pour le porter jusqu'à l'atelier, elle appelait à la rescousse Albert et Charles. Saisissant le corps plus léger, ils le calaient entre leurs bras tandis qu'elle s'emparait du fauteuil. Installé dans un coin du hangar, Baptiste égrenait conseils et directives avec la même véhémence. A sa dernière visite, le médecin avait promis que s'il remarchait, ce ne serait qu'à l'aide d'une solide canne ; d'ici-là, il devait se ménager : « Vos allées et venues sont finies ! Votre incessante activité aussi ! Vous devez accepter la fatalité, sinon je ne pourrai plus vous soigner ! »

Après une longue méditation, le vieux Roussel avait demandé qu'on aille chercher le notaire et s'était enfermé avec lui.

Puis le temps avait repris son cours. A tour de rôle, les ouvriers conduisaient la carriole qui le transportait avec eux sur les chantiers. Tout Sept-Vents et ses alentours s'habituaient à son infirmité. Le seul qui persistait à se moquer était Victor.

Et ce matin-là, en prenant Juste par la main, il ne put s'empêcher de lancer l'un de ces traits acides dont il devenait familier :

— Pendant que ta mère va s'occuper d'un vieux bon à rien, je vais t'intéresser à de bien plus belles choses !

Ils marchèrent jusqu'au pressoir. Dans un enclos adjacent, un cheval, prêté par une ferme voisine, terminait sa ration d'avoine. Victor l'attela en ayant soin de lui couvrir les yeux :

— C'est pour qu'il n'ait pas le tournis, expliqua-t-il.

Au milieu du modeste bâtiment, une roue en granit attendait de se mettre en mouvement. Rescapé des différentes ventes qui avaient petit à petit déshabillé la ferme, le pressoir subsistait comme unique preuve d'un passé florissant. Tout en préparant l'auge où allaient se déverser les pommes, Victor racontait à son fils les grandes heures qui avaient marqué sa ferme.

— On était cinq, disait-il, et chaque année, les « barretées » se multipliaient.

Il s'arrêtait un instant, vérifiant les instruments, jetant aussi un regard vers le petit, assis sur une botte de paille.

Soudain, il doutait : combien étaient-ils en réalité ? Il essayait de rassembler ses souvenirs. Cinq ? Non, pas autant... Plutôt trois alors ? Quant aux « barretées », il ne se rappelait plus leur nombre exact. Après tout, cela n'avait pas d'importance ! Ce qu'il fallait, c'était éblouir Juste pour que se gravent en lui la richesse et la prospérité enfuies. Plus tard, il se souviendrait de ces paroles, de ces images et il aurait envie de se battre pour ressusciter l'abondance et la réputation perdues. Si lui, Victor, n'y parvenait pas, son fils le ferait par devoir et par revanche sur le destin. Plus il s'en persuadait, moins il concevait pour lui l'utilité de l'école :

— Tu aimes tant ça, les études ? questionna-t-il en inspectant le fond de la cuve.

— J'aime bien la lecture et le calcul, répondit l'enfant.

— Tu ne préférerais pas plutôt fabriquer du cidre, comme moi ?

— Je ne sais pas encore...

En riant, Victor secoua un sac plein. Des pommes tombèrent et le cheval s'ébroua avant de commencer à tracter la roue qui allait écraser les fruits. Au fur et à mesure des brocs d'eau ajoutés, le pur jus sortirait d'abord puis le cidre moins alcoolisé. Dès que la roue se mit à pivoter, Juste se rapprocha. Il ouvrait de grands yeux et s'inquiétait pour la fatigue de l'animal mais Victor le rassura :

— Entre les « écrasages », on lui donnera de l'avoine, tu es d'accord ?

Il entreprit ensuite de décrire chaque opération, montrant les différents ustensiles en bois qui servaient à racler les planches ou à brasser les pommes, prévoyant le travail du lendemain où il recueillerait le marc entre les couches de paille superposées. Toutes ces étapes se liaient comme les maillons d'une chaîne. De son enfance à ce jour, elles avaient baigné ses automnes. Il désirait qu'il en fût de même pour celui qui lui succéderait. Le premier « écrasage » fini, Juste éclata de rire en voyant le cheval qui essayait de boire un peu de jus de pommes.

— Donne-moi tes mains ! commanda Victor, tu vas le récompenser...

Aussitôt, l'enfant les tendit vers son père, puis les porta vers la bouche de l'animal qui enleva en trois coups de langue les gouttes de « pur jus ». Depuis le début de la matinée, il semblait fasciné par lui et l'observait sans arrêt. Prudent, Victor préféra l'avertir.

— Tu sais qu'il n'est pas à nous ! Demain, nous le rendrons...

Comme s'il voulait l'admirer une dernière fois, le petit recula d'un pas et ne put contenir plus longtemps ce qui le préoccupait.

— Il ressemble drôlement à celui du monsieur qui venait !...

— Quel monsieur ? s'enquit Victor, surpris.

Juste se mordit les lèvres en rougissant. Il paraissait avoir laissé échapper une vérité qu'il regrettait. Son étrange confusion étonna son père :

— Tu es mon garçon et tu dois tout me dire. De quel monsieur parles-tu ? Quand est-ce arrivé ?

Il se penchait vers lui, caressait ses cheveux en le flattant. Sa voix suivait ses gestes et susurrait les mots avec une douceur lénifiante. Au bord des larmes, le visage baissé, Juste résistait :

— Non, non, j'ai promis ! se défendait-il.

Mais Victor ne se sentait pas prêt à renoncer. Sur un ton plus sévère, il le réprimanda :

— Tu ne dois pas me mentir ! Sinon le bon Dieu te punira.

— J'ai juré, papa ! protesta l'enfant en pleurant.

Victor se résolut à tenter une autre manœuvre. Il le complimenta sur sa droiture et proposa de lui acheter en échange ce sac de billes multicolores qu'il avait remarqué dans l'épicerie, en haut de la côte. Alors, Juste essuya ses pleurs et articula d'une voix hachée la phrase que son père attendait.

— Le cheval avait un nom bizarre qui faisait rire maman, il s'appelait Nez-de-brebis, comme la variété de mes meilleures pommes, disait son maître, monsieur Alexandre...

— C'est bien, mon fils, encouragea Victor en se redressant, nous allons acheter tes billes...

Son regard furieux dépassait à présent les limites du vieux pressoir et se perdait au-delà de la porte en bois usé qui bâillait sur ses gonds. La haine le dévorait. Il contemplait l'étendue des champs qui rejoignait l'infini noyé dans les brumes.

— Tu vas les avoir, tes billes, répétait-il sans égard pour l'enfant inquiet qui le tirait par sa veste.

— Et le cidre, papa, suppliait-il, tu oublies le cidre...

La nuit suivante, pas une minute Victor ne ferma les yeux. Plusieurs fois, Mélie l'entendit arpenter de long en large la chambre de l'étage. A l'heure du dîner, elle avait été alertée par sa mine renfrognée et son mutisme vengeur. Il préparait quelque chose. Le repas servi, il avait à peine touché aux galettes de sarrasin dont il se régalait les autres jours. Sans ménagement, alors que Juste serrait sur ses genoux un sac de billes tout neuf, il avait repoussé son assiette :

— Elles sont ratées, aujourd'hui !

Son reproche avait décontenancé Mélie qui s'était appliquée avec le même soin que d'habitude : d'abord le saindoux sur la galetière en fonte puis la louche de pâte salée et parfumée qu'elle avait ensuite retournée d'un geste sûr, sous les yeux amusés de Juste. Pour mieux manifester sa colère, il avait même jeté sa fourchette sur la table et bousculé sa chaise avant de rejoindre la chambre du haut.

Au petit matin, sans un mot, il fila jusqu'au pressoir. Mélie savait qu'il devait distiller le marc et profiter de l'occasion pour remplir quelques bouteilles clandestines de calva qu'il se réservait chaque année. Avant son départ chez Baptiste, elle risqua un coup d'œil vers le bâtiment : rien ne lui parut anormal et c'est bien ce qui la tourmenta. Tout au long de son trajet, elle découvrit qu'une gelée précoce avait figé la terre mais des nuages bas mordaient le ciel en signe de pluie. La saison de la chasse touchait à sa fin. Quelques coups de fusil résonnaient çà et là, déclenchant de brusques envolées de perdrix ou des courses de lapins et de sangliers à travers les taillis. Mélie connaissait les endroits où il valait mieux ne pas s'aventurer. De temps en temps, entre les jappements furieux d'un chien, elle essayait de distinguer d'où provenait le tir qui déchirait tout à coup le silence de la campagne. « Ça vient du champ des Giraud ! pensait-elle, si le chasseur est habile, ils mangeront peut-être du lièvre, ce soir ! »

Un sourire effleurait ses lèvres. L'image des fusils lui rappelait un souvenir presque joyeux, celui de l'incroyable réveil de Baptiste après son attaque. Le curé à peine parti, il lui avait demandé de s'approcher le plus près possible du lit : « Ecoutez, Mélie, avait-il soufflé, c'est moi qui ai forcé Victor à vous laisser libre de venir ici ! »

« Je m'en doute, Baptiste, ne vous fatiguez pas à parler ! »

« Il faut que je vous le dise pourtant ! Ah ! Si vous saviez... Je l'ai tenu en respect au bout d'un fusil qui n'était même pas chargé ! »

Des gloussements moqueurs l'avaient secoué comme les marques d'une vie qui revenait.

« Vous êtes incorrigible ! » avait grondé Mélie.

Mais depuis, chaque détonation perdue ranimait en elle la gaieté du souvenir.

En abordant la dernière courbe de la route qui aboutissait à l'atelier, elle aperçut la carriole déjà attelée. Charles finissait de sangler le cheval.

— Aujourd'hui, nous devons nous rendre à Cahagnes, expliqua-t-il. Le toit d'une ferme a brûlé la semaine dernière. C'est le valet des Briouze qui me l'a raconté. Ils ont seulement pu sauver quelques bottes de foin qui séchaient dans le grenier.

— Avec la pluie qui s'annonce, répondit Mélie, il faut faire vite...

Avant de passer par l'atelier, elle voulut se dépêcher d'aller saluer Baptiste mais l'ouvrier la retint.

— Le patron ne va pas bien, il ne viendra pas avec nous. J'aime mieux vous prévenir.

Elle le trouva assis dans son fauteuil, près de la cheminée éteinte. La couverture qui enveloppait d'habitude ses jambes avait glissé par terre.

— Comment allez-vous, ce matin ? demanda-t-elle tout en scrutant son air pâle et sa mine défaite.

Il réussit à sourire :

— Je n'ai pas dormi, mais ça ne fait rien. J'irai mieux demain !

Mélie le reconnaissait bien là. Ne jamais se plaindre ni gémir, même dans les moments de souffrance quand une grimace de douleur déformait son visage. Chez lui, il ne s'agissait pas de résistance mais d'un désir forcené de ne pas attirer la condescendance ou la pitié. Elle l'aimait pour ce courage et parce qu'elle pensait qu'ils étaient de la même veine, de ceux dont la fierté surmonte tous les obstacles.

Quelques bûches reposaient sur le côté de la cheminée, elle en choisit une pour allumer le feu qui le réchaufferait.

— Vous allez rester un peu avec moi, dit Baptiste, Charles et Albert iront seuls à Cahagnes.

A l'aide d'un long tisonnier, Mélie déplaçait les branchettes qui allaient s'enflammer :

— Si je reste, je ne mériterai pas les sous de ma journée !

— C'est moi le patron ! rétorqua-t-il aussitôt. Vous aurez votre argent, je vous le promets !

Par la fenêtre, elle vit la carriole qui s'éloignait. Il avait dû prévenir Albert et Charles... Des flammes montaient dans l'âtre, dégageant une chaleur réconfortante. Elle poussa son fauteuil près du feu et s'assit à côté de lui sur un petit banc. Un silence traversé des pétillements d'une flambée vive les enveloppa d'abord puis Baptiste commença :

— J'ai quelque chose à vous dire, Mélie...

Leurs yeux se croisèrent. Une gravité passa. Ce n'était plus l'heure des banalités, des échanges rituels ou des considérations sur le temps. Derrière la phrase qui amorçait la confidence, le ton suggérait une autre forme de lien. Une crainte la saisit. Pourquoi Baptiste prenait-il cet accent si solennel ? L'artisan fixait avec obstination le feu, ses épais sourcils se froncèrent :

— Je me mêle peut-être de ce qui ne me regarde pas mais j'ai vu Alexandre...

Le prénom la fit sursauter. Elle avait tout imaginé sauf ce qu'il osait aborder maintenant en surveillant sa réaction du coin de l'œil. Il s'enhardit :

— C'est lui qui est venu me voir hier soir, et nous avons beaucoup parlé...

Mélie se redressa et fit quelques pas dans la salle avant de s'arrêter devant la fenêtre. Une pluie drue frappait les vitres, crépitant sur le sol argileux qui se couvrait de flaques d'eau et de boue. Un vent aigre agitait les arbres et les arbustes qui bordaient le ruisseau près de l'atelier. Elle ne pouvait exprimer ce qui l'affectait tant mais si Alexandre avait parlé d'elle et de lui, tout le monde allait être au courant...

Le vieux Roussel toussota plusieurs fois :

— Le feu me fait du bien, remarqua-t-il, mais il va s'éteindre...

Elle ne bougea pas et posa seulement son front contre le bord du mur qui rejoignait la fenêtre.

— J'ai toujours su garder les secrets, dit Baptiste, moi aussi, je vais t'en confier un...

Il la tutoyait pour la première fois. Ce n'était plus le patron qui se tenait devant elle ni le vieux couvreur à la légendaire misogynie, mais un vieillard que la mort pouvait surprendre et qui cherchait à partager ce qu'il n'avait sans doute jamais dit à personne.

— Viens donc ! invita-t-il en lui désignant le banc.

Lorsqu'elle fut de nouveau assise, il lui montra les flammes qui diminuaient :

— Ce feu est comme moi, bientôt, il n'en restera plus que des cendres !

Puis, il baissa le ton de sa voix pour se livrer enfin :

— Autrefois, j'ai été marié...

Avant de continuer, il parut s'affaisser comme une herbe sèche que le vent chiffonne.

— J'avais vingt ans à l'époque, murmura-t-il, et j'étais établi près d'Alençon. Mon père m'avait laissé en héritage une petite entreprise qui employait trois ouvriers. La vie me paraissait facile et quand ma mère m'a présenté Suzanne, notre union était déjà décidée...

Le vieux couvreur s'interrompit, une image trop forte le bouleversait.

— Je prendrais bien un calva.

L'alcool lui était interdit mais l'importance du moment appelait la clémence. Mélie se leva pour ouvrir une armoire et remplir un petit verre qu'il vida d'un trait en se forçant à rire :

— Ça tue la vermine ! Tous les médecins le disent !

Comme elle se gardait de réagir, il poursuivit d'une voix plus sourde :

— C'était au début de 1871, avec cette affreuse guerre, les Prussiens arrivèrent jusque chez nous. Un jour où je n'étais pas là, Suzanne qui attendait un enfant se rendit au lavoir. Deux abominables soldats ivres et sanguinaires la guettaient...

En pâlissant, le vieil homme se mit à frissonner.

— Ne dites plus rien, Baptiste, supplia Mélie, vous vous faites trop de mal...

— Je n'ai pas fini, tu ne sais rien encore...

Sa main valide serra l'accoudoir du fauteuil comme s'il cherchait un appui.

— Ecoute-moi bien ! C'était l'hiver, je me souviens, une neige épaisse tapissait les chemins. Quand ils eurent abusé d'elle, comme des chiens, ils l'abandonnèrent dans le froid au bord de l'eau. Une voisine qui l'aperçut alla chercher du secours mais lorsqu'on amena la carriole, Suzanne avait disparu. Une heure plus tard, on repêcha son corps qui flottait à la surface de la Briante. Elle avait dû s'y jeter par honte et désespoir. Voilà presque quarante ans, acheva-t-il.

Une brûlure déchira la gorge de Mélie et descendit en elle comme un jet de braises.

— Pourquoi, interrogea-t-elle doucement, pourquoi m'avez-vous choisie pour me raconter tout cela ?

— Parce que Suzanne était persuadée que nous aurions une fille et, si elle avait vécu, j'aurais voulu qu'elle te ressemble !

L'intensité du silence ne fut alors troublée que par les clapotements de la pluie et le feu qui sifflait en mourant.

Encore étourdie par les révélations de Baptiste, Mélie ne se pressait pas pour rentrer. Elle s'attardait, écoutait les bruits familiers du bourg. Chacun d'eux évoquait une silhouette, un visage. Du forgeron au menuisier, elle pouvait mettre un nom derrière les sons que le vent lui rapportait.

Lorsqu'elle arriva chez elle, à travers les vitres, la lueur d'une lampe à pétrole flottait comme un voile jaune. Saisie par un pressentiment, elle s'immobilisa. Quelque chose échappait à l'habitude. Avant d'entrer, elle hésita quelques secondes, puis, d'un geste décidé, ouvrit la porte.

Ils furent deux à sursauter. Victor qui était accoudé au bord de la table et l'inconnue qui lui faisait face. Dans un impressionnant silence, on n'entendit plus alors que le roulement des billes que Juste lançait à l'autre bout de la pièce. Enfin, Victor se redressa, le visage agressif.

— Je suis ici chez moi, tu n'y as plus ta place !

Comme si elle voulait échapper à la scène, l'inconnue chercha à s'esquiver mais la voix toujours puissante de celui qui jouait les maîtres l'arrêta :

— Rose ! Assieds-toi !

Mélie s'étonna de la froideur calme qui l'envahissait. Plus elle détaillait cette femme, plus le fossé se creusait entre elle et Victor. La bouche, les joues fardées, les cheveux trop noirs, tout chez cette inconnue suggérait la rencontre d'un soir dans les endroits malfamés qu'il fréquentait. Une honte lui scella les lèvres. Pourquoi protester ? Qu'allait-elle sauver auprès de ce mari qui lui préférait une fille de joie et qui l'imposait sous son toit ?

Excédé par sa réserve, Victor tenta de la provoquer à nouveau.

— Nous sommes quittes, non ? Tu verras tes conquêtes ailleurs... J'en apprends de belles quand j'ai le dos tourné !

Quelqu'un avait donc parlé. Aussitôt, la pensée de Juste traversa son esprit et ses yeux fouillèrent la salle pour le trouver.

— Oui, souligna Victor en interceptant son regard, la vérité sort toujours de la bouche des enfants !

Mélie fit tout de suite le rapprochement entre la journée qu'ils avaient passée ensemble dans le pressoir et l'achat inattendu du sac de billes. Tout concordait. Le petit avait sans doute lâché une parole malheureuse et l'odieux chantage de son père lui avait soutiré l'aveu final.

— Et mon fils restera avec moi ! acheva-t-il.

Sa vengeance avait l'efficacité d'un poison mortel. Rien ne devait lui résister. Mélie essaya de lui faire entendre raison. Elle discuta, parlementa longtemps en pure perte. A la tombée de la nuit, devant Rose toujours assise qui se taisait, il la congédia sans égard.

— Allez ! Tu as su me remplacer pendant mon absence, tu sauras bien me remplacer ce soir !

Au-dehors, le froid et l'émotion la firent claquer des dents. Le jardin ombré de nuit étalait ses allées vides sous un croissant de lune. Non loin d'elle, comme un mauvais présage, une chouette ulula. Etait-ce possible que tout finisse ici ? Les années de bonheur tranquille, le souvenir des printemps que les volets en s'ouvrant débusquaient soudain dans un matin d'avril ? Même les traces d'un passé heureux s'enfuyaient, jetées avec elle sur la terre jonchée de feuilles et d'herbes flétries. Quelle route prendre ? La distance qui la séparait de sa mère lui parut trop grande. Pourtant, elle seule saurait l'épauler, lui offrir un secours. Mélie se mit à marcher sans but, l'esprit en désordre. A chaque arbre rencontré, la peur surgissait. L'agression de Marie-Louise revenait la hanter. Une menace permanente et disproportionnée pesait dans cette nature aux formes hostiles.

C'est alors que la pensée de Baptiste s'immisça. Jamais il ne refuserait de l'accueillir ou de l'héberger. Rassérénée, elle enfonça ses pas plus sûrs dans la nuit.

La porte de la maison n'était pas barrée. Son fidèle chien de garde mort, l'artisan ne l'avait pas remplacé mais il s'endormait un fusil à portée de main et s'éveillait au moindre bruit suspect.

Mélie le découvrit somnolant dans son fauteuil, une lampe allumée sur le manteau de la cheminée. Elle s'avança pour le toucher à l'épaule :

— Baptiste ! C'est moi, je suis revenue. Il se passe quelque chose de grave.

Le couvreur émit un grognement avant d'ouvrir un œil à peine surpris.

— Je parie que c'est Victor...

D'un hochement de tête, elle acquiesça.

— Tant mieux si c'est fini entre vous ! poursuivit-il, cette histoire a trop duré...

— Mais il veut garder Juste !

Placide, Baptiste sortit sa blague à tabac. En coinçant sa tabatière entre ses genoux, il avait appris à rouler ses cigarettes d'une seule main.

— Bon ! s'exclama-t-il, on s'occupera de tout ça demain. Tu vas le reprendre ton Juste, c'est moi qui te le dis ! En attendant, fais-moi plaisir ! Donne-moi donc ma canne, je vais te montrer ce que je peux faire...

Mélie lui tendit la canne que Charles avait fabriquée

dans une branche de noyer. Jusqu'à présent, le vieil homme n'avait jamais quitté son fauteuil. Par quel miracle allait-il se mettre debout ? En rugissant comme un lion, il s'arc-bouta pour s'extirper de son siège. Visiblement, il n'en était pas à son premier essai. Mélie se rendit compte qu'il avait dû répéter bien des fois pour en arriver là.

— Tu vois, fit-il, je ne suis pas très vaillant mais debout, je serai plus impressionnant qu'assis !

Il déambula, la démarche hésitante :

— J'ai gardé assez de forces pour m'occuper de vous deux. Dès demain, tu t'installeras à l'étage, il y a une chambre qui donne sur l'atelier et le ruisseau. Quant au petit, tu iras voir l'instituteur de ma part. Autrefois, il me chapardait mes plus belles pailles pour taquiner les grenouilles... Il doit s'en souvenir !

11

Un vrombissement lointain alerta Victor. C'était la fin de l'après-midi et Rose étendait le linge sous l'auvent de la remise. Sa silhouette courte et ronde ne s'intégrait pas encore au cadre familier. En réparant ses outils, il avait jeté vers elle un œil dubitatif. La finesse de Mélie lui manquait déjà.

Soudain, le bruit perçu s'amplifia : dégageant une fumée noirâtre, un moteur pétaradait devant chez lui. Intrigué, il s'avança vers la barrière. Même s'il ne connaissait pas grand-chose aux rares automobiles qu'il croisait, celle qui venait de se garer là lui sembla neuve et rutilante. Quel personnage important pouvait donc lui rendre visite à cette heure ?

La portière s'ouvrit sur un jeune homme élancé, vêtu d'un élégant costume de ville. Sa moustache brune et lissée avec soin tranchait sur son visage à la peau claire. Il sentait les papiers et l'écriture, une vie protégée du plein air et du grand soleil. Marquant sa déférence, Victor ôta sa casquette. L'inconnu lui tendit une main aux doigts fins :

— Monsieur Delaunay, n'est-ce pas ? Je suis Constant Drouet, l'instituteur de votre fils.

Avant de répondre à son geste, Victor essuya promptement sa main droite sur la toile de son pantalon. Plus loin, derrière eux, observant la scène, Rose avait cessé d'étaler son linge. Il n'aurait pu dire pourquoi mais sa présence le gêna.

— Va donc chez les Levert ! lui cria-t-il, il n'y a plus de pétrole pour les lampes !

Elle s'esquiva sans demander son reste.

— Venez vous asseoir, invita-t-il alors, j'ai le meilleur pommeau du canton !

La salle de la ferme paraissait vide et froide. Victor regretta l'absence de Mélie, sa façon de s'empresser autour de ceux qui passaient ici. Malgré sa jalousie, bien des fois il s'était enorgueilli du regard des hommes qui s'attardait sur elle. Malhabile, il versa l'apéritif dans les verres et en répandit un peu sur la table.

— Il vous manque une femme ! remarqua l'instituteur en exagérant son rire.

Victor comprit l'allusion :

— Nous devons parler du petit, non ?

Drouet connaissait son caractère ombrageux. Pour l'apaiser, il leva son verre :

— Au bonheur de Juste et à ses succès !

Le pommeau avait un goût suave et fruité qui lui plut. Il complimenta Victor sur son savoir-faire.

— Voilà des années, expliqua ce dernier, que je m'exerce. Le résultat est là.

En se calant sur sa chaise, il enfonça ses pouces dans les poches de son gilet.

— Bon, finit-il, venons-en au fait, que me vaut l'honneur de votre visite ?

Sûr de lui, le maître d'école parla comme il ne l'avait jamais fait. La ferveur de Mélie l'avait atteint plus qu'il ne pouvait le dire. Cette femme, à la fois fragile et forte, avait su trouver les mots et les phrases qui convenaient. Marchant avec elle dans la cour de l'école déserte, le long des tilleuls et des marronniers, il l'avait écoutée avec attention. Enfin pour s'abriter du vent froid, ils s'étaient réfugiés dans son bureau. Derrière l'acuité de son regard bleu, Drouet avait vite décelé son intelligence. Le petit Juste avait dû hériter d'elle ses facultés d'ouverture et de bon sens. Avant qu'il ne soit trop tard, il fallait donc le soustraire à la mauvaise influence de son père et de celle qui vivait à présent sous son toit.

Lorsqu'il acheva son discours passionné, la nuit s'accrochait aux vitres. Sur la table, la bouteille de pommeau était presque vide.

— Je vois, je vois, répéta Victor comme s'il soupesait encore le pour et le contre.

Cet homme le dérangeait. De sa voiture à son instruction, il possédait l'aisance et la supériorité de ceux qui lui en avaient toujours imposé. Un espoir en même temps qu'un doute le traversèrent : s'il apprenait bien, Juste aurait peut-être l'argent et les moyens mais qu'allait-il en faire ?

— Si mon fils réussit dans ses études, demanda-t-il, qui s'occupera de la ferme et des pommiers ?

Drouet sourit. Comme tous par ici, Victor n'envisageait que l'intérêt matériel. Apprendre était une bonne chose mais savoir entretenir et développer une exploitation valait toutes les connaissances. Il le rassura :

— Ne vous inquiétez pas ! S'il continue ainsi, il s'achètera une plus belle voiture que la mienne et aucun propriétaire dans tout Sept-Vents ne pourra rivaliser avec lui... Pas même Alexandre Delaunay !

L'argument fit mouche. Après un silence, Victor s'inclina :

— Vous avez raison, reconnut-il, le petit doit rejoindre sa mère, c'est mieux ainsi...

En remerciant, Drouet prit congé. Au-dehors, la nuit respirait de mille souffles. Il se demanda pourquoi il avait lutté avec autant d'acharnement. Un long moment, il écouta les bruissements que la terre semblait retenir. Puis, il crut voir l'image de Mélie se détacher de l'obscurité en scintillant comme une étoile.

Après son départ, Victor se retrouva seul en face de Rose. Dans un mouvement d'humeur, il était allé la chercher à l'auberge de Villers. Sa docilité et sa soumission même monnayables lui étaient apparues comme le meilleur remède contre l'infidélité de Mélie. Mais jamais il n'avait imaginé une vie commune avec elle. Secrètement agacé par la victoire de l'instituteur, il lui reprocha de ne pas savoir cuisiner ni s'occuper du jardin et partit dormir seul. A son réveil, la pensée de Mélie et de ce qu'on racontait revint le tarauder : chez Baptiste, disait-on, les visites d'Alexandre étaient régulières et tout le monde s'en accommodait. Dans un accès de rage, il repoussa son drap avant de rejoindre la cuisine pour se laver à grande eau. Malgré l'hiver et le froid, du creux de ses mains, il jeta contre lui des petites vagues glacées qui le saisirent en le fouettant comme des lanières. A chaque coup, sa haine se déchaînait. Quand il s'arrêta, il ne sentait plus sa peau rougie mais une indéfectible détermination s'enracinait en lui comme un chancre corrosif.

Alexandre agita la main vers Léon. Il était encore tôt. A la lisière des champs, comme une haleine chaude, de fins filets de brume s'enroulaient autour des haies et des arbres. De sa carriole arrêtée en bordure de la route, il regardait son valet qui menait les bêtes au pâturage. Plus loin, des « tracheux d'bois » courbés vers la terre ramassaient des branches de hêtre. L'hiver se préparait. Bientôt, il faudrait garder les troupeaux à l'étable et reprendre ces travaux que la morte-saison ramenait. Avant de se mettre en route pour Caumont-L'Eventé, une dernière fois, il admira son superbe demi-sang qui gambadait parmi ses autres chevaux. La noblesse de son encolure et le délié de ses jambes le réjouirent. Décidément, il ne s'était pas déplacé pour rien à la Saint-Gilles de Condé-sur-Noireau. Toute la journée, sous le vent et la pluie, il avait tâté des flancs, inspecté des jarrets et des bouches, examinant d'un œil intransigeant les allures et les pas. Il n'avait rien dit à personne mais le soir, après son achat et les liasses de billets glissées de la main à la main, il avait pris P'tit Blaise par le cou : « Si tu tiens bien ta langue, je vais te faire une confidence... Ce cheval me coûte cher mais il peut me rapporter beaucoup plus. Je voudrais le faire courir. » Cette idée avait spontanément germé dans son esprit. Avec un peu de chance, il s'estimait capable de développer une belle affaire...

En souriant, il se détourna et tira sur les rênes d'un coup sec, Nez-de-brebis, sa fidèle jument de dix ans, se mit au trot.

Ce n'était pas par hasard, s'il échafaudait de tels plans. Tout allait mieux dans sa vie. En retrouvant Mélie, une plénitude avait surgi, balayant les jours sombres, lui rendant la confiance perdue. Souvent, il allait la retrouver chez Baptiste et le vieux couvreur l'accueillait toujours avec la même remarque espiègle : « Tiens ! Moi qui ne te voyais jamais avant... »

A travers leur complicité, Alexandre se résignait à accepter le travail de Mélie. Monter ainsi sur les toits, imposer une telle audace le déroutait encore mais comme Baptiste la soutenait et l'encourageait sans mesure, il finissait par ne plus rien dire. La seule qui persistait à troubler le nouvel équilibre de sa vie était Marie-Louise.

Quand elle fut certaine qu'il la revoyait, elle se fabriqua une autre raison, un autre but. Un enfant. Il lui fallait l'enfant qu'elle n'avait jamais pu concevoir. Un soir, elle se confia à lui, tentant de le faire entrer dans cet imaginaire qui devait les fortifier et les unir. Elle se fit plus tendre, plus persuasive, lui démontra combien cet héritier serait indispensable pour prendre le relais, faire fructifier à son tour le lourd tribut qu'ils payaient à leurs terres et à leurs bêtes. Mais Alexandre n'y croyait plus. Il l'écouta, la laissa s'exalter et construire un avenir improbable. Il n'avait plus sa place dans la vie qu'elle s'inventait. Plus elle alignait d'arguments, plus il pensait à Mélie et à cet enfant qu'ils auraient pu avoir ensemble. « Tu ne dis rien ? » finit-elle par demander. Distrait, il jouait avec la pointe de son couteau. Alexandre n'avait pas envie de répondre. Il entendait le vent mais voyait Mélie et les deux images se liaient : le vent et la source, la source et le vent, c'était ce qui le frappait le plus, ces forces pures qui se joignaient en elle jusqu'à l'incarner. Il s'étira comme un chat auprès d'un feu.

« Je vais me coucher », fit-il en quittant la table. Elle comprit alors qu'il ne dormirait pas avec elle ce soir-là ni peut-être les autres soirs et pleura.

Sur la route qui le conduisait vers Caumont, Alexandre se souvenait de ses sanglots. Il la connaissait trop bien, elle n'allait pas en rester là. Tapie dans l'ombre comme un prédateur surveille sa proie, à tout moment, elle pouvait se manifester imprévisible et violente. D'un mouvement de tête impatient, il la chassa de son esprit. Bientôt, à la sortie de Caumont, il allait rencontrer le père Alzire et toute son attention s'aiguisait vers lui. Ce vieil éleveur de chevaux avait vendu de magnifiques bêtes aux haras de Saint-Lô. Son savoir en matière de courses le rendait célèbre dans tout le canton. Alexandre avait besoin de ses conseils. Devant lui et les pas altiers de sa jument, la route grimpait raide, surplombée par une flopée de nuages que transperçaient de temps à autre les rayons du soleil.

Il imagina Rondeau, son demi-sang, sur l'un des terrains de Graignes ; bien exercé, il pouvait remporter quelques jolies victoires. Une joie presque enfantine l'envahit, le coupant un instant de la réalité et du craquement sinistre qui retentit. Il n'eut pas le temps de réagir. A peine deux secondes plus tard, une formidable secousse déstabilisa la carriole qui bascula d'un bloc sur le côté, entraînant la jument dans sa chute et le projetant dans l'un des ravins qui longeaient la route. Avant de sombrer dans la nuit qui se refermait sur lui, il ne se rendit compte de rien. Seuls de longs hennissements déchirèrent ses oreilles. Lorsqu'il rouvrit les yeux, il reconnut d'abord le maître d'école qui se penchait au-dessus de lui et, plus loin, sa voiture garée sur la berme.

— Comment allez-vous ? entendit-il.

Il pouvait à peine remuer. Son corps adhérait à la terre et le feu embrasait sa tête :

— Ma jument... souffla-t-il, ma jument...

— Tranquillisez-vous ! J'ai prévenu, le secours arrive Vous n'avez pas froid au moins ?

Non, il n'avait pas froid. La couverture étalée sur lui le protégeait mais il ne parvenait pas à réaliser ce qui s'était passé et pourquoi l'instituteur était ici.

— Je vous suivais avec mon automobile, précisa Drouet, j'ai assisté à votre accident...

Les deux hommes s'étaient déjà rencontrés. Depuis qu'il avait été nommé à Sept-Vents, le jeune maître, qu'on disait issu d'une famille aisée de la côte, était venu plusieurs fois à la ferme d'Alexandre pour acheter du cidre ou des volailles. Un jour, ils s'étaient même entretenus de sa Panhard-Levassor et de ses performances. En grimaçant, Alexandre essaya de se relever mais une douleur insupportable à la cheville le fit tout de suite renoncer.

— Je crois que j'ai quelque chose de cassé, fit-il.

A ce moment, une charrette apparut en haut du ravin. Léon et deux journaliers en descendirent. A la vue de la carriole éclatée, ils se regardèrent. Comment un tel choc avait-il pu se produire ? Impressionné, Léon laissa aux autres le soin de remonter son patron. Il préféra tout de suite s'accroupir près de Nez-de-brebis qui gisait, couchée sur le flanc. Les yeux à demi clos, elle haletait ; un peu d'écume s'échappait de sa bouche. Il soupira puis fit un signe pour qu'on éloigne la charrette et Alexandre.

Saisissant alors le fusil qui appartenait à l'un des hommes, il s'avança d'un pas ferme vers la bête étendue. Le coup se répercuta à travers la campagne. Dans un froissement d'ailes, quelques buses et une nuée d'oiseaux surpris s'envolèrent. Alexandre se crispa. La perte de sa jument équivalait à celle d'un être cher. Sa cheville enflée le transperçait de fulgurantes douleurs mais il n'y prenait plus garde. Il mit sa tête entre ses mains et se réfugia dans le silence. Léon le rejoignit. Son visage montrait encore l'effroi qu'il avait dû surmonter pour agir. Il se taisait aussi comme si les mots étaient en trop. Alors, le fouet du conducteur claqua et l'attelage allait repartir quand la voix de l'instituteur s'éleva :

— Venez voir ! s'écria-t-il en s'agrippant au rebord en bois. On a escamoté la carriole ! La coupure est très nette, on dirait même qu'il y a des traces de scie...

Alexandre se figea. Il ne sentait plus son mal. A la place, une lancinante question émergeait dans son esprit : qui donc s'acharnait à ce point pour le faire disparaître ?

Mélie se taisait. Elle se tourna vers Baptiste :

— Il aurait pu se tuer !

Assis près de la table, le vieux couvreur leva la tête :

— C'était calculé pour ! fit-il avant de se replonger dans les feuilles de papier couvertes de chiffres qui s'étalaient sous ses yeux.

La fin de l'année sonnait l'heure des comptes et des bilans : tant pour le fisc, tant pour les charges, sans oublier le salaire des ouvriers. A chaque fois, il espérait gagner assez pour s'agrandir, acheter une machine ou s'adjoindre à demeure un scieur de long qui découperait le bois des charpentes comme il le souhaitait. Rien n'était simple. Avec sa maladie, même s'il remarchait un peu, il ne pourrait avoir l'œil sur tout.

— Tu vois, reprit-il, la situation n'est pas mauvaise, je ne peux me plaindre mais je n'ai pas la force suffisante pour donner un nouvel élan à l'entreprise. Charles est un bon gars mais j'ai peur qu'en me succédant, il ne sache pas développer mon affaire. Qu'en penses-tu ?

Mélie était loin. Elle se représentait encore l'accident d'Alexandre et l'associait à tout ce qu'il avait déjà subi : la perte de sa plus belle vache, l'incendie de son écurie et maintenant cette menace de mort...

— Je pense à Victor, répondit-elle.

Une angoisse l'étreignait en même temps qu'un infime espoir. Et si ce n'était pas lui ?

— Tu as l'esprit ailleurs, remarqua Baptiste. C'est normal mais, dans notre métier, il faut une présence continuelle. Les querelles et les soucis sont à ranger aux oubliettes. Quand tu es sur un toit, tu ne dois penser qu'à ton travail, sinon le danger survient, et...

Distraite, Mélie regardait la barre de nuages qui plombait le ciel. Cette fin de matinée avait déjà un avant-goût de nuit.

— Avec ce temps, je ne suis pas près d'y remonter ! soupira-t-elle.

D'anciennes images la tenaillaient : l'horizon baignant dans une lumière bleu et or, les champs et les haies comme des carrés de couleurs sous le soleil et cette intense sensation de liberté... Derrière la minutie du travail, il y avait toujours l'ultime récompense, presque une communion avec l'espace et le ciel. Aujourd'hui plus que jamais, elle en aurait eu besoin pour chasser sa tristesse.

— Je vais à l'atelier, se décida-t-elle, il reste des gerbes à trier.

Elle s'enroula dans une pèlerine dont elle releva la capuche et fit un détour par le bord du ruisseau. La montée des eaux s'amorçait ; si le temps ne changeait pas, d'ici peu, le cours d'eau risquait de déborder. Albert avait raconté qu'une année l'atelier avait été inondé et les monceaux de paille avaient pris l'eau. Tout le travail avait dû être refait. Inquiète, elle observait le niveau du ruisseau qui avait déjà franchi sa limite habituelle, lorsqu'une voix s'éleva sur l'autre rive :

— Mélie, Mélie !

La pluie redoublait de violence. Serrant sa pèlerine, elle s'abrita sous les branches d'un châtaignier avant de reconnaître la silhouette de Victor qui l'interpellait de l'autre côté.

— N'aie pas peur ! Je ne te veux aucun mal ! J'ai mis Rose dehors, poursuivit-il, il faut que tu reviennes avec le petit !

Sa voix parut s'étrangler. Otant alors sa casquette, d'un revers de manche, il essuya la pluie qui trempait son visage et ses cheveux. Mélie ne savait à quoi attribuer la compassion qu'elle ressentait. Quelque chose de pathétique et de sincère transparaissait au travers de ses paroles. Un court moment, elle eut même l'impression de voir un enfant abandonné et crut que de vraies larmes se mêlaient aux gouttes qui le cinglaient. Elle se ressaisit avec peine :

— Tu m'as fait trop de mal ! Nous ne pouvons pas nous remettre ensemble.

— Mais j'ai besoin de vous deux, supplia-t-il.

Mélie contempla l'eau qui coulait entre eux. Sous la pluie, des vaguelettes soulevées par le vent se criblaient de minuscules têtes d'épingle. Plus loin, ébouriffant leurs plumes, deux canards longeaient les roseaux. Elle sentit qu'elle devait fuir pour ne pas montrer son hésitation. La place du petit n'était-elle pas dans le foyer familial, auprès de son père et de sa mère ?

— Je ne peux rien te promettre, répondit-elle à nouveau, il faut que je réfléchisse...

Quittant alors son abri, elle se dépêcha de rejoindre l'atelier mais la voix de Victor traversa le vent pour la suivre :

— Je peux changer ! Il faut que tu m'aides, Mélie !

Elle continua son chemin.

Albert remarqua tout de suite sa pâleur.

— Par ce temps, il vaut mieux ne pas se promener, dit-il. Vous allez prendre froid, Mélie !

Incapable de parler, elle se mit à trier les pailles et à les attacher. Elle pensait à Baptiste, à tout ce qu'il lui répétait depuis des jours. Leur vie ensemble ne lui déplaisait pas, bien au contraire. Parfois, Juste réclamait son père mais le vieux couvreur trouvait le mot, lui racontait l'histoire qu'il attendait et l'enfant n'écoutait plus que lui. Mélie voyait la transformation de Baptiste. Même s'il se déplaçait toujours avec de grandes difficultés, son œil plus vif n'échappait à personne. Sachant se faire discret, il jouait à merveille le rôle d'un grand-père attentionné. Pour toutes ces raisons, Mélie perdait pied. Pendant plusieurs jours, elle se referma sur elle-même. Puis, un matin, elle comprit que Victor avait frappé plus fort.

Le vent et la pluie s'étaient enfin calmés, arrêtant la crue du ruisseau. Elle se préparait à monter sur un toit près de Bellay, à quelques lieues de Sept-Vents. Là-haut, si le brouillard n'était pas trop dense, elle aurait une vue dégagée sur les landes qui entouraient la Drôme. Soutenant Baptiste, elle se dirigea vers la carriole qu'Albert commençait à charger et le surprit en grande conversation avec l'abbé Pelvey. A cette heure si matinale, sa visite l'étonna. Pourquoi se fatiguait-il à se déplacer jusqu'ici ? Baptiste, qui attendait que Charles le hisse dans la carriole, ne put s'empêcher de le bousculer :

— Que viens-tu faire ? Je ne suis pas à l'article de la mort...

— En effet, rétorqua le curé, tu m'as l'air plus solide qu'un chêne de la forêt de Balleroy... Si je devais compter sur toi pour célébrer une belle messe d'enterrement, j'en serais pour mes frais !

Albert et Mélie échangèrent un clin d'œil rieur. Ces deux-là les amusaient toujours. Il suffisait qu'ils soient l'un en face de l'autre pour que leurs plaisanteries même acerbes égayent le jour.

Mais l'abbé recouvra rapidement son sérieux :

— C'est à Mélie que je voudrais parler...

— A moi ?

— Oui Mélie, à vous, insista-t-il. Je suis chargé d'une mission.

Perplexe, elle accepta de faire quelques pas avec lui. Alors, il évoqua Victor et son désir de reprendre la vie commune. En désespoir de cause, il avait poussé la porte du presbytère pour lui confier sa volonté de changer afin de revivre avec sa femme et son fils.

« Vous la connaissez bien, je suis sûr que vous pouvez m'aider ! » avait-il dit. Son honnêteté et sa sincérité avaient ému l'abbé. Rose partie, Victor s'estimait capable de retrouver un équilibre si Mélie le voulait. Aucun reproche ne lui serait fait, il le promettait, mais en son nom d'époux et de père, il souhaitait de toute son âme un retour aux jours anciens, à l'harmonie passée. Sans broncher, Mélie écouta le discours du curé. Si Victor avait manigancé quelque chose, elle ne pouvait encore en juger.

— Donnez-moi donc un espoir ! termina-t-il, que mes prières ne soient pas tout à fait vaines !

Il serra ses mains avec effusion. Le brouillard qui retombait autour d'eux semait aussi en elle la plus complète nébulosité. Comment démêler le vrai du faux ? Qui trompait qui ? A moins que Victor, touché par la grâce, ne soit réellement devenu un autre homme ? La voix de Baptiste la sauva des remous où elle s'enlisait :

— Mélie, s'écria-t-il, nous t'attendons !

— Réfléchissez bien ! conseilla une dernière fois l'abbé, il s'agit de votre union et de son fruit bénit par le Seigneur...

Avant de s'en aller, il esquissa sur elle un signe de croix :

— *In nomine patri et filii et spiritu sanctu.*

— *Amen !* répondit-elle en se signant à son tour dans une brève génuflexion.

Puis, elle courut vers la carriole.

Baptiste ne posa pas de questions mais, selon son habitude, il la rabroua :

— Tu ne dois penser qu'à ton travail !

Albert et Charles dardaient sur elle un œil narquois où se lisait leur ironie. « Des histoires de bonne femme », semblaient-ils dire et la voix de Baptiste leur revenait en écho : « Elle fera quelque chose si ses hommes ne la perdent pas ! » Une fois de plus, Mélie dut admettre qu'aucune bataille n'était gagnée d'avance et que même s'ils la côtoyaient chaque jour, les deux ouvriers demeuraient avant tout des hommes issus d'une terre pétrie de principes et de traditions. Parce qu'elle sentait que ce n'était pas le moment de faiblir, elle choisit de lutter.

Par endroits, des coins de ciel bleu apparaissaient déjà. Ce soleil qui s'obstinait à percer symbolisait la vie et son énergie aussi précieuses qu'un joyau. Elle fut la première à descendre de la carriole et à porter l'échelle qu'elle déplia aussitôt contre le mur de la bâtisse. En la voyant, le propriétaire s'approcha :

— C'est vous qui faites ça ?

Elle avait trop l'habitude de ces sempiternelles réflexions pour s'offusquer.

— Oui, c'est moi ! répliqua-t-elle avec un sourire et, tandis que le fermier roulait des yeux effarés, elle s'empressa de grimper pour aller se rendre compte de l'état du toit.

L'intervention dura quelques heures. Après la pause du déjeuner, Charles proposa de la relayer mais elle refusa. La leçon de Baptiste s'était ancrée en elle, rejoignant l'air moqueur des deux hommes qu'elle ne parvenait pas à oublier. Son instinct combatif se réveillait. Elle pensa qu'elle serait désormais solidaire d'Alexandre parce que la réussite ou le bonheur exacerbaient toujours la haine ou le rejet. Son chemin était encore long et semé d'embûches, ne tenant peut-être qu'à un fil comme celui qui reliait le vieux couvreur à la vie. Car lui disparu, elle pressentait que Charles ne lui ferait pas de cadeau. Dès qu'il dirigerait la petite entreprise, à coup sûr, il chercherait à se débarrasser d'elle et de son encombrante renommée qui alimentait les on-dit et les commérages. Pour s'en préserver, elle résolut d'en glisser au plus vite quelques mots à Baptiste.

12

Pour la deuxième fois, Constant Drouet poussa le heurtoir de la porte. A cette heure tardive, il était pourtant certain de trouver quelqu'un. Malgré le froid, il était venu à pied, parcourant presque une lieue sans ralentir. Marcher lui faisait du bien. Quand le temps le permettait, il aimait ces promenades qui le soulageaient des journées harassantes, passées à ahaner ou à reprendre des dizaines de bambins plus ou moins dissipés. Déçu par la porte qui restait close, il allait repartir lorsque enfin une voix de femme se fit entendre :

— C'est pour quoi ?

L'instituteur souleva son chapeau et se présenta :

— Constant Drouet, madame, je viens prendre des nouvelles de monsieur Alexandre...

Aussitôt, Marie-Louise apparut sur le seuil et s'effaça :

— Pardonnez-moi ! J'aurais dû vous ouvrir plus tôt mais j'étais à l'étage...

Quand il entra dans la salle, un grand feu de bois illuminait la pièce et devant lui, la jambe appuyée sur un petit banc, Alexandre était assis. Des attelles immobilisaient sa cheville.

— Approchez-donc ! s'écria-t-il en le saluant, je suis content de vous voir !

Drouet dégrafa son manteau. La chaleur arrivait déjà jusqu'à lui. Il prit place dans le fauteuil qu'on lui désignait et s'excusa :

— Je n'ai pas pu venir avant, mais j'ai eu de vos nouvelles par Thomas...

— Il faut que vous goûtiez mon poiré, s'empressa de proposer Alexandre, il est inimitable !

En réchauffant ses mains aux flammes qui crépitaient, Constant accepta sans se faire prier. Les dernières paroles du cantonnier occupaient toujours son esprit : « Alexandre ne peut guère voir Mélie en ce moment... » Intrigué, il n'avait pas osé en demander davantage mais quelques ragots glanés çà et là avaient achevé de le renseigner. Ainsi, Alexandre et Mélie se rencontraient souvent...

Marie-Louise apporta les verres et la bouteille dont le bouchon sauta dans un bruit mat.

— Monsieur l'instituteur m'a bien aidé quand j'ai eu mon accident... commenta Alexandre.

— Il aurait dû prévenir les gendarmes, n'est-ce pas ? fit-elle en prenant le jeune homme à témoin.

Drouet se garda de répondre. Qui n'était au courant ici des sombres rivalités, des jalousies qui tissaient leurs pièges au-delà des apparentes bonnes relations ? La richesse des uns suscitait le malheur des autres et les jeteurs de sort, grassement rétribués, vivaient à leur aise. Les gendarmes n'avaient pas leur place dans ces règlements de comptes. Claquant sa langue dès la première gorgée, Alexandre loua son poiré :

— Pas mauvais, non ? Qu'en dites-vous ?

Drouet compara sa couleur à la robe d'un cheval, l'estima fin et racé puis il enchaîna sur la disparition de Nez-de-brebis, cherchant à savoir si elle avait été remplacée. Alexandre évoqua alors longuement Rondeau et l'avenir qu'il envisageait pour lui mais l'instituteur l'écoutait d'une oreille distraite. Il pensait encore à Mélie, au bleu de son regard, à la surprenante image qui lui était apparue dans la nuit après son passage chez Victor. Plus

Alexandre s'emballait, plus il cherchait à les imaginer ensemble et quelque chose se brisait en lui. Une question abrupte le détourna de sa mélancolie :

— Vous me semblez très jeune, peut-être n'avez-vous jamais connu une telle passion ?

— J'ai vingt-trois ans, précisa Drouet et je peux savoir ce qu'est une passion...

Ses yeux à l'expression lointaine alertèrent Alexandre. Il ne s'agissait sans doute pas de chevaux... Ce gaillard-là semblait avoir une femme dans le cœur !

— Je vais vous resservir un autre verre ! encouragea-t-il, nous en avons besoin l'un et l'autre.

Songeur, Constant fixait à présent la cheminée et son feu. Avec son rang social, l'aisance des revenus de sa famille et son métier, on le pressait de faire un beau mariage. Elles étaient légion ces jeunes filles à la dot conséquente, au trousseau brodé et aux bonnes manières. Et voilà qu'une petite femme à la beauté piquante dont la témérité égalait la blondeur commençait à ravager sa vie. Il trinqua une nouvelle fois avec son hôte. Cet homme aimable qu'il avait secouru sur la route approchait Mélie et l'aimait peut-être. C'était dramatique d'être là auprès de lui et de ne rien pouvoir dire.

— Je dois y aller, dit-il un peu brusquement. L'essentiel est que vous vous portiez bien.

— Vous auriez pu rester à dîner, protesta Marie-Louise, j'ai fait un rôti et une tarte aux pommes.

Il prétexta un mal de tête et des cahiers à corriger puis remercia avant de se diriger vers la porte. En serrant la main de Marie-Louise, il fut frappé par son air austère. A côté d'elle, Mélie paraissait si gracieuse.

Au-dehors, il retrouva la nuit et la route qui montait vers le bourg. Une lourdeur inconnue, contre laquelle il ne pouvait lutter, freinait ses pas. Sans conviction, il s'engagea sur le chemin, lorsque la voix de Léon l'interrompit :

— Monsieur l'instituteur ! Mon patron m'a prié de vous reconduire avec la carriole...

Heureux qu'on le prenne en charge, il s'empressa d'accepter.

Au-dessus d'eux, le clair de lune jouait à cache-cache avec une ronde de nuages.

De la salle, Alexandre écouta décroître les grincements de la carriole sur la route.

— Tu ne trouves pas qu'il a mauvaise mine ?

Marie-Louise dressait la table pour le repas.

— Oui, renchérit-elle, il paraît un peu chétif.

Par précaution, elle avait déjà servi Léon et Blaise qui se relayaient à l'étable parce que l'une des vaches devait mettre bas. Elle apporta la soupière fumante :

— Le dîner est prêt.

En claudiquant, Alexandre s'approcha. Il comptait les jours qui le menaient à la guérison. Le rebouteux avait eu beau le rassurer, il s'impatientait car ses pommiers et leur serfouissage attendaient toujours. Chaque année, il ne laissait à personne le soin de retourner les mottes de terre à la bêche autour de leur pied.

Marie-Louise lui versa d'abord quelques louches de soupe avant de s'asseoir et de lui jeter un bref coup d'œil. En retombant sur son front, les boucles désordonnées de ses cheveux bruns lui donnaient un air d'adolescent.

Depuis son accident, il restait plus souvent à la ferme. Parfois, l'un des valets venait le chercher mais il se déplaçait difficilement. Elle avait ainsi le sentiment fugitif mais réconfortant qu'il lui échappait moins. Il parla du vêlage de leur vache. Si le veau se portait bien, il espérait le vendre avec deux autres bêtes à l'une des foires de Vire.

— J'en tirerai un bon prix, estima-t-il, et je rachèterai une nouvelle voiture et un autre demi-sang.

Elle approuva en silence. Une question brûlait ses lèvres depuis quelques jours mais elle ne savait comment la formuler. Maintenant qu'Alexandre avait choisi de passer toutes ses nuits dans une chambre à part, elle s'inquiétait. Le lendemain de son accident, sur ses ordres, Léon et P'tit Blaise avaient transporté une armoire, une chaise et une table dans la pièce qu'il s'était octroyée. Cet aménagement entérinait une séparation qu'elle pressentait définitive. Un pan de leur vie sombrait.

Elle reposa sa cuillère sur la table. La lampe à pétrole et le feu dans la cheminée baignaient le visage d'Alexandre d'une douceur chaude et mouvante. Elle attendit qu'il relève la tête sous la pression muette de son regard.

— Tu n'as plus faim ? demanda-t-il en essuyant sa moustache du revers de sa main.

— Je voudrais te parler.

Il se crispa, redoutant une querelle ou d'inutiles explications sur ce désir d'enfant qui l'avait conduite en pèlerinage jusqu'à la Vierge des Tourailles, à la limite du département. Même si elle n'avait rien dit, quelqu'un l'avait vue. Du bout de ses doigts, il commença à jouer avec des miettes de pain et cala son dos contre la chaise.

— Je t'écoute, lâcha-t-il enfin.

D'un bloc, elle se pencha vers la table :

— Est-ce que tu vas me quitter ?

La profondeur du silence qui suivit sa question ne la désarçonna pas. Elle ne quittait pas des yeux Alexandre, et attendait sa réponse comme une main tendue qui l'empêcherait de couler à pic. Il n'avait pas envie de soutenir ce regard qu'il devinait sur lui. A force d'être à ses côtés, elle s'était attachée à lui comme à une ombre qui déterminait l'orientation de ses jours, l'habitude d'un quotidien sans fantaisie ni surprise.

— Je ne peux pas te répondre, lança-t-il, évasif. Personne ne sait de quoi demain sera fait.

— Mais c'est possible, n'est-ce pas ?

Elle insistait, exigeant tout de suite une vérité qu'en même temps elle redoutait.

— Si un jour tu penses le faire alors fais-le maintenant ! Il vaut mieux qu'on en finisse !

Sans répondre, Alexandre se détourna. Il entendait la carriole qui revenait de sa course, attelée à un cheval qui n'était pas habitué à tracter. Il entrouvrit la porte pour accueillir Léon et se renseigner :

— Ça s'est bien passé ? lui cria-t-il, mais il n'eut pas de réponse.

Seule la voix de P'tit Blaise creva la nuit :

— Venez ! La Brunette met bas !

Sa cheville l'empêcha de parvenir rapidement à l'endroit désiré. Il dut longer ses bâtiments en s'appuyant le long des murs avant que Blaise ne vienne au-devant de lui pour l'aider. Lorsqu'il entra dans l'étable, le petit veau essayait déjà de se redresser sur ses pattes et Léon, tout heureux, manches relevées, se lavait les bras dans un seau :

— Tout va bien, patron ! Ne vous inquiétez pas !

Alexandre flatta le dos de sa vache :

— T'es une bonne fille !

A chaque vêlage, il récompensait ainsi ses bêtes avant d'examiner le nouveau-né et de donner son avis :

— Pas mal, pas mal, répéta-t-il en inspectant le veau. C'est sûr, on en tirera un bon prix !

Il pensait à la prochaine foire aux bestiaux de Vire. D'ici quelques semaines, il marcherait normalement et pourrait l'amener lui-même sur place. En ajoutant la vente d'une ou deux autres vaches laitières, il choisirait le nouveau cheval qui tracterait la voiture dont il rêvait. Satisfait, il bomba le torse et dans un geste machinal lissa ses cheveux vers l'arrière. A ce moment, l'image de Mélie se dessina devant ses yeux.

« Avec le petit, je l'emmènerai à Bayeux pour la Saint-Vigor, se promit-il, ce sera sûrement une bonne journée ! »

13

Violette trottait d'un bon pas. Sa robe dorée aux reflets roux luisait comme de la soie sous le soleil. Alexandre qui tenait les rênes ne cessait de la contempler :

— Elle est magnifique, non ?

A ses côtés, sous la capote qui l'abritait du froid, Mélie sourit :

— C'est une très belle jument, Alexandre.

Ce dimanche s'annonçait sous un temps sec et ensoleillé. Une gelée nocturne avait poudré de blanc la campagne mais le ciel gardait un bleu soutenu. Assis à l'arrière de la nouvelle voiture dont les roues flambaient de neuf, Juste se laissait bercer. Bientôt, ils allaient arriver à Bayeux où la Saint-Vigor, célèbre dans tout le canton, s'accompagnait d'une fête foraine qui le faisait rêver.

Mélie respirait enfin. La pensée de Victor et de ses incessantes relances pour reprendre la vie commune s'estompait. Elle n'avait pas encore donner sa réponse mais chaque jour et chaque nuit, des questions sans fin la tourmentaient. Pour échapper à leur emprise, elle travaillait d'arrache-pied et Baptiste, dont la résistance déclinait, lui savait gré de cette ardeur. Il ne disait rien mais hochait la tête avec une moue admirative qui valait pour elle tous les encouragements du monde. Dès que le temps le permettait, dans sa tenue d'homme qui intriguait tant, elle montait sur les toits et suggérait quelques directives aux deux ouvriers. Charles était le seul à la contredire. Depuis la maladie du vieux couvreur et son installation chez lui, elle voyait son opposition grandir. Il refusait l'importance qu'elle prenait et craignait un revirement de l'artisan à son égard. Avant qu'elle ne soit embauchée, ce dernier ne l'avait-il pas désigné comme son successeur ? A présent, elle le découvrait souvent méfiant et le visage fermé lorsqu'elle s'approchait de lui. Ce qu'elle avait pressenti se confirmait de jour en jour ; mais elle n'osait pas en parler à Baptiste pour ne pas l'influencer. Se protéger, en excluant Charles qui était là depuis plus longtemps qu'elle, la rebutait. Dans ce domaine, la liberté de Baptiste lui paraissait essentielle. Alors, elle se consolait en se disant que si le vieil homme venait à disparaître, elle irait se louer chez un autre couvreur car son savoir-faire et son audace étaient reconnus dans tout le pays. Depuis sa montée au clocher de Caumont, quelques encarts de journaux parlaient d'elle. De temps en temps, des journalistes locaux lui demandaient de se laisser photographier en tenue de travail et elle posait avec fierté devant ces objectifs qui l'immortalisaient à leur manière.

— Tu n'as pas froid ? s'inquiéta soudain Alexandre.

— Non, répondit-elle en ajustant sa pèlerine, de toute façon, nous sommes presque arrivés.

L'approche de la ville intensifiait la circulation. La grand-route s'emplissait d'un trafic de plus en plus dense. De toute la région, on affluait à cette fête que personne ne voulait manquer. Les longues voitures bâchées du Cotentin côtoyaient les chars à bancs de Falaise ou de Caen et celles du Bocage, reconnaissables à leurs capotes. De rares automobiles croisaient ces attelages dont les chevaux effrayés se cabraient en hennissant. Alexandre mit Violette au pas. Voilà trois semaines qu'il l'avait achetée à la foire aux bestiaux de Vire où il s'était rendu avec Blaise. Il avait d'abord vendu deux de ses vaches et le veau né à terme. Le plus long avait été de choisir sa jument. Après bien des hésitations, il s'était porté acquéreur de Violette, une anglo-normande dont la robe et l'allure nerveuse lui avaient plu.

« Tenez ! avait souligné le vendeur, un propriétaire des environs. Une belle jument c'est comme une jolie femme, elle doit avoir un noble port de tête et des jambes élancées ! » Et, devant le fou rire de Blaise, il avait ajouté en clignant des yeux : « On doit avoir envie de la monter tout de suite, pas vrai ? »

En dépit de tractations obstinées, Alexandre avait été obligé de lâcher quelques billets supplémentaires ; du coup, il envisageait une descendance rentable à cette superbe bête de quatre ans. Encore sous le charme, il l'attacha à l'entrée de la ville, là où d'autres attelages attendaient. Midi sonnait déjà à la cathédrale ; la grande procession allait s'organiser.

Mélie descendit la première de la voiture puis aida Juste à rejoindre la terre ferme. Autour d'eux, une foule se bousculait sur les trottoirs et dans les rues. Comme la plupart des femmes, elle portait une bonnette qui retenait ses cheveux et sous sa pèlerine noire une robe en droguet à boutons de nacre s'arrêtait aux chevilles, dévoilant les bottines en cuir qu'elle avait achetées la veille. Inquiète, elle leur jetait souvent des regards furtifs. Cette paire de chaussures neuves au cuir souple lui avait coûté presque toutes ses économies mais elle y voyait le symbole de sa réussite et de son acharnement. Après des mois de dur labeur, elle accédait enfin à une partie de son rêve. Baptiste l'avait bien compris. En découvrant l'achat, il avait seulement précisé qu'avec les actuelles commandes, il pensait être en mesure d'offrir une prime à ses ouvriers.

Tenant Juste par la main, elle s'engagea dans la rue principale tandis que les cloches de la cathédrale continuaient de sonner à toute volée. Alexandre la détaillait à la dérobée. Sa radieuse féminité s'accordait au temps clair. Une vraie tendresse le poussait vers elle, vers les multiples visages qu'elle montrait tour à tour sans jamais paraître ridicule ou déplacée. Il s'étonnait des chemins qu'elle empruntait sans se perdre ni se fourvoyer et se répétait qu'il ferait tout pour la garder.

Lorsqu'ils arrivèrent devant le parvis de l'église, celui-ci était noir de monde. Sur le seuil du portail, la bannière de saint Vigor déployée marquait le début de la procession. Chaque année, on célébrait ainsi l'un des premiers évêques de Bayeux. Derrière l'étendard, ses reliques enchâssées étaient présentées à la foule et des hommes en traditionnelles « blaudes » portaient le siège d'apparat où l'actuel évêque, coiffé de sa mitre, prenait place. Les prêtres du diocèse, tous en habits sacerdotaux, suivaient le cortège en priant et chantant. Cette fois, grâce au soleil, les ors et les pourpres brillaient d'un éclat particulier et l'hommage unanime des fidèles renforçait la pompe de la cérémonie. Avec Juste, Mélie se joignit au défilé tandis qu'Alexandre se proposait de les retrouver plus tard, à l'entrée du champ de foire. Les cantiques et les bénédictions de l'évêque envahirent le centre de la ville avant de se diriger vers la rue Saint-Laurent. Plus bas, après avoir franchi l'Aure, tous iraient jusqu'à Saint-Vigor-Le-Grand où gisait le tombeau du saint. Mais à mi-parcours du long trajet, le petit Juste fatigué manifesta sa faim et Mélie dut quitter la procession. Ils s'assirent sur un banc pour admirer encore les quelques coiffes qui se mêlaient aux différentes bonnettes, puis décidèrent de rejoindre Alexandre. Ils s'apprêtaient à remonter la rue lorsqu'un homme s'approcha d'eux. Surprise, Mélie reconnut Constant Drouet qui s'inclinait devant elle.

— Je vous ai aperçue tout à l'heure, vous suiviez le cortège...

Il jeta un coup d'œil discret sur la montre à gousset qu'il portait sous sa redingote :

— Il est presque treize heures, puis-je vous inviter à déjeuner ? Je connais une auberge tout près d'ici. Après, nous pourrions aller sur le champ de foire...

— C'est trop gentil, remercia Mélie, mais nous devons rejoindre quelqu'un qui nous attend...

Il n'insista pas et tapota seulement la joue du petit :

— Il se débrouille bien en musique, il faudrait qu'il apprenne le violon. Je suis prêt à lui donner des leçons.

— Vous savez donc en jouer ? s'étonna-t-elle.

— Voilà des années que je le pratique et j'encourage toujours les élèves qui me semblent les plus doués.

— Alors, entendu ! Cela fait d'ailleurs longtemps qu'il m'en parle.

Avant de s'éloigner, elle lui souhaita encore un agréable après-midi et lui serra la main. Drouet resta quelques minutes à la regarder s'enfuir. Il sentait un violent découragement l'étreindre. Que pouvait-il espérer alors qu'elle ignorait ce qui le bouleversait tant ? Comment parvenir à la détacher d'Alexandre ? Il s'engouffra dans une rue voisine. Malgré le soleil, tout cela pesait en lui comme un ciel chargé de pluie.

Jusqu'à l'entrée de la fête foraine, Mélie pensa au violon. Elle regrettait l'achat de ses chaussures. Avec cet argent-là, elle aurait pu verser des arrhes pour se procurer l'instrument. Elle avait honte d'avoir cédé à un caprice et de priver son enfant de ce qu'elle lui avait promis depuis des mois. Seule la vue d'Alexandre dissipa son malaise. Il les guettait près d'une marchande de galettes dont l'étal se dressait à côté d'un brasero allumé. Il commanda trois galettes de sarrasin fourrées d'une saucisse qu'ils dégustèrent avec du cidre, assis sous une tente. La fête battait son plein. Les baraques de tir faisaient face aux manèges de chevaux de bois, aux scènes improvisées où s'exhibaient des costauds qui appelaient les spectateurs à la lutte. De place en place, dans le vacarme des musiques ronflantes et des cris, des loteries proposaient de gagner des cochons de lait ou des volailles. Mais celui qui remportait le plus grand succès était le montreur d'ours qui faisait danser son animal au rythme d'un tambourin. L'après-midi se passa entre tours de manège et visites aux attractions. Alexandre serrait souvent Mélie contre lui et son bonheur devenait le sien. Tous deux oubliaient le tiraillement des jours, les épreuves et les séparations. Lorsqu'ils convinrent de rentrer, la nuit précoce de l'hiver plongeait dans la pénombre les manèges qui se vidaient peu à peu. Au milieu de la place, le mât de Cocagne, au bout duquel se balançait toujours un jambon, dressait sa flèche solitaire. L'air s'agitait sous la pression d'un petit vent apporté par la mer. Epuisés, encore éblouis, ils reprirent la route parmi d'autres attelages qui regagnaient aussi leur ville ou leur village.

Quand Alexandre déposa enfin Mélie et Juste chez Baptiste, une nuit profonde s'étendait sur tout le bourg. Des lumières éclairaient les fenêtres de quelques fermes. Avec précaution, Mélie enlaça le petit endormi et le porta dans ses bras. Elle entendit alors les sabots de Violette qui claquaient sur les pierres en poursuivant son chemin et s'avança vers la maison. Pourquoi n'y avait-il aucune clarté ? D'habitude, Baptiste ne se couchait jamais sans les attendre et le feu de la cheminée envoyait toujours des reflets qui rougeoyaient à travers les vitres.

Dès qu'elle entra, Mélie se raidit. L'obscurité qui régnait dans la pièce avait quelque chose d'effrayant mais il fallait d'abord coucher le petit. Tant bien que mal, elle réussit à allumer une chandelle qui traînait sur la table. La salle lui parut déserte et elle se demanda aussitôt où pouvait bien être passé Baptiste. Des questions se bousculaient dans sa tête tandis qu'elle montait vers la chambre pour mettre Juste dans son lit. Et s'il était sorti et avait eu un malaise ? Qui le trouverait ? Qui alerter à cette heure ? La joie de la journée s'estompait déjà. Après un rapide baiser, elle s'assura que le petit dormait bien et se dépêcha de redescendre.

Posant la chandelle sur la table, elle trouva enfin une lampe à pétrole. Dans la cheminée, des cendres grésillaient encore, Baptiste n'était peut-être pas loin... Elle se persuada qu'il était dehors et s'empara de la lampe-tempête qui restait accrochée sur le mur extérieur. Bravant le froid, elle commença à fouiller la nuit.

— Baptiste ! Baptiste ! criait-elle, répondez-moi !

Ses pas la conduisirent du côté de l'atelier où rien ne l'alerta, alors, tenant sa lampe à bout de bras, toute frissonnante dans l'air glacé, elle se mit à longer les bords du ruisseau. Elle inspecta ainsi chaque recoin, chaque monticule de terre, prenant même des risques pour atteindre des endroits plus escarpés. Aucun écho ne répondait à ses appels, seuls les sifflements du vent et le clapotis régulier de l'eau emplissaient la nuit.

Découragée, elle se sentait prête à abandonner lorsque, tout à coup, elle se souvint du cellier. Pour le rejoindre, elle devait traverser la salle et ouvrir la porte du fond. Elle fit demi-tour, certaine qu'enfin elle le découvrirait là et s'engouffra de nouveau dans la maison. Mais devant la cheminée, un frémissement de prémonition la pétrifia avant qu'elle n'ose se retourner. L'obscurité lui avait masqué jusqu'à présent ce qu'elle découvrit dans un haut-le-cœur. Recroquevillé sur lui-même, le vieux couvreur gisait dans son fauteuil. Il paraissait tout petit, les mains ouvertes sur ses cuisses, la tête retombant sur sa poitrine. Pour ne pas réveiller Juste, elle étouffa le cri qui montait dans sa gorge puis s'approcha tremblante, espérant encore déjouer l'irréversible. Sa main ne rencontra qu'une épaule rigide avant d'aller caresser le visage immobile.

— Baptiste ! supplia-t-elle comme s'il devait se réveiller, mais le contact froid de sa joue, la chair déjà figée la firent reculer.

Il n'y avait plus un souffle de vie dans le corps abandonné. Elle s'affaissa sur le sol, des larmes jaillissaient tandis qu'elle se reprochait d'être partie en le laissant. Enfin, épuisée d'avoir tant pleuré, elle se décida à aller chercher de l'aide et s'enfonça dans la nuit. Plusieurs noms lui vinrent à l'esprit mais elle ne pensait qu'à celui d'Alexandre. Seule l'image de Marie-Louise arrêta son projet. Elle marcha alors sans bien se rendre compte, soulagée par le froid humide qui calmait la brûlure de ses pleurs. Elle n'aurait pu dire pourquoi ni comment, mais elle sonna, plus tard, un peu hagarde, à la porte d'une large bâtisse. Les tintements de la clochette déchirèrent d'abord le silence avant qu'un homme enveloppé dans une grande robe de chambre en laine n'entrebâille la porte.

— C'est moi, Mélie Letellier, monsieur l'instituteur, pardonnez-moi ! Mais un drame a eu lieu...

Elle ne put continuer sa phrase et, cachant son visage dans ses mains, se remit à pleurer. Constant Drouet s'effaça aussitôt pour la faire entrer :

— Venez vous asseoir en m'attendant ! proposa-t-il. Il ne me faut que le temps de m'habiller.

Elle suivit sa silhouette qui s'évanouit dans l'ombre d'un couloir et s'étonna de prendre place sur une chaise, placée dans un étroit vestibule. Pourquoi avait-elle échoué ici ? Que venait-elle chercher ? Elle ne se souvenait que de cette sympathie qu'elle avait ressentie pour lui et de l'affection qu'il avait toujours témoignée pour son enfant. Cet homme qui appréciait tant son petit Juste ne pouvait être qu'un véritable ami. Lorsqu'il réapparut, elle expliqua que quelque chose de grave était arrivé à Baptiste.

— Nous allons prendre la voiture, déclara-t-il, nous irons plus vite.

Sur le chemin, il fit une halte chez le docteur Eudine pour l'emmener avec eux. Quand la Panhard se gara devant la maison du couvreur, une heure du matin sonnait au clocher de l'église. Après avoir palpé et examiné le corps, le médecin constata le décès.

— Son cœur a lâché, commenta-t-il, c'était prévisible.

Pour apporter une note de consolation au chagrin de Mélie, il l'assura qu'il n'avait pas souffert et qu'il s'était éteint doucement comme la chandelle qui brûlait encore sur la table. Drouet se proposa de le ramener chez lui. Ils avaient déjà déposé le vieux couvreur sur son lit et Mélie disposait des bougies pour le veiller. Deux voisines, prévenues par l'instituteur, frappèrent à la porte. Avant la visite du curé, elles voulaient aider à faire la toilette du mort et à s'occuper de Juste qui s'éveillait, intrigué par le bruit.

Mélie se laissait guider. Soudain, sa vie allait à une vitesse vertigineuse. Les flonflons de la fête foraine accrochaient leurs musiques lointaines à ses oreilles. Des images de gaieté se mêlaient à celles de cette mort brutale et injuste qu'elle portait à présent comme une faute.

— J'aurais dû rester près de lui, répétait-elle, il ne serait pas mort tout seul...

Quand l'instituteur revint, Baptiste reposait, le visage serein, les mains croisées sur sa poitrine. Les volets avaient été tirés et à l'intérieur ne vacillaient que les frêles lumières des bougies qu'accompagnaient les prières des femmes agenouillées. Constant s'approcha de Mélie. Il avait envie de lui dire des paroles de réconfort mais n'y parvenait pas. Il appuya simplement sa main sur son bras :

— Je voudrais faire beaucoup plus...

Elle leva vers lui son regard triste :

— Je ne sais déjà comment vous remercier...

Un bref moment d'émotion les unit avant que Juste ne descende les escaliers, la détournant de lui. Il la vit prendre son fils dans ses bras, lui parler tout bas puis l'amener près du lit mortuaire. Silencieux, le petit semblait saisi par le cérémonial. Les yeux perdus, il s'agenouilla comme on lui demandait et ânonna des prières. Puis, ce fut au tour du curé de se présenter :

— Cette fois, murmura-t-il en serrant avec chaleur les mains de Mélie, le bougre ne m'a pas attendu...

Après un instant de recueillement, il écarta les bras pour implorer la clémence du Ciel et récita la prière des morts.

Le jour ne tarda guère. Des pluies éparses fouettaient le bois des volets fermés qui grinçaient sous les poussées du vent. Albert et Charles pénétrèrent ensemble dans la maison. Des deux, Albert semblait le plus affecté. Vingt ans de sa vie venaient de s'arrêter d'un seul coup. La fin brutale de Baptiste remuait les souvenirs des années d'apprentissage et de travail partagées sans interruption. Pour Charles, plus jeune, la perspective de diriger bientôt l'affaire atténuait l'effet de la poignante nouvelle. Les deux hommes bénirent le corps et rejoignirent Mélie qui le veillait toujours. La laissant seule selon son désir, les voisines étaient reparties, emmenant l'enfant. Il ne manquait que le menuisier dont on espérait la venue d'un moment à l'autre. Lorsqu'il arriva, un courant d'air froid fit tourbillonner quelques feuilles sur le sol de l'entrée. Ses vêtements trempés de pluie laissèrent des traces d'eau sur le sol. Un peu crispé, il se pencha au-dessus du lit, sa casquette à la main. Baptiste et lui se voyaient souvent. « Si je meurs avant toi, disait le vieux couvreur avec son franc-parler coutumier, tu me feras un beau lit capitonné, pas vrai ? » Le menuisier riait : « Rembourré avec ton chaume, bien sûr ! » Ils se chamaillaient comme deux enfants mais se respectaient, échangeant avis et conseils. Sa mort était d'abord celle d'un vrai compagnon.

— Je lui mettrai du beau chêne comme il aimait, dit-il à Mélie.

— Faites pour le mieux ! répondit-elle, vous le connaissiez si bien !

Quand il eut fini de noter ses mesures, il expliqua qu'il reviendrait le surlendemain avec le cercueil, avant la messe prévue pour dix heures. Après son départ, voisins et amis défilèrent sans interruption pour rendre une dernière visite au défunt.

Deux jours plus tard, presque tout Sept-Vents assista à l'inhumation. Derrière le cercueil porté par quatre hommes, dont Charles et Albert, une foule de grands parapluies noirs se répandit jusqu'au cimetière. Le vent et la pluie ne cessaient pas. Auparavant, l'homélie du curé avait soutiré des larmes à bien des paroissiens. Il avait retracé la vie exemplaire de Baptiste Roussel dont personne ne soupçonnait le drame secret. Plus d'une fois, tenant Juste contre elle, Mélie avait réprimé à grand-peine quelques sanglots. La mort de Baptiste, c'était aussi la disparition de son propre père qui revenait l'accabler. Assise près d'elle, sa mère posait souvent sa main sur la sienne et toutes deux, unies dans un même silence, revivaient des heures passées.

Dans l'enclos où s'alignaient les tombes, l'assistance occupa toutes les allées. Elle rassemblait sans distinction des visages familiers : Alexandre et Marie-Louise, Constant Drouet aux côtés du maire ou Thomas le cantonnier et tous ceux chez qui le vieux couvreur avait travaillé. Avant de l'ensevelir, on admira le beau travail du cercueil. Le menuisier avait ciselé de magnifiques moulures sur le bois. Il n'avait pas failli à ses promesses. A Charles qui s'inquiétait du prix, il avait seulement précisé qu'il ne compterait rien pour son ouvrage et que sa récompense serait le gage de l'amitié qu'il avait toujours témoignée à Baptiste. Quand la cérémonie se termina, la pluie commençait à faiblir. Un par un, les participants quittèrent le cimetière. Seul l'instituteur parvint encore à se faufiler jusqu'à Mélie. Vêtue de sombre, ses cheveux dissimulés sous une bonnette au bandeau noir, elle paraissait fragile et menue. Drouet se pencha et embrassa le dos de sa main comme il l'aurait fait à une dame du monde. Puis, sans rien ajouter, il s'esquiva presque aussitôt. Un instant, elle resta la main tendue. Jamais on ne lui avait rendu un tel hommage.

D'un geste avenant, maître Candon les invita à s'asseoir. Le bureau du notaire donnait sur la rue principale de Caumont. A travers les vitres de l'unique fenêtre, on apercevait des voitures à cheval qui circulaient, dépassant quelques bicyclettes. L'animation de cette fin de matinée s'accompagnait d'un généreux soleil que les nuages en s'écartant laissaient souvent passer. Le notaire prit place derrière son grand bureau de style au sous-main de cuir vert. Devant lui, sur des fauteuils en velours, se tenaient Albert et Charles avec leur gilet et leur veste des grands jours et Mélie, sa pèlerine entrouverte sur sa robe en droguet et ses chaussures en cuir. Tous trois venaient de faire le trajet depuis Sept-Vents et la carriole attendait non loin de là, attachée près de l'auberge. Baptiste avait été inhumé la veille. Le soir même, une convocation du notaire était arrivée en bonne et due forme chez chacun de ses employés. Ils savaient que le couvreur avait réglé ses affaires avant de mourir et qu'il ne possédait plus de famille. Le contenu du testament ne devait receler aucune surprise. Dans ce domaine, l'artisan n'avait jamais été avare d'allusions au sujet de sa succession.

— Je vous ai fait venir pour vous tenir au courant des volontés du défunt, déclara maître Candon.

Quand il parlait, le front de son crâne dégarni se plissait et ses lunettes rondes glissaient sur son nez court. D'un mouvement rapide et saccadé, il réajustait sans cesse les branches derrière ses oreilles puis caressait ses joues et sa barbiche en pointe. Malgré la gravité du moment, Mélie et Albert se retenaient de sourire. Charles était le seul à garder un imperturbable sérieux ; mais le tressaillement de ses lèvres trahissait sa nervosité. Le notaire décacheta une enveloppe scellée par un cachet de cire rouge. Pressentant ce que renfermait la lettre, Mélie se mordit les lèvres. Demain, un nouveau jour lui signifierait sans doute son départ de l'atelier Roussel. Elle risqua un coup d'œil vers Charles : ses yeux restaient rivés au papier que le notaire dépliait sans se presser. Ses trente-deux ans dont douze passés à seconder le vieux couvreur, à se démener pour être fidèle et présent, pesaient lourd dans la balance. Baptiste qui avait sans cesse loué ses talents ne s'était pas trompé et, devant Albert plus âgé, dont l'ambition se limitait à un travail honnête et scrupuleux, il l'avait toujours désigné comme son digne successeur.

Maître Candon toussota pour s'éclaircir la voix et commença de lire :

— Je soussigné Baptiste Roussel, artisan couvreur de mon état, donne tout pouvoir à maître Jacques Candon, notaire à Caumont-L'Eventé pour faire appliquer les décisions qui suivent. Je les ai dictées sans contrainte ni pression et tiens à ce qu'elles soient reconnues comme telles... »

A la fin de cette phrase, le notaire fit une pause et fixa les trois personnes qui l'écoutaient :

— Si quelqu'un a une opposition à formuler, qu'il le fasse savoir avant que je ne poursuive...

Mélie regarda Charles et Albert. Aucun des deux ne bronchait, la lecture pouvait donc reprendre.

— Bien ! s'exclama maître Candon, puisqu'il n'y a pas d'objection, je continue. A Albert Lelièvre, mon fidèle ouvrier, pour le remercier de son travail et de sa patience, je lègue une somme de mille francs qui lui servira à s'acheter ce petit terrain dont il rêve depuis longtemps... J'exige en outre qu'il reste attaché à l'atelier jusqu'à l'heure de sa retraite.

Emu, Albert se racla la gorge en se redressant dans son fauteuil : il n'en espérait pas plus.

— A Mélie Letellier qui a été si patiente, je lègue mon mobilier...

Cette fois, Charles se tourna vers elle : le bleu de ses prunelles ne changeait pas, on n'y discernait qu'une lueur attendrie qui semblait dire : « Il ne m'a pas oubliée, cela me suffit bien. » Cette expression de contentement serein l'apaisa, la suite du testament devenait évidente. Personne n'avait été lésé et tout s'arrangeait pour le mieux.

— A Charles Poulain, reprit maître Candon, qui a toujours montré un zèle exemplaire, je lègue une somme de trois mille francs dont il saura tirer le meilleur parti...

L'ouvrier ne put s'empêcher de sursauter... Qu'allait devenir l'atelier ? Le but de Baptiste n'était-il pas de vendre et de payer ainsi les sommes avancées ? Pas un ici n'était informé du chiffre d'affaires de l'entreprise ni du montant de l'épargne qu'avait réalisé le couvreur. Sur ces questions, il avait gardé la plus parfaite discrétion. Trois mille francs, bien sûr, étaient loin d'être négligeables mais Charles désorienté ne comprenait plus rien.

— Madame et messieurs, rappela à l'ordre le notaire

qui avait perçu une certaine agitation, je n'ai pas tout à fait fini ma lecture, veuillez me prêter votre attention, s'il vous plaît !

Le silence lui permit d'achever :

— L'affaire que j'ai bâtie depuis trente ans, qui porte mon nom et pour laquelle je me suis battu afin de lui donner sa renommée et son statut sera désormais appelée : « Roussel-Letellier ». A sa tête, Mélie Letellier-Delaunay ici présente, et que je considère comme ma propre fille, sera chargée de la diriger, de la faire prospérer ainsi qu'elle en a montré les capacités. Elle héritera en outre de ma maison où elle pourra vivre avec son fils à qui je souhaiterais qu'elle enseigne plus tard son savoir-faire et son courage. Toutes ces décisions ont été mûrement réfléchies et sont irrévocables. Au bas de la page, termina maître Candon en reposant la lettre sur son bureau, il y a sa signature précédée d'un « lu et approuvé » avec la date.

Le visage décomposé, Charles parut chercher de l'air et dégrafa le col montant de sa chemise. Pour fuir son regard, Albert baissait la tête. Même après sa mort, Baptiste avait organisé un coup de théâtre comme il aimait tant le faire. Il les avait tenus en haleine jusqu'au bout. Si Charles n'héritait pas de l'entreprise, avec les trois mille francs, il pouvait s'acheter une maison et un terrain, peut-être même créer sa propre affaire...

Avant d'agiter la clochette qui prévenait son clerc, maître Candon demanda à chacun une signature. Il estima que Baptiste avait été un homme droit et bon.

— Il n'a rien laissé au hasard, souligna-t-il, calculant même la part qui revenait à l'Etat. Nous pouvons lui dire merci.

Encore sous le choc, Mélie ne réagissait pas. Elle vit le clerc apporter un petit coffre en métal et le poser sur le bureau. Maître Candon souleva le couvercle, compta les billets un par un et remit aux deux hommes les sommes requises. Enfin, il saisit un trousseau de clefs qu'il tendit à Mélie :

— Bonne chance, madame, que le destin vous permette d'honorer au mieux la confiance de celui que nous regrettons tous !

Elle put à peine remercier. Le trousseau dans ses mains, elle prit soudain conscience de ce qui lui arrivait et fondit en larmes. C'était comme une route qui s'ouvrait devant elle, une longue voie abrupte où elle devait s'engager sans redouter les obstacles. Le plus difficile commençait maintenant alors qu'elle tournait entre ses doigts la preuve de l'amour que Baptiste lui avait porté.

— Excusez-moi ! dit-elle en se reprenant, ce doit être le contrecoup !

Maître Candon qui se levait pour signifier la fin de l'entrevue avait l'habitude. Il la rassura :

— Ne vous inquiétez pas, chère madame, votre réaction est très compréhensible...

Il serra la main de ses trois hôtes en leur souhaitant une bonne journée. Les odeurs de viande rôtie, qui flottaient dans la maison, signalaient l'heure de son déjeuner.

Sur le chemin du retour, Charles n'articula pas un mot. Pour rompre le malaise qui s'installait, Albert raconta tout haut ses projets. Il évoqua tour à tour les différents terrains qu'il envisageait d'acheter. Peut-être celui du côté d'Aubigny qu'il avait déjà repéré ? A moins que l'un de ceux qui bordaient le ruisseau du Beauvais soit plus fertile pour les pommes qu'il désirait cultiver... Evitant de regarder Charles dont le mutisme traduisait l'hostilité, Mélie lui répondait, évasive. Avec les cahots de la route, le trousseau qui cliquetait dans la poche de sa pèlerine annonçait déjà les inévitables tensions et règlements de comptes. Malgré l'élan de reconnaissance qu'elle ressentait pour Baptiste, l'horizon des jours à venir s'assombrissait. Qui savait quelle forme allait prendre la rancœur de Charles ? Son silence était plus menaçant que le ciel noir chargé de pluie qui se perdait au-dessus de leurs têtes. A l'entrée de Sept-Vents, elle demanda qu'on la rapproche du cimetière.

— J'ai besoin d'être seule, confia-t-elle.

Lorsque Albert la déposa à côté de l'église, laissant la carriole repartir, elle s'engagea sur l'allée qui menait à la tombe du vieux couvreur. Quand elle referma la grille du cimetière, une forte pluie tombait. Sans y prendre garde, elle décida de marcher jusqu'à la maison dont elle était désormais propriétaire. En se recueillant sur la tombe de Baptise, elle avait puisé une nouvelle assurance. Il lui avait insufflé l'élan dont elle avait besoin. Pour lui, elle était encore prête à se battre. La volonté d'être à la hauteur de la bouleversante preuve d'affection qu'il venait de lui témoigner dessinait d'autres cieux. Plus qu'un hommage, il s'agissait d'un devoir dont elle mesurait peu à peu l'ampleur.

A son arrivée dans la maison, elle eut un mouvement de recul. Les traces du deuil subsistaient partout et, dans la cheminée, l'âtre vide réclamait un feu. Elle choisit d'abord d'ouvrir les fenêtres et de rabattre les volets, puis ôta sa pèlerine mouillée. Il fallait ranger et nettoyer la pièce, remettre de l'ordre dans ce qui n'en possédait plus. La grosse horloge marquait quatorze heures ; avant la sortie de l'école et le retour de Juste, elle avait assez de temps. Elle jeta un dernier coup d'œil autour d'elle : était-ce donc vrai que tout ici lui appartenait ? Plus loin, par l'une des fenêtres, un mur de l'atelier se profilait ; demain, le travail se poursuivrait sous sa responsabilité. Elle n'en avait plus peur.

« Il faut que j'aille trouver Victor, décida-t-elle, rien ne pourra plus jamais être pareil. »

Alors, elle se mit à fredonner une ancienne chanson de lavandière et le rire complice de Baptiste retentit au fond d'elle comme un accord.

14

Aucune pierre du chemin n'avait changé. Mélie en était certaine. Chaque arbre, chaque talus lui semblait le même. Elle aurait pu les compter tant elle se remémorait leur présence comme autant d'êtres familiers. Combien de fois avait-elle arpenté ce sentier dont la terre imprégnée de pluie exhalait une senteur profonde et vivace ?

Il était encore tôt et l'on n'entendait que quelques charrois qui passaient au loin ou les tintements des clochettes qui marquaient le déplacement de rares troupeaux. Plus elle avançait, plus elle se souvenait des jours qui avaient défilé aussi vite que ces nuages gris qui galopaient dans le ciel. Le destin prenait leurs formes imprévisibles, inattendues mais, à chaque instant, il l'éloignait des rives du Boussigny et de ses eaux froides où elle rinçait autrefois les piles de linge.

Elle ouvrit la barrière comme elle l'avait toujours fait. Là aussi, tout paraissait semblable. Les volailles caquetaient et les pommiers alignés tendaient leurs branches dénudées par l'hiver. En les regardant, elle traversa la cour puis monta les petites marches du perron.

Il était assis près de la table. Devant lui, une serrure démontée étalait ses pièces métalliques qu'il graissait une à une. Quand elle entra, il jeta vers elle un coup d'œil presque résigné.

— Bonjour, Victor, fit-elle.

— Bonjour, répondit-il tout en continuant son travail comme s'il voulait montrer qu'il se doutait de sa visite et s'y était préparé.

Elle prit une chaise pour s'asseoir.

— Tu ne m'offres rien à boire ?

Surpris par sa question, il hésita un instant puis, reposant les vis qu'il nettoyait, marcha vers le bahut qui contenait la vaisselle. Mélie s'efforçait d'éviter l'affrontement. En buvant un verre de cidre avec lui, elle savait que le dialogue serait plus facile.

— C'est celui de la dernière récolte, précisa-t-il.

Le liquide doré s'écoula du pichet en grès et pétilla dans les verres. Ils trinquèrent à leur santé et à celle du petit Juste. Un silence passa. Victor était un des seuls à ne pas avoir assisté à l'inhumation de Baptiste mais il connaissait déjà la nouvelle, parce qu'ici, les commérages allaient aussi vite que le cours des rivières lorsqu'elles étaient en crue.

— Je sais de quoi tu veux me parler, dit-il sur un ton presque paisible.

Pour une fois, il semblait refuser la colère et l'aigreur. Mélie en profita :

— Nous ne pouvons plus partager notre vie comme avant, Victor.

Elle scruta son visage, cherchant à y déceler une réaction mais il gardait une parfaite maîtrise de lui et ne cilla même pas.

— A présent, poursuivit-elle, ma vie sera celle de l'atelier, des commandes, de la mémoire de Baptiste à honorer...

Il se servit un autre verre de cidre et l'avala d'un trait en attendant qu'elle finisse d'énumérer ses arguments. Tout devenait clair. Elle ne reprendrait pas la vie commune avec lui, ses jours passeraient là-bas, dans cette maison qui désormais serait le seul but de ses saisons, de ses années. Depuis qu'on l'avait mis au courant de ce bel héritage, il taisait la brûlure intérieure qui le cuisait et buvait plus que de coutume. Plusieurs soirs de suite, avec ses compagnons de fortune, il avait désigné les bouteilles qui se succédaient sur les tables : « Tant qu'elles sont pleines, ce sont mes vraies amies ! » Pas une minute, il n'avait pensé au bonheur ou au bien-être de Mélie.

— Je sais ce que tu ressens, Victor, fit-elle à nouveau. Tu dois m'en vouloir ! Mais nous n'étions pas heureux ensemble et ma vie ne me plaisait plus.

— Alors, tu veux qu'on se sépare devant un tribunal ?

Au-delà de sa question, il espérait encore un revirement, peut-être allait-elle se ressaisir ? Reconnaître ce qu'il estimait être le meilleur pour elle ?

Mais avec son habituelle douceur et sa fermeté, elle tint bon :

— Pour le moment, je crois qu'il vaut mieux que nous vivions chacun de notre côté et si tu le souhaites aussi, nous ne passerons pas par un tribunal...

Elle avait déjà réfléchi au problème. Divorcer était impossible. Pour eux deux et leur enfant, elle craignait la mise à l'écart de l'Eglise, la honte qui les entacherait et le rejet dont ils allaient être l'objet. Rien de tout cela n'arriverait s'ils tombaient d'accord pour une séparation à l'amiable.

Une fois de plus, Victor fit couler le cidre dans leurs verres.

— Si tu dis ça, constata-t-il, c'est que tu penses peut-être revenir un jour ?

Mélie sentit qu'il avait besoin d'être rassuré et que l'idée d'un éventuel retour pouvait le soutenir.

— Je ne sais pas encore, dit-elle, c'est trop tôt...

Il hocha la tête avec un air plein de fatalisme et de soumission qui la toucha.

Elle mit sa main sur son bras.

— Nous nous sommes fait assez de mal. Restons amis pour le petit !

— Je ne veux pas de ta pitié ! s'exclama-t-il en se dégageant, c'est toi qui pars, ne l'oublie pas !

Soudain, Mélie eut peur de l'ombre qui envahissait son visage. Elle retrouvait ce qu'elle avait cru ne plus jamais revoir et décida de partir.

— Juste viendra souvent, je te l'enverrai...

Elle préférait orienter la conversation sur lui, n'était-il pas ce qui les liait de manière indéfectible ?

— Il travaille bien en classe et va commencer à étudier le violon.

Elle replaça la chaise où elle était assise et se dirigea vers la porte.

— Mais ça coûte cher, un violon ! s'étonna-t-il.

— Je vais quand même lui en acheter un.

Interloqué par sa réponse, il la dévisagea sans bouger. Maintenant, elle le dépassait, atteignant l'un des objectifs qu'elle s'était fixés, s'accrochant coûte que coûte à sa route, inexorable et décidée. C'était trop pour lui.

Une poussée de haine l'enflamma, une jalousie brutale qui le terrassait. Il quitta la table et la suivit tandis qu'elle sortait.

— Et ton Alexandre, lui cria-t-il, souhaite-lui bien le bonjour de ma part !

Puis il claqua la porte derrière elle et tourna deux fois la clef dans la serrure.

« Il ne changera jamais », pensa Mélie en se hâtant d'emprunter le chemin qu'elle avait suivi pour venir.

Lorsque, un peu plus tard, elle s'engagea dans la courette qui précédait l'atelier, elle découvrit Charles et Albert qui l'attendaient.

La grisaille de la matinée se fondait à des bancs de brouillard qui stagnaient le long du ruisseau. De loin, la silhouette des deux hommes se détachaient de ces voiles humides dans une apparence sombre presque tourmentée. Mélie se prépara. Ce premier contact avec eux depuis la visite chez le notaire devait être décisif. Il ne s'agissait pas d'une lutte ni d'un combat mais d'une façon de s'affirmer et d'engager l'avenir. Avec un air guilleret, Albert vint au-devant d'elle. Il n'était pas le plus redoutable.

— Alors ? demanda-t-il, on doit vous appeler patronne, à présent ?

En souriant, elle lui tendit la main :

— Et comment m'appelait-on avant ?

— Ah ! fit-il. Avant, on vous surnommait « la Petite », comme disait Baptiste.

— Eh bien ! vous direz Mélie ou madame Letellier, c'est selon...

Albert nota qu'elle n'employait plus son nom d'épouse :

— Delaunay, c'est donc fini ?

— Il vaut mieux, répondit-elle, l'entreprise Roussel-Letellier est née, ainsi que l'a voulu Baptiste. Nous allons d'ailleurs décrocher l'enseigne pour la compléter.

De son index, elle désigna la plaque en bois clair peinte en lettres rouges qui surplombait l'entrée :

— Peut-être pourrions-nous l'enlever dès maintenant ?

Albert fit ce qu'elle souhaitait et s'éloigna pour aller prendre l'échelle. A ce moment, Charles s'approcha :

— Je voudrais vous parler !

Sa mine renfrognée ne laissait filtrer aucune lueur de sympathie. Elle devina qu'elle aurait fort à faire :

— Nous pouvons discuter dans la maison sans trop nous attarder car il y a une commande urgente...

En plaçant le travail avant tout, elle établissait déjà ses points de repère. Il comprit qu'elle ne se laisserait pas manier facilement.

A l'intérieur de la salle, ils prirent place de part et d'autre de la table. Mélie ne proposa aucune boisson parce qu'elle désirait qu'il en vienne rapidement au fait. Cette entrevue n'avait rien de convivial.

— J'ai pensé à quelque chose, commença-t-il par dire, puis il eut une grimace d'incertitude : Peut-être que ça ne vous plaira pas ?

— Je vous écoute, Charles...

— Nous pourrions nous associer. Je vous apporte mes trois mille francs et nous développons ensemble l'affaire...

Au-delà de ses paroles, elle revoyait les débuts de leur rencontre chez Baptiste. Plus d'une fois, elle avait dû résister à ses sollicitations, à sa façon conquérante, un peu cavalière, de lui en imposer pour la séduire. Elle ne s'était jamais plainte parce qu'elle voulait se défendre seule, même quand il avait essayé de la tutoyer et qu'elle avait su trouver les mots pour le remettre à sa place. Sa proposition ne la satisfaisait pas. Elle en connaissait assez sur les hommes pour savoir que ce genre de refus engendrait la rancœur. A plusieurs reprises, ses insidieuses réflexions sur Alexandre ne l'avaient-elle pas confortée dans son jugement ? Pour ne pas le contredire ni le fâcher, elle préféra miser sur le temps :

— Je dois réfléchir, je ne peux répondre tout de suite.

Elle laissa passer quelques instants puis reprit :

— Si cela n'est pas possible, que ferez-vous ?

Avec un haussement d'épaules, il eut une moue dubitative :

— Je ne sais pas encore...

Le carillon de la grosse horloge se mit à sonner dix heures. Au-dehors, Albert avait réussi à décrocher l'enseigne. En l'apercevant à travers la vitre, elle se leva.

— Il faut y aller ! La matinée est déjà bien avancée...

A contrecœur, Charles l'imita. Il aurait voulu obtenir une réponse immédiate car l'idée de rester son employé lui suggérait quelque chose d'insupportable. Contrarié, il enfonça sa casquette sur la tête et sans rien ajouter fila jusqu'à l'atelier.

Quand Marie-Louise arrêta la carriole, il faisait déjà nuit.

Depuis quelques semaines, elle passait seule ou presque ses soirées d'hiver. Parfois, P'tit Blaise et Léon restaient auprès d'elle, devant la cheminée, à faire griller quelques châtaignes mais, le plus souvent, ils rejoignaient l'une des fermes aux alentours. Ce soir-là, après bien des hésitations, elle s'était enfin décidée à prendre la carriole. Par l'une des fenêtres, elle aperçut un reflet lumineux, sans doute la flamme d'une lampe Pigeon dont la lumière papillotait. Elle traversa la cour en se dépêchant, relevant le col de son long manteau pour se préserver du froid, et frappa à la porte. Des aboiements retentirent d'abord avant qu'une main prudente ne lui ouvrît.

— Pardonnez-moi de venir si tard. Je suis Marie-Louise, l'épouse d'Alexandre...

Un homme ordonna au chien de se taire ; puis, en pivotant, la porte libéra un passage.

— Vous êtes Victor, n'est-ce pas ?

Elle entra et dévisagea celui qui se terrait dans l'ombre. Ses joues noircies de barbe, sa veste ouverte sur une chemise mal fermée témoignaient d'un laisser-aller que nulle visite ne devait perturber. Conscient de cette tenue négligée, il s'excusa :

— Je ne m'attendais pas...

— Ne vous inquiétez pas, le rassura-t-elle, je sais que j'arrive à l'improviste.

Pour dissiper sa gêne, elle s'intéressa au chien :

— Comment s'appelle-t-il ?

— C'est une chienne. Elle se prénomme Fripouille. On me l'a donnée.

Il restait toujours debout et gauche, tâtant ses joues mal rasées, enfin, il l'invita à s'asseoir :

— Prenez donc une chaise !

Marie-Louise dégrafa son manteau et s'installa.

— Elle sera bonne pour la chasse ! dit-elle en caressant la tête de l'animal qui l'avait suivie.

Un feu agonisait dans l'âtre et des odeurs de graisse cuite imprégnaient la pièce. Tout ici évoquait un célibat forcé, un homme dépassé par ce qu'il n'avait pas l'habitude de gérer. Du doigt, elle montra la cheminée :

— Je peux vous aider pour le feu ?

— Merci. Je vais m'en occuper, répondit Victor, mais auparavant, vous boirez bien quelque chose ?

Elle accepta un verre de pommeau et trinqua sans façon. Pour le moment, les mots qui leur manquaient étaient palliés par un lien plus subtil, une sorte de miroir qu'ils se renvoyaient l'un à l'autre. Ils étaient soudés par un malheur commun, leur solitude portait le même nom et c'était sans doute ce qui les dérangeait le plus. Derrière leurs regards qui s'évitaient encore apparaissaient deux visages à l'obsédante présence. Après l'effet de la surprise, Victor reprit son assurance et l'interrogea :

— J'aimerais que vous me disiez pourquoi vous êtes venue ?

— Votre pommeau est excellent, constata-t-elle, j'aimerais en boire encore...

Elle désirait gagner du temps. Le plus difficile était d'établir la confiance et de parler sans retenue. Elle connaissait la réputation de Victor. Partager avec lui l'alcool qui le soulageait devait favoriser les confidences. De bon gré, il saisit à nouveau la bouteille :

— Les femmes qui savent apprécier les bonnes choses sont forcément des amies !

Cette fois, Marie-Louise comprit que la victoire était presque remportée.

— Nous sommes solidaires, n'est-ce pas ? fit-elle en levant son verre.

Il approuva. La froideur qu'il avait perçue chez elle s'éloignait. Il ne la trouvait ni belle ni même agréable, mais elle paraissait disponible pour une autre forme de sentiment, quelque chose qui mêlait rejet et désir, attirance et répulsion.

C'est à travers cette inquiétante complicité qu'il l'écouta.

Sans jamais citer Mélie, elle raconta combien Alexandre était devenu distant.

— Il m'abandonne, eut-elle soin de répéter, comme il abandonne le patrimoine que je lui ai apporté en dot. Si nous n'avions pas deux valets, tout irait à vau-l'eau. A présent, il se passionne pour les chevaux et passe le plus clair de son temps sur les terrains de courses, pendant que je suis seule à m'occuper du reste. Son ingratitude me désespère, sa négligence aussi. Tout ce qu'il faisait pour la mémoire de son père n'existe plus...

Elle interrompit là son discours et observa Victor. Un froncement de sourcils la renseigna : elle venait de toucher son but. La jalousie se réveillait en lui comme une montée lente de poison. Elle pouvait poursuivre.

— Et tout cela pourquoi ? continua-t-elle en se préparant à prononcer l'ultime phrase qui convenait... Pour une femme qui l'a ensorcelé et qui fait de lui ce qu'elle veut.

Victor ne put soutenir la force du regard qu'elle lui adressa. Il baissa les yeux. Après un moment durant lequel il parut se concentrer, il questionna enfin, l'œil méfiant :

— Qu'attendez-vous de moi ?

— Ensemble, répondit-elle, nous pouvons faire plus qu'en restant isolés. Je ne vous demande que de réfléchir pour l'instant. Si nous tombons d'accord...

Elle saisit son manteau.

— Je saurai vous témoigner ma reconnaissance...

Elle s'habilla avec vivacité avant de se diriger vers la porte et de caresser une dernière fois la tête de Fripouille :

— Sois gentille avec ton maître !

Puis, elle remercia pour l'accueil et s'éclipsa sans autre commentaire. Victor resta longtemps à méditer le sens de sa phrase. Que désirait-elle ? De quelle reconnaissance serait-elle capable ?

— Qu'en dis-tu, toi ? finit-il par demander à sa chienne.

En guise de réponse, elle émit deux jappements vigoureux.

— Bon, reconnut-il, toi aussi tu as envie d'aller dormir ? Allez ! Viens !

Le jour se levait à peine lorsque Mélie s'éveilla. Ce dimanche annonçait la fête qu'elle avait préparée en secret pour les six ans de Juste. L'avant-veille, elle s'était rendue à Vire chez le marchand d'instruments de musique. Il lui avait longuement détaillé les différentes sortes de violons qu'il vendait, comparant les bois et la sonorité des uns par rapport aux autres ainsi que leurs archets en crin de cheval. Après bien des tractations, elle avait choisi un joli petit violon en bois d'orme que le vendeur classait parmi ses meilleurs. Conciliant pour le paiement, il avait accepté qu'elle le réglât en plusieurs fois. Cet endettement ne faisait pas peur à Mélie car seuls comptaient la joie du petit et l'assouvissement de sa passion. Elle était ressortie, serrant sous son bras le précieux cadeau, bien emballé dans sa boîte protectrice, et avait repris aussitôt le train puis le tramway pour Sept-Vents.

Dans ce matin encore pâle, elle glissa hors de son lit et descendit les escaliers. Avant la messe, elle irait porter le rôti chez le boulanger qui le cuirait dans son grand four. Avec la brioche et la « teurgoule » cuisinées la veille, elle en aurait assez pour régaler sa mère et l'abbé Pelvey, invités à déjeuner. Alexandre avait promis qu'il ferait un saut au moment du dessert si la course de chevaux prévue était annulée en raison du mauvais temps. Pour que la fête du petit soit complète, Mélie avait pensé à Victor. Mais il ne devait venir qu'au dîner parce qu'elle voulait s'isoler avec lui et Juste, loin des remarques ou des tensions. Seul le soleil manquait à cette journée. Elle scruta le ciel au-dessus des collines qui délimitaient l'horizon vers Caumont : l'épaisseur des nuages semblait infranchissable, la pluie ne tarderait sans doute pas.

Vers midi, à la sortie de la messe, l'averse se déclencha, obligeant les paroissiens à courir vers les voitures ou à se réfugier sous le porche de l'église. Mélie entraîna Juste vers la carriole et le cheval dont elle avait hérité de Baptiste. En peu de temps, auprès d'Alexandre, elle avait appris comment la conduire et soigner Brutus, le boulonnais de huit ans qui la tractait sans faiblir. Les habitants de Sept-Vents s'habituaient à voir sa petite silhouette mince et droite, bien assise, tenant d'une main les rênes et de l'autre le fouet qu'elle maniait sans erreur ni rudesse. Au début, plus d'un s'était retourné, surpris. Ce « bout de femme », comme ils disaient, au joli visage fin, aux boucles blondes souvent indisciplinées sous la bonnette, les étonnait par sa perpétuelle témérité. Rien ne paraissait l'effrayer et pourtant, un charme presque attendrissant émanait d'elle, comme un aimant qui attirait les regards des hommes, sans les aguicher. Grâce à la force de son caractère, elle avait su imposer un respect naturel et quand elle sillonnait les routes de la région, le long des champs ou des jardins, les têtes qui se relevaient sur son passage ne prononçaient qu'une phrase : « Tiens ! C'est Mélie de Sept-Vents... »

Dans la carriole qui roulait vers leur maison, le petit Juste s'impatientait :

— Quel gâteau as-tu fait, maman ? Est-ce que j'aurai un cadeau ?

Tranquille et amusée, elle souriait. L'averse finirait bientôt ; ce n'étaient pas ces pluies soudaines et inattendues qui terniraient la journée. Le violon bien caché dans le cellier l'illuminait d'une tout autre manière. Dans la salle, la table était déjà dressée ; Mélie avait même disposé un bouquet de lis blancs sur la nappe bien repassée.

Lorsque sa grand-mère entra, Juste l'accueillit en lui sautant au cou.

— Tu m'étouffes ! s'écria-t-elle pour se défendre mais, en cachette, elle fourra un paquet de bonbons dans l'une de ses poches et lui remit la veste qu'elle avait cousue pour lui.

Il ne manquait plus que le curé. Quand il arriva, le rôti fumait dans son plat en terre, au milieu de la table. Avant de commencer le repas, l'abbé récita le bénédicité et tous se signèrent, puis Mélie trancha le pain et servit la viande et les légumes. Elle comptait sur la visite d'Alexandre et préférait attendre le dessert pour offrir le violon. Le curé, d'humeur dispose, mangeait avec entrain, buvant généreusement le cidre proposé et parlant sans réserve. Il raconta les souvenirs de ses différents voyages à travers la France. Entre deux bouchées, il essuyait sa bouche, reprenait une gorgée de cidre qui rosissait ses joues et rendait ses yeux brillants. Mélie et sa mère lui posaient mille questions auxquelles il répondait de bonne grâce, content de l'intérêt qu'il suscitait. De temps en temps, Mélie jetait un coup d'œil sur l'horloge : Alexandre pouvait se manifester d'un instant à l'autre. Après le fromage, au moment du trou normand, il les rejoignit enfin. En s'excusant de son retard, il glissa quelques sous à l'enfant qui courait vers lui :

— Tu t'achèteras ce qui te fait plaisir !

Le curé n'osait rien dire. Des ragots l'avaient mis au courant de la situation mais il sentait que ce n'était pas le jour pour intervenir. La patience et la persévérance, pensait-il, viendraient à bout de tout cela. Il ne fallait rien précipiter. Mieux valait œuvrer dans l'ombre pour raccorder Mélie et Victor.

Cette fois, la « teurgoule » dorée et parfumée à la cannelle, accompagnée de la traditionnelle brioche, fut présentée. Tandis que sa mère s'occupait à garnir les assiettes, Mélie apporta le violon que le petit déballa avec précaution. A la vue de l'instrument tout neuf, plus un mot ne sortit de sa bouche. Fasciné, il le contempla de longues minutes sans oser le toucher. Une véritable émotion embua alors tous les yeux avant qu'Alexandre n'intervienne :

— Et si on la goûtait, cette « teurgoule » ? Elle a l'air bien appétissante !

Aussitôt, le bruit des cuillères contre les assiettes ressuscita l'atmosphère détendue. Laissant s'écouler un peu de temps, l'abbé Pelvey demanda à Juste d'essayer de jouer quelque chose. Il voulait simplement voir s'il avait une bonne oreille. L'enfant s'empara de l'instrument et, comme il l'avait observé chez les violoneux, s'appliqua à le caler entre son épaule et son cou et tira quelques notes dans le silence le plus total. Ce fut à ce moment que la porte d'entrée céda sous un coup de pied brutal, et que la silhouette de Victor se profila dans l'embrasure.

— Joue-moi quelque chose, mon fils, joue !

Longtemps, cette phrase que Victor articula sur un ton perfide, presque démoniaque, devait hanter les souvenirs de Mélie.

Face à l'assemblée médusée, il apparut la casquette sur la tête, sa veste de chasse ouverte sur une chemise à moitié déboutonnée, portant un vieux pantalon de toile noire. Tout de suite, elle sentit le danger. Cela tenait peut-être à son bras replié derrière le dos qui semblait cacher quelque chose ou à ses yeux injectés de sang sous l'excès d'alcool. Elle le connaissait trop bien pour ignorer qu'il n'était pas dans son état normal. L'abbé Pelvey tenta d'intervenir :

— Calmez-vous, Victor ! Nous ne sommes pas vos ennemis. Nous ne fêtons que l'anniversaire de votre fils...

Mais il avait déjà refermé la porte et ne fixait plus que Mélie et Alexandre, côte à côte.

— C'est ça, monsieur le curé, persifla-t-il, une fête de famille, en somme... Où certains n'ont rien à y faire alors que d'autres en sont exclus !

Sur ses gardes, Alexandre soutint son regard, prêt à riposter, tandis que Françoise, la mère de Mélie, s'efforçait d'endiguer le tremblement nerveux de ses mains.

Dans un réflexe de protection maternelle, Mélie mit le petit Juste à l'abri et s'adressa à Victor :

— Je t'attendais ce soir et tu étais d'accord. Que cherches-tu maintenant ? Sinon à gâcher cette journée qui n'appartient qu'à Juste !

Ses paroles n'eurent aucun effet. D'un geste, il la repoussa et brandit le couteau qu'il dissimulait dans son dos. Alors, Alexandre bondit de sa chaise et se ramassa sur lui-même. Essayant vainement d'éviter l'affrontement, le curé supplia de nouveau :

— Je vous en prie, Victor ! Reprenez vos esprits ! Ne commettez pas l'irréparable !

Mais sourd à ses appels, son arme à la main, il avançait

sans l'écouter, dardant des yeux de braise sur son frère. En peu de temps, les deux hommes se retrouvèrent face à face. Seule la table les séparait encore. D'une pression, Alexandre choisit de la renverser pour barrer la route à son agresseur et à son couteau. Un épouvantable fracas d'assiettes et de verres brisés retentit tandis que tout ce qui garnissait la nappe roulait sur le sol. Des bouteilles éclatèrent et les plats répandirent les restes de leur contenu dans une mare de sauce et de crème. Mélie avait envie de hurler mais Juste qui se cramponnait à elle en pleurant la touchait bien davantage. Blême, elle enfouit la tête de l'enfant dans sa jupe pour l'empêcher de voir. A ses côtés, dépassé par ce déchaînement de violence, l'abbé ne pouvait plus que joindre les mains et prier. Plus loin, sous ses yeux, la lutte prenait une autre tournure. Désarçonné par le basculement de la table, Victor voulut la contourner mais il dérapa sur une flaque de graisse que le plat de viande avait déversée avant de se casser. Lâchant son couteau, il tomba de toute sa hauteur avec un juron de charretier, tandis qu'Alexandre en profitait pour le neutraliser, lui assenant un coup de poing qui l'assomma sur-le-champ.

Au-dehors, groupés autour des fenêtres, des voisins intrigués pointaient leur nez. Ils avaient déjà prévenu les gendarmes et deux brigadiers en uniforme frappèrent à la porte. Devant le spectacle de la salle, ils commencèrent à poser des questions à Mélie tout en aidant Victor à se relever. Ce dernier ouvrait les yeux en geignant mais ne disait rien. La même réserve les rendait tous unis face à l'intervention de la loi. Mélie parvint à mettre son pied sur le couteau abandonné et à le soustraire ainsi à la vue des deux gendarmes.

— C'est une affaire de famille, messieurs ! fit-elle d'une voix redevenue ferme, une dispute entre frères pour une question d'héritage passé...

Elle croisa les bras et les dévisagea, pendant qu'autour d'elle les fronts se penchaient et les regards fuyaient. L'un des gendarmes, qui la connaissait, prit la parole :

— Je vous crois, madame Letellier, mais quand même ! Cette bagarre aurait pu entraîner des conséquences beaucoup plus graves.

Il se tourna vers Alexandre dont la bonne réputation de propriétaire et d'éleveur n'était plus à faire :

— Et vous, monsieur Delaunay, qu'en pensez-vous ?

— Je n'en pense rien. Nous avons eu une altercation, maintenant tout est rentré dans l'ordre. Vous pouvez partir, messieurs, à moins que je ne vous accompagne pour vous inviter à goûter mon poiré...

— Jamais pendant le service ! s'exclama le deuxième gendarme avec un air plus amusé que fâché.

— Dans ce cas, reprit Alexandre, vous l'emporterez pour le boire chez vous !

Les deux hommes échangèrent un regard de connivence :

— Ça, c'est possible...

Alors, il leur proposa de les emmener vers sa ferme. Sa carriole attendait au bord du chemin qui longeait la maison.

La porte à peine refermée, le curé décida de prendre également congé :

— Je n'ai plus grand-chose à faire ici, mais c'était un bon repas malgré tout !

Pour mieux exprimer ce qu'il ressentait, il saisit Mélie aux épaules et, sans façon, l'embrassa sur les deux joues :

— Bonne chance, mon petit, mes prières sont avec vous !

Françoise, qui avait recouvré ses esprits, ramassait à présent les objets tombés et s'occupait à éponger les taches qui maculaient le sol. Forte de sa présence, Mélie s'approcha de Victor, toujours muet. Prostré sur sa chaise, il n'osait la regarder, semblable à un enfant qui a mal agi et qui le sait.

— Ecoute-moi ! s'écria-t-elle en le toisant, hérissée de colère, je ne veux plus te voir rôder chez moi ! C'est ma maison maintenant. Sors d'ici ! Je te mets dehors avec toute ma honte et mon dépit !

En maugréant, il céda mais, dans une dernière tentative d'intimidation, il cracha sur le seuil comme un serpent lance son venin et vociféra :

— Je vous retrouverai !

Enfin, il disparut pour de bon. Mélie attira Juste encore en pleurs contre elle :

— Heureusement que je t'ai, toi !

A travers le tissu de sa jupe, elle sentit les bras du petit qui s'accrochaient à elle.

— Ce n'est rien, répéta-t-elle, n'aie plus peur !

Ses doigts passèrent dans les cheveux blonds et fins comme les siens, descendant jusqu'à la nuque. Elle avait l'impression de caresser le duvet d'un oiseau. Il s'abandonnait à elle, paraissait vouloir dire qu'il ne la quitterait plus et que rien ne les séparerait. De le serrer entre ses bras, de sentir ainsi sa chaleur contre la sienne, Mélie oubliait tout.

— Demain, assura-t-elle, j'irai voir l'instituteur, il t'apprendra à jouer du violon...

Un instant, l'image de Baptiste la traversa. Elle entendit le notaire qui lisait le testament : « .... Qu'elle lui enseigne son savoir-faire et son audace... » Pour une fois, le vieux couvreur ne s'était-il pas trompé ? Ce petit être fragile qu'elle tenait là et qui vibrait déjà à la musique serait-il fait plus tard pour grimper sur les toits ? Elle l'écarta gentiment :

— La pluie s'est arrêtée, nous allons raccompagner ta grand-mère avec la carriole et Brutus.

Derrière elle, la salle était presque rangée et, sur la table redressée, le bouquet de lis blancs embaumait comme une promesse.

15

Durant quelques jours, Mélie crut que le temps effacerait l'humiliation et la blessure. Que chaque seconde l'emporterait loin de ces eaux noires au fond desquelles elle sombrait dans des rêves agités. Toute sa vie passée se concentrait dans cette journée gâchée dont elle portait la honte comme une marque au fer rouge. Il ne s'agissait pas seulement d'elle ; les regards apeurés de Juste, qui sursautait au moindre coup contre la porte, lui firent comprendre qu'il souffrait aussi. Alors, comme elle avait appris à le faire, elle se bâtit un refuge. En offrant à son fils l'image d'une force qui renaît, d'un arbre que rien n'abat, elle voulait lui donner un exemple pour sa vie future. Dès lors, elle s'employa à réagir, à mettre de côté ce qui avait failli marquer à jamais leur vie en annulant tous les bonheurs passés et en ternissant l'avenir.

Un matin froid et sec où le givre blanchissait la terre, elle perçut les rayons du soleil comme un message de renouveau. Cette lumière-là brillerait toujours. Jusqu'à présent, elle avait éclairé les parts les plus obscures des jours sombres, il fallait lui faire confiance et la suivre comme un guide. Mélie rejoignit l'atelier avec son désir tout neuf : tourner le dos au passé et prendre un autre chemin.

Le toit d'une ferme près du hameau de Locqueville attendait des réparations ; elle exhorta Albert et Charles à se dépêcher pour profiter du temps clair. Sous sa conduite, Brutus prit l'allure que Baptiste lui dictait autrefois. Assis à l'arrière de la carriole, les deux ouvriers comptaient les chevrons et les lattes. Depuis sa proposition qui n'avait pas encore obtenu de réponse, Charles s'était renfermé dans un mutisme boudeur d'où il ne sortait que pour respecter les règles élémentaires de politesse. Mélie, qui s'en était aperçue, espérait qu'il renoncerait de lui-même à son projet ; à cette condition elle était prête à augmenter ses gages et à le confirmer comme chef d'atelier.

Bientôt, ils arrivèrent au lieu-dit. Malgré le froid, l'ensoleillement de la matinée allait faciliter les travaux, c'est ce que remarqua tout de suite le fermier en les accueillant. Il avait beau connaître Mélie, il s'étonna de la voir en pantalon, une corde enroulée autour d'un bras :

— Vous allez être seule, là-haut ?

Elle afficha un imperturbable sourire. Aujourd'hui plus que les autres jours, elle sentait le besoin de s'affirmer. Réparer elle-même ce toit avait valeur de symbole, cette journée devait marquer la reprise en main de son destin et la consolidation de l'avenir. Elle ne voulait laisser à personne le soin de le faire à sa place.

— Je vais l'inspecter moi-même, répondit-elle, et, le cas échéant, je donnerai les instructions nécessaires...

Un doute envahit le fermier :

— Ce sera le même prix ?

Mélie, qui se tenait déjà au bas de l'échelle, le regarda :

— Que voulez-vous dire ? Si je fais les réparations, cela devrait vous coûter moins cher parce que je suis une femme, c'est bien cela ?

Gêné, il se perdit dans la contemplation du sol. « Après tout, pensait-il, si le toit ne résiste pas, j'en serai pour mes frais... »

— Je m'engage sur une garantie de dix ans, le rassura-t-elle, si un phénomène d'usure anormal se produit, je remplacerai tout gratuitement. Dès que j'aurai fini, je suis prête à vous signer un papier. Cela vous convient-il ?

La méfiance de son interlocuteur se dissipa :

— Si c'est écrit, pas de problèmes !

Pour ceux qui par ici savaient à peine lire et écrire, un papier signé valait de l'or. Avec lui, ils pouvaient dormir tranquilles ; en cas de litige, ils détenaient une preuve irréfutable. Mélie se mit à escalader un par un les barreaux. Proposer ce genre de garantie équivalait aussi à distancer les éventuels concurrents. Elle réalisa qu'elle détenait là un avantage sur les autres entreprises et que, désormais, elle devait inclure ce marché dans chacun de ses contrats. Heureuse de son idée, elle franchit les derniers barreaux et sa main se tendit pour agripper le rebord du toit. C'est à ce moment qu'elle perçut un craquement et que son corps se déporta sur le côté. Dans un ultime réflexe, elle eut la présence d'esprit de saisir le rebord de ses deux mains et de s'y cramponner tandis qu'en dérapant dans le vide, son pied percutait l'échelle et la faisait basculer. Elle entendit des cris et sentit une brûlure qui déchirait les muscles de ses bras mais réussit à lancer l'une de ses jambes vers une lucarne et à loger son pied dans l'encadrement. De là, elle effectua enfin un redressement et parvint non sans mal à se hisser sur le toit. En bas, les cris avaient cessé. Albert replaçait déjà l'échelle contre le mur et jurait « Bon Dieu ! d'bon Dieu ! » en se précipitant à son secours. Allongée sur la charpente, Mélie tremblait de tous ses membres et son cœur battait la chamade mais elle se doutait qu'au pied de la maison, des yeux étaient braqués sur elle, prêts à juger sa réaction. Aussitôt, elle se pencha pour crier :

— Tout va bien, ne vous inquiétez pas !

Albert s'arrêta :

— Vous n'avez rien, vous êtes sûre ?

— Sûre, Albert. Merci de votre aide.

Elle retrouvait son assurance, dominait sa peur et son angoisse diffuse. Quelque chose lui paraissait anormal dans cet incident qui aurait pu tourner au drame. Baptiste lui avait raconté la mort accidentelle d'un de ses premiers ouvriers qui avait glissé d'un toit. Dans ce métier, ces dérapages étaient malheureusement fréquents, il valait donc mieux s'encorder. Jamais, pourtant, le vieux couvreur n'avait parlé de barreaux d'échelle qui se brisaient. En se posant des questions, elle se remit au travail comme si de rien n'était puis, mue par un pressentiment, elle appela Charles à la rescousse :

— Venez donc me donner un coup de main !

Il emprunta une échelle plus solide et la rejoignit. Jusqu'au soir, ils travaillèrent côte à côte sans s'adresser la moindre parole. Les seuls mots échangés concernaient le matériel, la pose du chaume ou des mottes de terre glaise fixées par des chevilles. Plus les heures défilaient, plus la décision de Mélie devenait irrévocable. Cette hostilité lui pesait, il fallait agir avant que l'irréparable ne survienne. Elle descendit la première et posa avec soulagement ses pieds sur la terre ferme. Cette fois, elle n'avait pas cherché à admirer l'horizon, les champs qui allongeaient leurs formes ocre et brunes entre les routes et les haies, se perdant jusqu'à la frontière du ciel, ni même les limites du Bessin dont elle rêvait encore sans le dire. Trop prise par ce qui s'était passé et par la présence de plus en plus dérangeante de Charles, elle s'était consacrée à sa tâche, l'esprit en révolte. Avant de signer le papier promis au fermier et d'encaisser l'argent, elle s'isola pour examiner l'échelle. La cassure des barreaux semblait nette mais il était difficile d'en déduire qu'une main criminelle les avait sciés. Depuis combien de temps d'ailleurs servait cette échelle ? Par mégarde, Albert avait peut-être choisi la plus ancienne ? Il n'existait aucune preuve tangible.

Bientôt, Charles quitta aussi le toit. Le soir tombait. Une nuit rude et glacée s'annonçait sous un ciel sans nuages. Les hommes soufflaient sur leurs doigts pour se réchauffer. Avant qu'ils ne reprennent la route, le fermier et sa femme les invitèrent à boire une eau chaude. Le propriétaire trinqua à la santé de Mélie :

— Vous nous avez fait peur !

Mais elle leva son verre plus haut que les autres et, tout en observant Charles du coin de l'œil, corrigea :

— C'est à moi qu'on a voulu faire peur !

Puis, après avoir bu une gorgée d'alcool chaud, elle s'enhardit :

— Je vais vous confier un secret... J'ai décidé de développer mon affaire et d'embaucher un apprenti !

En la félicitant, ils burent de nouveau au succès de l'entreprise et à la beauté du toit neuf dont la blondeur éclatante s'éteignait peu à peu dans la lumière du soir.

Le matin suivant, Mélie surveilla l'arrivée de Charles. La nuit lui avait porté conseil. Elle ne pouvait laisser une telle situation s'éterniser. Dès qu'elle reconnut le bruit de ses pas, elle s'apprêta. L'hiver, il enfilait toujours des bottes qui lui permettaient d'avoir accès au ruisseau. Elle écouta leur frottement sur la terre battue de la cour avant de s'avancer vers lui :

— Je crois que nous devons nous parler...

Il paraissait avoir prévu sa démarche car il obtempéra de bonne grâce et la suivit à l'intérieur de la maison. Juste terminait sa soupe du matin. Mélie ferma sa pèlerine et l'embrassa avant qu'il ne parte à l'école. Puis, elle désigna un siège à celui qui attendait debout, la casquette à la main.

— Je vous remercie, fit-il, mais je ne vais pas m'attarder. Il suffit que vous me disiez si vous acceptez ou non.

Il s'en tenait toujours à sa dernière proposition, seul lui importait un avis, aussi bref soit-il. Après une nuit de réflexion, tout était devenu limpide pour Mélie, elle pouvait enfin lui répondre :

— Je dois être franche avec vous, Charles, cette association n'est pas possible.

Elle vit ses mâchoires se contracter dans un rictus qui lui rappela sa réaction chez le notaire, à la lecture du testament. Il lui jeta un regard empreint d'une hostilité farouche :

— Je vous remercie ! lâcha-t-il d'une voix sifflante avant de se diriger vers la porte.

Sur le seuil, il se retourna une dernière fois :

— Mieux vaut de bons ennemis que de mauvais amis, n'est-ce pas ?

Comme elle le fixait, silencieuse, il poursuivit sa route et se perdit dans l'air froid, sur le chemin opposé à celui de l'atelier.

16

Timide, Marie-Louise passa la tête par l'entrebâillement de la porte. Elle venait de parcourir quelques lieues dans une carriole qui avait accepté de l'amener jusqu'ici, à Saint-Pierre-du-Fresne. Depuis le matin où elle avait rencontré Victor, elle n'avait cessé de penser à ce voyage. En lui murmurant un nom et une adresse à l'oreille, il avait sans doute voulu faire amende honorable et clore ainsi un marché dont il ne désirait plus entendre parler.

« C'est trop risqué, avait-il seulement dit, voici quelqu'un que vous pouvez aller voir de ma part mais surtout qu'on ne nous voie plus jamais ensemble ! » Et il s'était éloigné, sa chienne sur les talons. Marie-Louise n'avait même pas eu le temps de le remercier. Elle s'était simplement appliquée à répéter plusieurs fois : « Jules Decaen à Saint-Pierre-du-Fresne » pour graver ces mots dans sa mémoire. Après s'être renseignée auprès de plusieurs personnes, elle avait obtenu la même réponse : « S'il n'est pas chez lui, vous le trouverez dans le champ des Tillard, à côté du calvaire. »

Jules Decaen exerçait son métier de taupier avec un art que bien des fermiers lui enviaient. Moyennant une bonne rétribution, il réussissait toujours à éliminer ces dangereux rongeurs et sa mystérieuse façon d'opérer l'auréolait d'une efficace légende de jeteur de sorts qui circulait dans toute la région. Par chance, lorsqu'elle poussa la porte de la petite maison, il se tenait près du feu, recourbant avec précaution une baguette de sourcier. Elle ne s'attendait pas à le voir ainsi : plutôt rond, une large casquette grise sur la tête, l'expression presque joviale. Tout en lui respirait une santé épanouie sous des dehors aimables et florissants. Elle s'étonna.

— Vous êtes bien Jules Decaen ?

— C'est moi-même, répondit-il en se levant.

Marie-Louise se présenta puis prononça le nom de Victor.

— Il m'a conseillé de venir vous voir...

Decaen l'invita à s'asseoir près d'une table.

— J'aime mieux vous prévenir, fit-il, je ne satisfais pas toutes les demandes.

— C'est peut-être une question de prix ? se risqua-t-elle à demander.

Bras croisés sur son ventre, le taupier la détaillait. Ses vêtements, sa bonnette impeccable et ses chaussures montraient qu'elle était prête à payer ce qu'il fallait. Son aisance sautait aux yeux, de la même façon que son air sévère devait cacher le feu qui couvait sous la cendre. Il en avait trop vu, trop entendu pour ne pas deviner qu'elle était dévorée par la jalousie. Cette femme venait le prier de régler son compte à une rivale dont elle ne parvenait pas à se débarrasser.

— On paye d'abord, expliqua-t-il, puis je me débrouille si l'on me fait confiance...

De la poche de son gilet, il sortit une pipe en terre qu'il se mit à bourrer de tabac.

— Dites-moi donc ce qui vous arrive, poursuivit-il, nous discuterons après !

Pendant de longues minutes, Marie-Louise raconta ce qui la tourmentait. Elle évoqua son ménage brisé, le dédain d'Alexandre et sa passion pour Mélie, dont elle ressentait la réussite comme une agression. Elle n'omit aucun détail, aucune anecdote et dans son emportement termina en le suppliant de l'aider parce qu'elle n'avait plus que lui comme dernier recours.

Serein devant ce flot de paroles, Decaen fumait sa pipe avec application. De temps à autre, il hochait la tête :

— Je vois, je vois... répétait-il.

Enfin, il s'arrêta d'aspirer puis de souffler des bouffées de fumée et cala son pouce dans l'une des bretelles qu'il portait sous son gilet ouvert :

— Ne vous torturez pas l'esprit ! Votre Mélie Letellier aura son compte...

— Comment ça ? articula Marie-Louise stupéfaite, quelqu'un vous en a déjà parlé ?

— Je ne peux vous en dire plus, continua-t-il, mais il y aura une sacrée surprise d'ici peu...

Dans l'espoir de partager son secret, elle s'empressa de proposer une somme d'argent dont il accepta le chiffre :

— Vos billets paieront mes efforts et mes déplacements jusqu'à la pierre Dyallan !

D'Avranches à Bayeux en passant par Vire, qui ne connaissait l'existence de ce fameux dolmen qui trônait dans les bois de Jurques et dont la puissance de sorcellerie semblait illimitée ? Si le taupier prenait la peine de se déplacer là-bas, c'est qu'il était certain d'aboutir. Marie-Louise déposa les billets pliés sur la table. Aussitôt, Decaen s'en empara pour les recompter.

— Il en manque un ! souligna-t-il.

Le visage fermé, comme si elle regrettait sans pouvoir se dérober, elle présenta un dernier billet qu'il empocha vivement avant de lui offrir à boire :

— Une petite goutte, ça nous fera du bien, pas vrai ?

Mais elle refusa.

Du ciel couvert, une pluie tombait et frappait les vitres de gouttes cinglantes. Elle prétexta le mauvais temps et un tour sur le marché pour se dépêcher de partir. Elle avait hâte de quitter cette maison où elle avait l'impression d'avoir signé un pacte avec le diable. Un étrange malaise la gagnait, quelque chose qui ressemblait à un remords. Du bout des lèvres, elle remercia et s'enfuit, le dos un peu voûté sous son grand parapluie. « Allez ! s'encouragea-t-elle en marchant, après tout, elle l'a bien cherché ! »

Le roulement d'une carriole la força à s'écarter de la route ; elle en profita pour héler le conducteur :

— Je vais au marché, pouvez-vous me rapprocher ?

L'homme ralentit pour la laisser monter. De sa fenêtre, Decaen qui observait la scène regarda un moment l'eau des flaques qui giclait sous les roues cerclées, puis il se détourna.

Les jambes allongées près de la cheminée, Alexandre attendait. Au-dehors, la nuit pleine de vent et de pluie ronflait comme une avalanche qui déboulait du ciel. Derrière lui, accoudés sur la table, Léon et P'tit Blaise jouaient aux dominos. L'entrée de Marie-Louise fut accueillie par un cri sous forme de question :

— Où donc étais-tu ?

A cause des deux jeunes valets, elle ne répondit pas tout de suite. Elle ôta d'abord sa pèlerine et mit son parapluie à sécher, puis dressa la table :

— Il n'y avait qu'à réchauffer la soupe d'hier. Vous auriez pu vous débrouiller !

Mais Alexandre n'aimait pas ses retards. Dans sa tête tourbillonnait toujours une inquiétude. Il se souvenait du guet-apens qu'elle avait tendu à Mélie et redoutait les rebuffades qu'elle savait si bien dissimuler.

— Alors, s'enquit-elle, et cette course ?

Ils s'attablèrent pour le repas. Comme à l'accoutumée, elle servit Alexandre en premier puis les deux jeunes, enfin, elle ne se versa qu'une louche de potage où n'affleurait même pas un morceau de viande.

— Tu n'as pas l'air d'avoir faim ! s'exclama-t-il mais, sans lui laisser le temps de répondre, il commença à raconter les exploits de Rondeau qui venait de remporter sa troisième course. La joie balayait sa méfiance. Comme il avait déjà fait à tous ceux qu'il avait rencontrés, une nouvelle fois, il relata son histoire depuis le début. Au moment d'entamer le fromage, il alla même chercher la coupe en argent que le cheval avait gagnée et la brandit au-dessus de lui comme un trophée.

— Avec ça, confia-t-il, j'ai récolté cinq cents francs de paris !

Marie-Louise pensait aux billets qu'elle venait de donner au taupier. A quelques sous près, il s'agissait de la même somme.

— C'est bien, soupira-t-elle, si au moins cela pouvait changer quelque chose...

Alexandre reprit place à table, la coupe bien en évidence près de lui.

— Que veux-tu dire ?

Mais elle paraissait absorbée par ses pensées et l'on n'entendit plus soudain que le vent qui secouait les volets et la pluie qui crépitait dans la cour. Léon choisit ce moment pour s'adresser à son patron :

— Je crois que j'ai fait une grosse bêtise cet après-midi...

La mine défaite, il referma la lame de son couteau et se mit à contempler son assiette. Dans un geste machinal, Alexandre lissa son épaisse moustache. Qu'allait lui annoncer celui qui était à son service depuis des années et dont la conduite avait toujours été irréprochable ?

— Sur la route qui va vers Aubigny, continua Léon, avec la carriole, j'ai heurté un chien que je n'ai pas vu...

— Ce n'est pas bien grave...

— Peut-être, mais c'était celui de votre frère et je l'ai tué sur le coup !

— Fi d'putain ! jura Alexandre en tapant sur la table de son poing fermé.

De l'autre côté de la table, P'tit Blaise, tête baissée, triturait avec nervosité des boules de mie de pain.

17

Debout dans la salle, Juste jouait sur son violon. La musique s'égrenait comme une ritournelle que Mélie reprenait en fredonnant, bouche fermée. Il était tard et le feu de la cheminée envoyait sa chaleur, mêlant la clarté de ses flammes aux lueurs fondues d'une lampe à pétrole.

Mélie savourait toujours ces fins de journée qui la reposaient de ses longues heures de travail. Parfois, Alexandre arrivait à l'improviste. Elle entendait le grincement de la petite grille qui donnait sur la cour. Les pas familiers résonnaient un moment puis il entrait le sourire aux lèvres.

Sa haute taille, la force de ses épaules, sa façon de tendre un bouquet de fleurs ou de déposer sur la table un torchon noué où se logeait quelque bonne bouteille, une volaille ou du beurre amenait un éclat de bonheur.

Ce soir-là comme les autres soirs, elle espérait qu'il viendrait ; il était devenu le prolongement nécessaire de ses jours. La voix de Juste qui l'appelait la tira de sa rêverie :

— Maman, écoute ! Je vais jouer un air que tu devras essayer de reconnaître...

Elle laissa le linge qu'elle reprisait. Lorsque sa mère ne

pouvait le faire à sa place, elle s'obligeait à prendre le panier où s'entassaient draps, vêtements ou torchons et s'attelait à l'ouvrage sans entrain ni plaisir. La voix du petit fit une heureuse diversion. Elle s'étira dans le fauteuil qu'occupait autrefois Baptiste et qu'elle avait tenu à garder.

— Je t'écoute, assura-t-elle.

D'abord hésitant, l'archet émit quelques grattements avant de distiller une musique cadencée aux notes cristallines. En dodelinant presque malgré elle, Mélie se mit à chanter :

Nos vieux pommiers de Normandie
Au mois de mai charment les cœurs
Quand la nature est reverdie
Ils sont poudrés de blanches fleurs...

Aussitôt, Juste joignit sa voix à la sienne et, pendant quelques secondes, tous deux vocalisèrent à l'unisson jusqu'à ce que des applaudissements interrompent leur duo. Alexandre venait d'entrer sans bruit.

— Bravo ! s'écria-t-il.

Puis, il s'adressa au petit :

— Mais dis-moi ! tu en fais des progrès ! Bientôt, tu vas donner des concerts...

Sous le compliment, Juste rougit et balbutia quelques mots avant que Mélie ne l'encourage aussi de manière détournée :

— S'il s'applique, monsieur Drouet dit qu'il jouera de mieux en mieux.

Tandis qu'il rangeait son violon, elle remarqua alors le visage plus sombre d'Alexandre qui s'était assis et pianotait sur la table.

— Quelque chose ne va pas ?

— C'est Léon, répondit-il sans chercher à différer l'annonce de la nouvelle, il a écrasé le chien de Victor !

Elle porta la main à sa bouche. Au-delà de la surprise, elle voyait tout ce que cet accident pouvait à nouveau susciter. Les représailles ne manqueraient pas, il fallait agir vite pour tenter d'enrayer l'inutile violence.

— Nous n'avions pas besoin de ça !

Délaissant son raccommodage, elle s'assit près de lui pour réfléchir :

— Je ne t'ai même pas proposé quelque chose à manger...

Il n'avait pas faim tant ses pensées étaient ailleurs. Il essayait d'imaginer ce que son frère allait pouvoir inventer comme vengeance et cherchait des moyens de s'en préserver. Un par un, il se représentait les endroits de sa ferme où l'on accédait avec facilité ; Blaise et Léon devaient être sur le qui-vive puisqu'il les avait prévenus mais il restait ses bêtes...

— J'ai trouvé ! s'exclama soudain Mélie, nous allons la remplacer par l'un des chiots qui sont nés chez les Gautier. Leur chienne a mis bas il y a quelques semaines, elle est excellente pour la chasse, paraît-il. Juste ira lui porter demain.

— Et s'il refuse ?

— Il ne dira pas non à son fils, au contraire !

— Il ne faut pas perdre de temps, dit Alexandre en se levant, j'emmène Juste. Après, nous irons voir Victor !

Par la fenêtre, Mélie suivit leurs pas jusqu'à la grille puis l'obscurité effaça leurs silhouettes. En attendant leur retour, elle reprit son ouvrage.

La ferme du sabotier n'était pas trop éloignée. Quelques tours de roues suffirent pour que la carriole se retrouve devant le muret qui clôturait la cour. A cette heure, Gautier s'étonna d'entendre sonner à sa porte mais dès qu'il ouvrit, le visage tracassé d'Alexandre le renseigna sur l'importance de cette visite. Patient, il écouta alors les raisons que son hôte invoquait et n'échangea qu'un long regard perplexe avec son épouse. La portée des chiots attirait plus d'un amateur car le croisement dont ils étaient issus laissait supposer une remarquable adaptation à la chasse ainsi qu'une belle allure de chien de garde.

— Désolé ! s'excusa-t-il à la fin, ils sont tous réservés.

Le ton de sa phrase manquait de conviction ; Alexandre ne se démonta pas :

— Et si je paye bien ?

Le sabotier fit semblant d'hésiter puis mit les mains dans les poches de son pantalon en plissant les yeux comme s'il soupesait le pour et le contre :

— On peut discuter...

« Malin comme un renard », jugea Alexandre, qui connaissait trop bien les motivations de ses compatriotes. Il sortit un billet qu'il posa sur une table où s'empilaient encore assiettes et couverts. Cette fois, ce fut l'épouse qui afficha une moue circonspecte alors que son mari gardait le silence. Dans un geste signifiant qu'il n'irait pas plus loin, Alexandre saisit un autre billet dans son portefeuille et le claqua avec ostentation sur le premier.

— C'est bon, approuva l'artisan, il y en a un pour toi !

Il les conduisit alors jusqu'à la grange qui abritait la chienne et ses petits.

— Je l'ai rentrée là, à cause du froid, expliqua-t-il, bientôt, elle regagnera sa niche. Poupette ! appela-t-il plusieurs fois pour se faire reconnaître avant d'approcher et d'attraper l'un des quatre chiots par la peau du cou : Celui-là sera costaud, je t'en donne ma parole !

Il le tendit à Juste qui s'extasiait devant la portée :

— Je te le confie mais il ne faut pas le lâcher surtout !

Lorsque, un peu plus tard, Alexandre arrêta son cheval à l'entrée d'un chemin creux, onze heures du soir sonnaient au carillon de l'église. A travers les branches des arbres qui se dressaient à la lisière du sentier, il aperçut la maison de son frère dont une fenêtre était allumée. Victor devait veiller.

— Tu peux y aller, dit-il à Juste, qui tenait toujours le chiot, je t'attends.

Le petit sauta sur le sol et s'enfonça dans l'étroit chemin ombré de nuit qui menait à la maison. Pour déjouer l'impression de danger qui flottait autour de lui, Alexandre fouilla dans ses poches à la recherche d'un paquet de tabac. Il n'avait même pas fini de rouler sa cigarette que des craquements de branche insolites le mirent en alerte. Quelqu'un venait. Aussitôt, il empoigna son fouet et scruta les ténèbres. Des pas écrasaient des feuilles mortes tandis qu'un rayon de lune trouait les nuages. La faible lumière n'éclairait pas assez l'ombre pour permettre de distinguer quelque chose. Qui donc allait surgir ? Des glapissements l'avertirent d'abord avant que la silhouette de Juste portant encore le chiot ne réapparaisse. Soulagé, il questionna :

— Ton père n'était pas là ?

— Si, répondit le petit en grimpant sur le siège, mais il n'en a pas voulu.

Sous la secousse des rênes, le cheval se remit en route. Alexandre ne comprenait plus rien. Pourquoi Victor avait-il refusé celui-là, alors que le précédent lui avait été confié déjà adulte ? Il aurait pu le dresser pour ces parties de chasse qu'il affectionnait tant...

L'enfant raconta qu'il l'avait à peine regardé en lui recommandant seulement de bien remercier sa mère : « Tu lui diras qu'elle me laisse tranquille ! Je ne veux rien lui devoir ! » Enfin, d'un air résigné, il avait ajouté : « De toute façon, cela n'a pas d'importance, cette chienne m'avait déjà tué deux poules et un canard. » Puis, après un rapide bonsoir, il avait refermé sa porte sans autre commentaire.

— Que va-t-on faire de lui ? demanda Juste en montrant le chiot qui bâillait.

Sous les reflets de la lune que dévoilaient de temps à autre les nuages, le cheval allait d'un pas régulier, tractant la carriole le long d'une petite route bordée de frênes et d'ormes. Alexandre s'interrogeait.

— Je sais à qui je vais le confier, finit-il par répondre. Demain je le donnerai à quelqu'un que tu ne connais pas mais qui va l'accepter...

L'enfant avait envie de le garder mais il savait que sa

mère n'était pas favorable à cette idée. Devant ses yeux, la maison de Baptiste se détachait au bout d'une allée, parallèle à la route.

— On arrive ! s'écria-t-il seulement.

Après l'avoir aidé à descendre, Alexandre s'attarda un moment à l'entrée de la cour. Il songeait à Marie-Louise, au premier mouvement de réprobation qu'elle n'allait pas manquer de lui signifier. Ensuite, il en était persuadé, elle prendrait le chiot dans ses bras et ce vide d'enfant, ce besoin de tendresse qu'elle refrénait constamment modifieraient son regard. C'était un bon moyen pour l'occuper et la détourner de cette jalousie qui l'aigrissait de jour en jour en la rongeant comme un mal épuisant et sournois.

De bonne heure, Alexandre glissa hors du lit. Mélie le sentit qui s'échappait en prenant garde de ne pas la réveiller. Elle en avait l'habitude. Leur vie se déroulait ainsi de retrouvailles en séparations, de moments de partage en instants de solitude, mais sans cesse les pensées de l'un rejoignaient celles de l'autre. Parce qu'elle bougeait sous le drap, il revint vers elle et l'embrassa sur le front.

— Il faut que j'y aille, s'excusa-t-il, Léon et Blaise m'attendent. J'emmène le chiot qui dort en bas.

Avant de la laisser, il passa encore la main dans ses cheveux. Il aimait la découvrir le visage rose et détendu. Dès le matin, il puisait dans son regard une partie de cette force qui la rendait si différente. Elle n'était pas seulement belle, il y avait en elle le mystère d'une source jaillissante que rien ne pouvait empêcher de couler. Au-delà des épreuves et des luttes, elle tendait toujours une épaule secourable, des bras accueillants et protecteurs. Lorsqu'elle entendit la grille qui grinçait, elle se leva à son tour en récapitulant sa journée. Ce matin, l'instituteur devait lui présenter un jeune garçon qui sortait de l'école et qui désirait se mettre en apprentissage. S'il convenait, l'après-midi, elle l'emmènerait vers Villeneuve où le toit de la maison du maréchal-ferrant avait besoin de sérieux raccords ; la pluie s'y infiltrait en abondance et inondait le grenier.

Elle réchauffa la soupe de la veille et en remplit un pot qu'elle se hâta d'aller porter à l'atelier où travaillait Albert. En traversant la cour, un vent humide s'engouffra sous sa pèlerine. L'hiver s'entêtait avec son lot de pluie et de bourrasques glacées. Seuls quelques corbeaux croassaient sur le sommet des arbres, le long du ruisseau. Quand elle entra, Albert la salua avec empressement. Grâce à l'argent de Baptiste, il avait enfin acheté le fameux terrain dont il rêvait.

— De la terre argileuse comme il en faut, Mélie, s'enthousiasma-t-il, avec elle, la récolte des pommes sera garantie !

Sa bonne humeur était contagieuse. Tout en lui servant le liquide épais où surnageaient des morceaux de graisse elle se réjouit avec lui. C'était le moment privilégié de la journée, l'heure où ils s'échangeaient parfois des confidences. Mélie aimait l'entretenir des progrès de Juste, de ses dispositions pour la musique et des bonheurs qu'il lui donnait sans le savoir. Les dons de son fils rachetaient l'échec de son mariage. Ils éloignaient la honte ressentie quand l'un ou l'autre des voisins croyait bon de lui conter en détail les derniers avatars de Victor et ses incessantes beuveries. Albert l'écoutait, elle le touchait par sa sincérité et sa continuelle façon de plaindre son mari sans l'accuser : « Ce n'est pas tout à fait de sa faute, répétait-elle, il s'est toujours cru malheureux... »

Ce matin, en plus des habituelles considérations, elle évoqua la nécessité d'engager un apprenti pour remplacer Charles. Les nombreuses commandes l'exigeaient.

— Même si je vous aide, vous ne pouvez tout assurer, dit-elle à Albert.

Ils finissaient ensemble leur collation lorsqu'un ronflement de moteur leur signala l'arrivée d'une voiture. L'instituteur devait sans doute se garer devant la maison.

Aussitôt, Mélie quitta l'atelier pour aller à sa rencontre. Avec son élégance coutumière, Constant Drouet s'avança vers elle en soulevant son chapeau. A quelques pas de lui, marchait un petit jeune homme qui roulait une casquette entre ses doigts et semblait trembler de froid, de simples sabots aux pieds. Elle eut pitié de lui.

— Entrez vous réchauffer ! Je pense même qu'il doit me rester de la soupe.

Drouet fit un signe au garçon. Dans la salle, elle s'occupa d'activer le feu qui veillait dans la cheminée et les pria de s'installer. Quand les flammes s'élevèrent et que la chaleur se propagea, elle les rejoignit, prenant place en face d'eux.

— Comment vous appelez-vous ? demanda-t-elle au jeune homme dont le visage reprenait des couleurs.

— Pierre, répondit-il.

Son regard plut à Mélie. Même s'il paraissait encore mal à l'aise, ses yeux à l'expression franche et ouverte ne se dérobaient pas. Pour l'instant, elle ne savait pas grand-chose sur lui mais elle devinait déjà que l'on pouvait lui faire confiance. C'était beaucoup. D'office, elle lui remplit un bol de soupe tandis que l'instituteur expliquait qu'il l'avait comme élève.

— Il n'ira pas jusqu'au certificat d'études, précisa-t-il, mais cela n'a pas d'importance, il est courageux et sa grand-mère qui le nourrit espère bien qu'il pourra vite travailler.

— Vous n'avez plus vos parents ? questionna-t-elle.

Le jeune homme secoua la tête.

— Je ne les ai pas connus. Ils sont morts alors que je n'avais que quelques mois...

Le regard de Mélie croisa celui de l'instituteur. S'il se montrait courageux, à coup sûr, ce garçon de quinze ans ferait l'affaire. Elle se mit à le tutoyer comme s'il était son fils :

— Tu aimerais donc devenir couvreur en paille ?

Il reposa son bol déjà vide et, du revers de la main, s'essuya la bouche.

Une lueur d'espoir mêlé d'envie éclairait ses yeux :

— Oh ! Oui, madame...

— C'est d'accord, dit Mélie en se tournant vers l'instituteur, je vais le prendre un mois à l'essai. De toute façon, je vous tiendrai au courant.

Son consentement ne l'étonna pas. En lui amenant Pierre, il savait ce qu'il faisait. Comment aurait-elle pu dire non, alors qu'avant même de diriger cette petite entreprise, elle était mère et responsable ? Il accepta une tasse de café accompagnée d'un doigt de calva, puis parla de Juste, de son travail à l'école et des leçons gratuites de violon qu'il acceptait de lui donner tant il était ébloui par son habileté. De temps en temps, entre son pouce et son index, il caressait sa fine moustache, observait une pause et reprenait son bavardage pour l'entretenir de tout et de rien avec l'unique but de voler au temps quelques instants passés auprès d'elle. Il ne raconta rien sur l'émotion que ravivait toujours en lui la vue du petit Juste. Sur l'image de Mélie qui surgissait à travers lui, imprévisible et bouleversante. Sur le teint pâle, le regard bleu et rieur qui s'imposaient au-delà du tendre visage et sur les deux sourires qui se confondaient dans un même rayonnement. Pudique, il taisait sa blessure secrète et s'excusa soudain :

— Pardonnez-moi ! Vous devez avoir du travail qui vous attend... Je suis un incorrigible bavard...

En se levant, il reprit son chapeau et pressa l'épaule de son protégé :

— Allez ! Tu vas nous montrer ce que tu sais faire, maintenant.

Avant de partir, comme s'il désirait s'imprégner du décor de la salle, il jeta un dernier coup d'œil autour de lui puis serra la main de Mélie avec ferveur :

— A bientôt, à très bientôt... insista-t-il.

Lorsqu'il traversa la cour, une giboulée tombait, portée par le vent. Mélie emmena Pierre vers l'atelier et lui présenta Albert. Elle expliqua ensuite en quoi consistait le travail et ce qu'elle espérait. L'adolescent l'écoutait avec attention, posait des questions, curieux de ce qu'il découvrait. Peu habitué encore à la poussière sèche que le peigne enlevait aux gluis, il toussa plusieurs fois et se racla la gorge.

— C'est le métier qui rentre ! riait Albert.

En se souvenant de ses débuts auprès de Baptiste, elle le mit immédiatement au nettoyage des pailles. D'abord malhabile, il mania l'instrument avec trop de précaution et le peigne glissa sans s'accrocher. Elle prit alors ses mains et les dirigea sur le chevalet jusqu'à ce qu'il soit capable d'essayer seul. En fin de matinée, il avait déjà compris, ses gestes devenaient sûrs et réguliers. Mélie fit un clin d'œil à Albert ; ce garçon-là irait loin, il suffisait de bien l'encadrer. Elle retrouvait en lui l'ardeur de ses premiers pas et l'ombre inquiétante de Charles s'enfuyait. « Une bonne équipe, disait autrefois Baptiste, c'est la base d'une bonne entreprise. Sans elle, on ne peut prospérer. »

L'après-midi, elle repensa à cette phrase sur la route qui menait à Villeneuve. Certes, il fallait encore patienter mais dès le prochain été, au plus tard, elle pourrait s'adjoindre un autre ouvrier. A la dérobée, elle regarda Pierre assis à ses côtés dans la carriole. Il n'y avait aucune mollesse sur ses traits harmonieux. Son menton bien dessiné semblait aussi volontaire que son front. Dans un geste maternel et protecteur, elle tendit le bras et serra son poignet en souriant :

— Je crois que nous allons faire du bon travail ensemble !

Les premières maisons du hameau apparaissaient au-delà d'un rideau d'arbres. Le jeune garçon se redressa :

— Vous pouvez compter sur moi, madame !

Ses mots ressemblaient à un serment ; elle se sentit plus légère.

Les jours suivants confirmèrent ses espérances. Il se montra de plus en plus à la hauteur des tâches qu'elle lui confiait. Même Albert n'en revenait pas. Les possibilités d'agrandissement se précisaient. Chaque soir, ainsi que l'avait fait Baptiste, Mélie étalait sur la table de grandes feuilles couvertes de chiffres. Lorsqu'il venait, Alexandre se moquait d'elle :

— Tu es une vraie fourmi !

Elle tenait bon, discutait avec lui des plans qu'elle envisageait. A chaque transformation, à chaque évolution de leurs affaires respectives, l'un et l'autre avaient pris l'habitude de se consulter. Mélie était au courant de tout ce qui se passait dans l'exploitation d'Alexandre, de la même façon qu'il connaissait l'état de ses commandes et de ses comptes. Mais, à cause de l'hiver, elle fut obligée de retarder tout nouveau projet dans l'attente de jours plus propices.

La fin de l'année s'esquissait dans ce quotidien engourdi, quand un matin le facteur lui apporta une lettre dont la provenance l'embrasa comme un grand feu.

— C'est du beau monde qui vous écrit là, madame Letellier !

A chaque fois qu'une lettre lui semblait importante, le facteur se débrouillait toujours pour traîner un peu dans l'espoir d'apprendre quelque chose. Loin d'être malveillante, sa curiosité amusait tout le pays comme elle faisait encore sourire Mélie, ce matin. Tandis qu'il restait devant la porte, à califourchon sur sa bicyclette, sa courte pèlerine flottant au vent, elle inspecta le coin supérieur de l'enveloppe où des armoiries étaient gravées. L'air de rien, le facteur se perdit alors dans la contemplation du ciel en bredouillant quelques banalités sur le temps. Enfin, le visage de Mélie s'épanouit :

— Le marquis de Dampierre a entendu parler de moi et il me demande de passer le voir ! Le toit de l'une de ses dépendances doit être refait...

Le facteur émit un sifflement admiratif :

— Ça alors ! S'il vous a choisie, la nouvelle va faire son tour, vous allez être débordée de commandes !

Elle serra d'abord le papier contre elle puis, dans un élan de joie, l'invita à boire en compagnie de Pierre et d'Albert. Bientôt, la salle grouilla d'une effervescence inhabituelle. A quatre, ils faisaient autant de bruit qu'à dix. Les commentaires ne tarissaient pas autour du poiré que Mélie sortit de la réserve. Il ne manquait qu'Alexandre mais elle ne s'inquiétait pas ; aujourd'hui même, quelqu'un le mettrait au courant. Bientôt, le facteur colporterait la nouvelle de ferme en ferme, avec lui, il n'y avait pas besoin du *Petit Journal* ! Un large sourire aux lèvres, elle remplit les verres de « ses » hommes. Sa fierté devait être aussi la leur, elle voulait fêter avec eux l'avenir qui s'ouvrait pour l'entreprise.

— A la mémoire de Baptiste ! n'oublia-t-elle pas de souligner.

Plus que jamais, son image s'imposait. Il ne s'agissait ni de chagrin ni de tristesse mais d'une envie de lui dire simplement : « Voyez ! Je suis digne de votre confiance... »

Après avoir trinqué, Albert estima que le marquis parlerait sans doute de l'entreprise Roussel-Letellier à ces grandes familles qui se recevaient entre elles. D'autres commandes viendraient en leur temps, il suffisait de patienter.

— Et ces gens-là, ajouta-t-il, payent rubis sur l'ongle !

En approuvant, le facteur, qui finissait déjà son deuxième verre, jugea le moment venu de continuer sa tournée :

— Ce n'est pas que je m'ennuie mais le courrier n'attend pas...

Il s'empara de la sacoche qu'il avait posée sur une chaise et salua ses hôtes d'un coup de casquette maladroit. Au-dehors, il parvint à reprendre sa bicyclette mais s'éloigna en zigzag sous l'œil goguenard de Pierre :

— Il a déjà son compte, plaisanta-t-il. Encore deux arrêts et certains ne recevront pas leurs lettres !

Un éclat de rire général suivit sa remarque. Là-bas, sur le chemin qui serpentait de maison en maison, pédalant avec effort, le facteur pensait toujours à Mélie : « C'est incroyable, se répétait-il, dire que nous l'avons tous connue laveuse... » Il sentait que sa matinée passerait à en discuter chez les uns et les autres.

Comme prévu, en deux jours, les langues se délièrent sur le passage de Mélie. De la boulangerie à l'épicerie, en passant par le petit marché, elle eut droit aux sourires et aux encouragements. A peu de chose près, chaque commerçant lui posait la même question :

— Alors, c'est vrai, madame Letellier ? Vous allez travailler pour le marquis ?

Une joie intérieure la transportait. Sans oser l'exprimer tout haut, elle pensait qu'elle s'était assez battue pour faire enfin de l'atelier l'un des plus en vue du pays. Elle attendit encore quelques jours puis attela Brutus pour se rendre au château avec Albert et Pierre. La matinée s'annonçait grise et pluvieuse mais il valait mieux se rendre compte sur place avant de commencer la réfection.

Brutus, ferré de neuf, trottait d'un bon pas et les deux ouvriers chantonnaient en se laissant bercer par les cahots de la route. Pour Pierre, cette expérience était déterminante. Il espérait bien grimper sur le toit avec Mélie, ainsi qu'elle le lui avait promis. Malgré de fréquentes averses et le croisement laborieux de lourdes charrettes, la carriole parcourut sans encombre les quelques lieues qui les séparaient du château. Mélie arrêta Brutus devant les grilles et descendit pour sonner au portail. Un homme à la silhouette distinguée vint lui ouvrir. Après s'être présentée, elle montra la lettre qu'elle avait reçue :

— Monsieur le marquis m'a écrit, expliqua-t-elle, il souhaite me voir.

L'homme s'inclina :

— Je vous attendais, chère madame, je ne suis que son intendant mais, en son absence, il m'a chargé de le représenter.

Il l'entraîna vers un bâtiment situé sur l'aile gauche de la propriété. Des graviers crissaient sous leurs pas tandis qu'elle le suivait, écoutant ses explications sur les toitures des différentes dépendances et l'organisation du château. Ils pénétrèrent dans une petite maison au décor sobre et coquet où régnait une minutieuse propreté. Mélie prit place dans un fauteuil et regarda autour d'elle. Sur les meubles astiqués de près qui luisaient d'une patine brillante, quelques cuivres de Villedieu-les-Poêles côtoyaient des poteries de Noron, posées sur des napperons de dentelle. L'intendant lui proposa du café, gardé au chaud sur le fourneau de la cuisine.

— Si vous en prenez aussi, j'accepte volontiers, dit-elle.

Il s'absenta un court instant et revint avec les tasses et la cafetière.

— Excusez-moi, ma femme prépare le repas de midi pour monsieur le marquis, je dois donc me débrouiller seul !

Mais cela n'avait pas d'importance pour Mélie, elle n'espérait partager ce café avec lui que pour en arriver au fait.

— Savez-vous de quelle toiture je dois m'occuper ? demanda-t-elle.

Il parut se troubler et chercha ses mots :

— Euh... Nous avons eu un contretemps...

— Je peux revenir un autre jour. Il n'y a pas d'urgence si le toit ne fuit pas...

— Ce n'est pas vraiment de cela dont il s'agit... Voyez-vous, monsieur le marquis est parfois d'humeur changeante...

Inquiète, elle reposa sa tasse encore pleine sur le guéridon qui se trouvait à côté d'elle :

— Il ne veut plus que je travaille pour lui ?

— Je dois être sincère avec vous, madame Letellier, la concurrence est forte par ici...

Mélie sentit qu'elle devenait livide :

— Il a choisi quelqu'un d'autre, c'est bien ce que vous sous-entendez ?

— Puisque vous me le demandez, répondit-il de plus

en plus gêné, je suis obligé de vous dire la vérité : c'est en effet ce qui se passe mais monsieur le marquis est conscient de votre préjudice et va vous dédommager.

En un éclair, elle aligna mentalement les quelques visages et les noms des couvreurs de la région. Elle les connaissait tous, pas un n'aurait osé lui arracher ce marché sans la prévenir et de manière aussi déloyale. Il fallait quelqu'un sans scrupule.

— C'est Charles Poulain ! s'exclama-t-elle en bondissant hors de son fauteuil.

Comme un terrible aveu, un silence de mort lui fit écho. L'intendant ne savait comment réagir ; il essaya de la réconforter comme il pouvait :

— Je comprends votre déconvenue mais nous aurons d'autres travaux, ne soyez pas trop triste !

— Je ne suis pas triste, corrigea-t-elle, un peu amère et déçue tout au plus. J'aurais dû m'en douter...

Elle poussa un soupir et s'apprêta à quitter la maison :

— J'aimerais seulement que vous me disiez où il est installé.

— Pas loin d'ici mais il prospecte dans toute la région et se vante d'avoir été le meilleur ouvrier de Baptiste Roussel...

— C'est vrai, reconnut Mélie d'une voix lasse, il a été un bon ouvrier mais il lui manque l'essentiel pour réussir...

Elle se dirigea vers la porte et ne termina sa phrase que la main sur la poignée.

— Il lui manque l'honnêteté et la droiture ! Au revoir, monsieur, acheva-t-elle avant de sortir et de rejoindre l'allée qui menait aux grilles.

Du ciel, une pluie dense tombait et martelait les graviers sans relâche.

Par ce mauvais temps, le retour leur parut interminable. Mélie pria Albert de prendre les rênes et resta derrière lui, assise aux côtés de Pierre. La déception se lisait sur le visage des deux hommes. Ils ne parlaient guère par respect pour elle qui fixait le fond de la carriole, ressassant ce qui venait de se produire. Ils firent ainsi presque une lieue avant qu'elle ne demande de s'arrêter près d'une épicerie-café :

— Nous allons boire quelque chose de chaud et je vais en profiter pour essayer de me renseigner.

Albert plaça Brutus et la carriole à l'abri sous un auvent qui dépassait, et tous trois entrèrent dans une petite salle où quelques habitués étaient accoudés au comptoir. La patronne, qui tenait aussi l'épicerie, essuya ses mains sur son grand tablier et s'approcha de Mélie en la reconnaissant :

— Quel bon vent vous amène, madame Letellier ?

Comme tous les commerçants situés le long de la route, elle la voyait souvent passer en carriole et n'omettait jamais d'échanger quelques mots avec elle ou avec ses ouvriers. En cette fin de matinée, sa mine défaite la surprit. Elle crut qu'il s'agissait du temps froid :

— Je vais vous servir un vin chaud, rien de tel pour affronter la pluie et l'hiver.

— Vous allez vous joindre à nous, n'est-ce pas ? insista Mélie.

Avant d'acquiescer, l'épicière jeta un coup d'œil dans la salle : il n'y avait pas grand-monde, elle pouvait donc les accompagner sans crainte. De temps en temps, en s'asseyant ainsi à la table de ses clients, elle apprenait les petites histoires des pays alentour ou répétait celles qu'on lui avait racontées. Elle se dépêcha d'aller préparer la boisson et revint avec un pichet en grès qui fumait :

— A votre beau succès ! fit-elle en levant son verre pour montrer qu'elle était au courant.

Mais aucun geste ne répondit au sien et les regards se baissèrent. Elle comprit vite que le marché n'avait pas dû se conclure et prit un air navré :

— Je croyais pourtant...

— Ne vous en faites pas ! la rassura Mélie, ce n'est

pas bien grave. Pouvez-vous plutôt me dire si vous avez entendu quelque chose sur Charles Poulain ?

— Ah ! C'est à cause de lui... Il est vrai que l'ouverture de son atelier suscite beaucoup de remous. A chaque fois qu'ils viennent boire un coup chez moi, les autres couvreurs se plaignent. Il se vante, paraît-il, d'avoir été le meilleur ouvrier de Baptiste Roussel et raconte même que vous l'avez mis dehors par jalousie !

Soudain, la peur d'avoir révélé trop de choses rembrunit son visage, elle s'inquiéta :

— J'espère que je n'aurai pas d'ennuis. Il faut que vous me promettiez le silence ! Pour moi, ici tout le monde est client. Je ne fais pas de distinction.

Mélie en savait assez. Elle laissa un pourboire sur la table et la tranquillisa :

— Soyez sans crainte ! Nous tiendrons notre langue.

Soulagée, l'épicière ramassa les pièces de monnaie et leur souhaita une bonne journée. Derrière elle, dans la minuscule boutique qui donnait sur la salle du café, une cliente venait d'entrer et s'impatientait.

Brutus s'ébroua sous la pluie avant de se remettre au trot. Un petit vent d'ouest soufflait, rendant la fraîcheur plus supportable. Les rênes bien en main, Mélie pensait à Charles. Elle n'avait pas imaginé qu'il se vengerait ainsi. Pour lui, la partie était belle ; du marquis au simple fermier, une solidarité entre hommes jouait. Dans ce métier difficile qui exigeait précision et expérience, une femme n'avait pas sa place. Elle avait beau lutter et se battre, il fallait toujours prouver davantage. Un découragement la saisit à l'entrée de Sept-Vents. Pierre la vit se tasser sur son siège, les épaules plus basses, la tête penchée. Il pensait à elle comme à une mère, c'était le lien qu'il avait favorisé d'emblée en répondant si vite à ses espérances. Timide, il toucha son bras :

— Madame Mélie, je suis sûr que nous aurons d'autres commandes...

Elle tourna vers lui des yeux fatigués :

— Je n'ai pas choisi une voie facile, Pierre, le plus dur est en train de nous arriver. Ce que je redoutais tant est là devant nous. J'ai peur des jours à venir.

Un moment, il contempla au loin la butte qui s'élevait vers Caumont et dont le sommet se noyait dans une brume épaisse.

— Albert et moi, nous nous battrons avec vous !

— Qui sait si demain tu seras encore là ? fit-elle à voix plus basse comme si elle se parlait à elle-même.

— Je resterai, je ne vous laisserai pas !

— Et si c'est moi qui t'oblige à partir, parce que je ne pourrai plus te payer et qu'il n'y aura plus assez de travail pour trois ?

Elle simulait exprès la colère pour le rudoyer et l'obliger à s'affirmer. Seul ne devait compter que le travail, et non pas l'élan d'affection qui l'enfermait dans un carcan contraire à ses intérêts de bon ouvrier. Un silence pesant s'installa tandis que la carriole empruntait le chemin de l'atelier.

Dans la soirée, l'indiscrétion d'une voisine mit Marie-Louise au courant de l'événement. Blaise et Léon eurent droit à une tarte aux pommes, arrosée de cidre bouché.

— Que fêtons-nous ? demandèrent-ils alors qu'elle avait attendu le départ d'Alexandre pour sortir le gâteau.

— C'est un secret, répondit-elle en caressant le jeune chien qui la suivait à présent partout. Peut-être un vœu exaucé et l'avenir qui change ? Qui sait ? De toute façon, ce gâteau aura toujours le même goût !

Elle découpa la tarte encore tiède en songeant au taupier et à ses prédictions ; elle n'avait pas payé pour rien.

Cette nuit-là, ni Mélie ni Alexandre ne purent dormir. Il ne parvenait pas à la laisser tant elle paraissait égarée, cherchant sans fin des moyens de franchir ce mur qui s'érigeait sur la route qu'elle s'était tracée. Ses yeux étaient secs mais le feu qui la consumait donnait à son regard une couleur qu'il ne lui avait jamais vue.

— Je n'en peux plus, Alexandre, répétait-elle en

retombant sur l'oreiller où elle demeurait un moment avant de se relever puis de marcher dans la chambre.

Dès qu'il la sentait près de lui, il tâchait de l'entourer, de lui prendre la main, mais lui aussi perdait pied dans cet acharnement du sort. Jusqu'au petit matin, ils tentèrent d'échafauder des plans. A l'aube, ils se retrouvèrent à la fois démunis et plus proches. Ce qui s'échappait d'un côté renaissait de l'autre sous la forme d'un sentiment plus profond, plus ardent qui les reliait comme une chaîne invisible et souterraine. Alors que les dernières étoiles clignotaient dans un ciel rendu clair par le gel, avant de descendre pour réactiver le feu, Mélie posa sa tête contre l'épaule d'Alexandre. Il ébouriffa ses cheveux, enfouit ses lèvres dans les mèches soyeuses :

— Je t'aiderai, dit-il encore, tu n'es pas seule !

En s'échappant de ses bras, elle fut certaine que ces mots-là ne la quitteraient plus.

18

Noël et le nouvel an furent tristes.

Par hasard, Mélie apprit que Victor était allé rechercher Rose et qu'ils revivaient ensemble en s'adonnant à la boisson. Elle n'en conçut ni aigreur ni rancune. Désormais, sa vie s'éloignait de la sienne comme un bateau part à la dérive sans qu'on puisse l'en empêcher.

Dès le début de l'année, un redoutable froid gela le ruisseau. Mélie renforça les sabots de Juste avec de la paille et doubla ses chaussettes mais le plus inquiétant, c'étaient les commandes qui n'arrivaient plus. Elle dut envisager de se séparer de Pierre. Un matin, après une nuit passée à compter et à recompter, elle le prit à part dans la salle :

— Tu te souviens de ce que je t'avais dit lorsque nous revenions du château ?

Il mangeait la soupe qu'elle venait de lui servir et se souvenait de tout comme il pressentait ce qu'elle allait lui dire. Des signes avant-coureurs l'avaient alerté, même Albert lui avait conseillé de prospecter chez les couvreurs des environs. Mélie avait du mal à parler tant elle se sentait partagée. Si, de jour en jour, l'entreprise de Charles Poulain empiétait sur son territoire, absorbant les commandes, sa tendresse et sa constante satisfaction pour le travail de Pierre la retenaient. Elle avait attendu la dernière limite pour se décider.

— Je ne peux plus assurer ton salaire, lâcha-t-elle, en baissant la tête pour tenter de lui dissimuler son regard peiné.

A sa grande surprise, il continua son repas comme si de rien n'était.

— Tu n'as pas l'air d'avoir entendu ?

— J'ai bien compris, madame Mélie !

Il posa sa cuillère sur la table et finit le liquide qui garnissait le fond de son bol en le portant à ses lèvres. Puis, il s'essuya la bouche.

— Je ne veux pas partir.

Elle n'avait pas prévu son entêtement. Qu'espérait-il donc ici, sans travail et sans argent ?

— Je t'ai trouvé une nouvelle place à Dampierre, chez Gustave Rabec, dit-elle, il veut bien te prendre pour quelques mois.

Cette fois, leurs regards se mesurèrent. Elle avait toujours en tête le modèle de Baptiste. Il aurait agi de la même façon, elle en était persuadée. L'apprenti essaya de protester, invoquant son attachement à l'atelier et son bien-être auprès d'elle et d'Albert, mais elle ne céda pas d'un pouce et mit fin à l'entretien en lui donnant son salaire du mois.

— Dès que je pourrai te reprendre, affirma-t-elle, je te ferai signe. Mais pour l'instant, il ne peut y avoir d'amélioration avant le printemps.

Elle l'étreignit alors comme son fils et l'embrassa sur les deux joues :

— A bientôt, Pierre. Donne-nous de tes nouvelles !

Il s'en fut le dos un peu voûté. Avant de franchir la petite grille, il se retourna une dernière fois pour lui adresser un geste et disparut sur le chemin.

Les jours suivants, il neigea. En rejoignant Albert à l'atelier, Mélie enfonçait ses sabots dans la couche molle qui recouvrait la terre.

— Alors ? demandait-il en la voyant, avez-vous appris quelque chose de nouveau ?

Elle secouait la tête, se débarrassait de sa pèlerine sur laquelle les flocons s'accrochaient avant de se dissoudre. Comme l'hiver qui persistait, le temps leur semblait uniforme et accablant. Seule la présence d'Albert l'aidait. Parfois, ils s'asseyaient l'un près de l'autre, calant leurs pieds sur une chaufferette remplie de braises. Ainsi installés, ils parlaient de tout et de rien, évoquaient les hivers rudes d'autrefois que l'ouvrier avait connus auprès de Baptiste. C'était encore pour Mélie le meilleur moyen de garder espoir alors que le facteur ou des voisines lui rapportaient les bruits qui couraient çà et là sur l'extension et le travail productif de l'entreprise Poulain. La conversation avec Albert revenait toujours à ce point noir qui occultait les jours. Et tous deux se posaient la même question : comment faire face et pour combien de temps ?

Parce qu'il ne supportait plus de la voir si tourmentée et anxieuse, un soir, sans la prévenir, Alexandre déposa une enveloppe devant elle. Ils terminaient leur repas, un verre de cidre dans une main, un morceau de fromage dans l'autre. Depuis un moment déjà, le petit Juste dormait à l'étage et, dans l'âtre, des branches sèches de pommier craquaient sous le feu.

— C'est pour moi ? demanda Mélie.

— Oui, c'est pour toi...

Elle allongea le bras, saisit l'épais papier. Sa main hésita, puis, tout en levant un regard interrogateur vers lui, elle éparpilla un par un les billets qui se trouvaient à l'intérieur.

— Non, fit-elle aussitôt, je ne peux accepter !

Alexandre pâlit avant de se mettre à marcher dans la pièce.

— A quoi je sers, alors ? s'écria-t-il, pourquoi suis-je ici si je ne peux même pas t'aider ?

Sa voix s'élevait. Il ne s'agissait même pas de colère mais d'un sentiment d'injustice qui le révoltait. En refusant cet argent, c'est à lui qu'elle disait non, à leur complicité, à ces longs mois de bonheur arrachés au temps et aux épreuves. Pourquoi ne voulait-elle donc pas le comprendre ? Il s'arrêta, s'accroupit près de la cheminée, le dos tourné. Tout se bousculait en lui comme ces flammes qui s'emballaient. En s'en apercevant, Mélie prit peur.

— Alexandre ! appela-t-elle plusieurs fois jusqu'à ce qu'il se retourne.

Il la reçut entre ses bras, apeurée et craintive. Longtemps, il la tint ainsi contre lui, l'écoutant presque respirer. Et bien plus tard, lorsqu'il s'éveilla à ses côtés, il fut surpris qu'un petit jour s'infiltrât déjà par les volets fermés.

Après un déjeuner sommaire, il reprit le chemin de sa ferme. La neige commençait à fondre et des flaques de boue giclaient sous ses bottes. Ce redoux annonçait la pluie avec son vent humide et son cortège de nuages bas. Alexandre ne se pressait pas. Il n'en avait pas envie. D'étranges impressions l'assaillaient. Il ne regrettait pas ce qu'il avait fait. Cet argent que Mélie avait finalement accepté en promettant de le lui rendre allait être utile. Sans ce prêt, elle aurait été obligée de fermer l'atelier ou de se créer de lourdes dettes avec emprunts et remboursements à dates fixes. Grâce à lui, elle pouvait envisager les mois à venir de manière plus sereine. Mais quelque chose de plus profond le déchirait. Après deux nuits d'insomnie et de réflexion, pour ne pas entamer son patrimoine et risquer une nouvelle vengeance de Marie-Louise, il avait choisi d'emmener Rondeau aux haras de Saint-Lô et l'avait vendu.

Arrivé à la lisière de l'un de ses champs, il s'appuya contre le tronc d'un orme dont les branches s'égouttaient et sortit sa blague à tabac. Devant lui, la terre était encore enfouie sous une couche de neige tenace. Il imaginait déjà ses blés hauts et forts, leurs épis pleins comme des bourgeons gorgés de sève. Cette année, de ce sol qu'il allait ensemencer et dorloter comme un enfant qu'on berce et rassasie, surgiraient les plus belles pousses du pays. Elles compenseraient la perte de son beau demi-sang. Il resta ainsi un long moment à rêver, reprenant peu à peu confiance tandis que sa cigarette se consumait entre ses lèvres. Ce sacrifice n'était pas vain. Dès maintenant, telle qu'il la connaissait, Mélie devait envisager des solutions. Au-dessus de lui, un vol bruyant de canards sauvages fendit le ciel. Ils se dirigeaient vers le sud, vers des plaines plus fertiles et des rivières plus accueillantes. Ses yeux s'accrochèrent à leur sillage loin des chasseurs, ils paraissaient si libres et invulnérables ! Il les observa jusqu'à ce qu'ils ne soient plus que de minuscules points dans le ciel. D'autres rivages sous un autre soleil les attendaient. Un jour, peut-être bientôt, il y emmènerait aussi Mélie.

Le dégel qui s'amorçait redonna son cours fluide et régulier au ruisseau. Mélie s'accorda au temps. Après des semaines qui ressemblèrent à une lente agonie, les prémices d'un renouveau lui parurent possibles. Le chagrin de voir l'atelier vide un jour sur deux la décida. Il fallait réagir, tenter le tout pour le tout. L'argent d'Alexandre devait y pourvoir.

Un après-midi plus ensoleillé que les autres, elle prépara la carriole et Brutus. De l'atelier où il sciait du bois, Albert l'aperçut habillée comme pour un dimanche : sa pèlerine protégeant une longue jupe et sa bonnette amidonnée sur les cheveux. A cette heure, elle ne pouvait se rendre à la messe et nulle inhumation n'était prévue. Où allait-elle donc ? Dans l'espoir d'en apprendre davantage, il sortit sur le seuil.

— Je profite que vous êtes là, Albert, lui dit-elle en le voyant, je vais faire une course à Caumont...

— Ce n'est pas jour de fête, pourtant !

Il riait, se grattait les mains pour se donner une contenance, espérant une explication supplémentaire, mais elle ne livra rien de plus et grimpa seulement dans la carriole en ajoutant qu'elle serait de retour dans la soirée. Puis, elle tira sur les rênes et cria son habituel « Holà ! » au cheval qui se mit à trotter.

L'air était encore frais mais, sur les talus des fossés, des jonquilles apparaissaient annonçant déjà le retour du printemps. Mélie encourageait Brutus quand un attelage les croisait ou qu'une automobile les doublait en klaxonnant, laissant derrière elle un nuage suffocant de fumée. L'approche de la ville grossissait toujours la circulation et gênait les manœuvres. Juchée sur son siège, le fouet dans une main, les rênes dans l'autre, elle conduisait Brutus avec détermination. A l'entrée du bourg, elle le fit d'abord ralentir puis le mit au pas avant de garer la carriole près de la place du marché. Proche de celle-ci la rue principale offrait ses nombreuses boutiques. Elle s'y engagea pour flâner un moment devant les vitrines mais se refusa à toute tentation. Dans la pochette qu'elle serrait sous sa pèlerine se trouvait l'argent nécessaire à son important projet, elle ne pouvait l'oublier. Après avoir examiné les différentes maisons, elle repéra celle qu'elle cherchait. Le titre du journal *Le Bonhomme normand* s'étalait en grandes lettres noires sur son fronton. Elle sonna et poussa la porte. Affalé sur une chaise dans un coin d'un petit hall, un homme de service semblait assoupi. Le tintement de la clochette le réveilla en sursaut.

— C'est pourquoi, madame ? demanda-t-il en se redressant d'un seul coup.

Mélie le rassura :

— Je voudrais simplement faire passer une annonce.

D'un geste las, il désigna une porte. Ce genre d'affaire n'avait pas l'air de l'intéresser :

— C'est par là, soupira-t-il. Vous suivez le couloir et vous frappez à la deuxième porte sur votre gauche.

Au contraire du hall, le long couloir où elle se retrouva était animé d'une incessante agitation et des odeurs fortes de tabac stagnaient entre les murs. Des hommes allaient et venaient, parlaient, s'apostrophaient en brandissant des papiers. Elle eut du mal à les éviter et à se frayer un chemin. Après quelques efforts, elle atterrit enfin devant une porte sur laquelle était inscrit « Petites annonces » et frappa. Une voix morne l'invita à entrer. Penché sur un bureau, un homme en bras de chemise écrivait à l'encre sur un registre ouvert. Autour de lui, des piles de journaux s'entassaient dans la pièce. Comme elle n'osait pas s'avancer, il retira ses lunettes rondes et la dévisagea. Aussitôt, son visage s'éclaira d'un sourire et il se leva pour l'inviter à s'asseoir en face de lui :

— Je vous en prie, chère madame, prenez place ! Pardonnez ce désordre mais vous savez, tout ici va très vite...

Mélie s'installa sur une chaise. Le regard de cet homme ne lui plaisait pas, son empressement non plus. D'emblée, il commença à lui raconter qu'il était journaliste et qu'il consacrait des heures à son travail, se vantant même de se déplacer souvent jusqu'à Paris. Il parlait beaucoup, avait soin de se mettre en avant comme s'il désirait l'éblouir. Plus son discours devenait lyrique et enveloppant, plus Mélie se tenait sur ses gardes. En guise de réponse, elle n'articulait que des « Ah ! bon » ou des « Tiens donc ! », détaillant à la dérobée les cheveux rares et le ventre proéminent de celui qui s'efforçait ainsi de se placer sous son meilleur jour. Devant sa réserve, au bout de quelques longues minutes, il s'éclaircit la voix avant de lui demander enfin quelle sorte de faire-part elle voulait.

— J'aimerais faire passer une annonce, une réclame pour mon entreprise.

Il se figea.

— Une entreprise ? Quelle entreprise ?

Son étonnement amusa Mélie mais elle n'avait pas envie de se laisser distraire. D'un ton qui refusait tout badinage, elle résuma les lignes qu'elle avait apprises par cœur et qu'elle souhaitait voir figurer dans le journal :

« Pour toute réparation ou réfection de toitures, l'entreprise Roussel-Letellier (couvreurs depuis 1860) est la seule qui vous garantisse par écrit un travail durable. Renseignez-vous sur ses facilités de paiement ! »

Elle sortit alors de sa pochette les quelques extraits de journaux qui avaient relaté son exploit sur le clocher de Caumont et ceux qui rendaient compte, photos à l'appui, de son exceptionnel métier de femme. Tandis que le journaliste se plongeait dans les coupures de presse, elle ajouta que les citations des journaux devaient accompagner l'encart. Enfin elle se renseigna sur le prix que tout cela allait lui coûter. Quand il finit sa lecture, le visage de son interlocuteur avait changé. Toute tentative de charme ou d'autosatisfaction avait disparu. Assagi, l'homme trempa un porte-plume dans son encrier et inscrivit sur le registre ce que Mélie venait de lui dire. Puis, il consulta une notice avec les tarifs en vigueur.

— Pour un passage sur plusieurs semaines, c'est six cents francs. Mais vous bénéficiez d'une diffusion dans tout le département.

La somme était considérable. Mélie avait l'impression de placer cet argent comme un joueur fait un pari : avec le risque du hasard. Elle recompta les billets avant de les aligner sur le bureau. L'enveloppe d'Alexandre avait bien diminué d'épaisseur.

— Puis-je savoir quand passera cette annonce ?

— Dès demain, répondit-il, d'ailleurs vous recevrez un exemplaire du journal.

Elle s'empara du reçu qu'il lui tendait et se leva. L'entrevue n'avait plus lieu de se prolonger. Aimable, le journaliste la raccompagna jusqu'à la porte.

— Surtout, si quelque chose ne convient pas, revenez nous voir !

Elle suivit à nouveau le couloir au milieu des allées et venues. Avait-elle bien fait ? Des questions fusaient alors qu'elle se dépêchait de rejoindre la rue pour quitter cette atmosphère enfumée. Au-dehors, elle inspira d'abord longuement puis se mit à marcher, toujours pensive. Brutus l'accueillit en secouant sa crinière.

— Si tu pouvais parler, lui dit-elle, je suis sûre que tu m'aiderais à voir clair...

Comme s'il comprenait, le cheval émit un hennissement et frôla son épaule de ses naseaux. Plus loin, devant eux, le clocher de l'église et son coq se détachaient sur un ciel pommelé. Mélie observa la flèche qui semblait toucher les nuages. Des souvenirs, à fleur de mémoire, réapparurent. Un moment, elle demeura songeuse et quand le soleil apparut, couronnant l'édifice d'une lumière éclatante, elle voulut y déceler un signe de la Providence et murmura une prière.

Dès le lendemain matin, comme prévu, le facteur lui remit un numéro du périodique. Il ne fit aucun commentaire parce qu'il ne savait rien encore et continua sur sa lancée, sa cape soulevée par le vent. Lorsqu'elle fut certaine d'être seule, Mélie ouvrit le journal et trouva son annonce sur la page qui traitait de l'arrondissement de Bayeux. Bien encadrés, le texte et les citations qui l'accompagnaient sautaient aux yeux. Elle approcha et éloigna plusieurs fois la feuille de son regard pour juger de l'effet recherché, puis courut vers l'atelier où travaillait Albert.

La bouche d'abord arrondie par la surprise, l'ouvrier lut et relut l'annonce. Enfin, il fronça les sourcils :

— Mais comment est-ce possible ? Ils vous ont contactée ?

Le sourire de Mélie qui ne répondait pas l'intrigua. Il médita quelques instants avant de comprendre :

— Ça doit coûter cher ! finit-il par s'exclamer.

Comme elle baissait la tête, déçue par sa réaction, il se reprit aussitôt :

— Evidemment, ça ne me regarde pas ! Moi, ce que je vois, c'est que le résultat vaut le coup ! Elle ne passe pas inaperçue, votre réclame !

— C'est bien vrai, Albert ? s'inquiéta-t-elle. Vous ne me dites pas cela pour me faire plaisir ?

— Je le dis comme je le pense !

Du plat de sa main, elle balaya quelques bouts de paille qui restaient sur le bord du chevalet. Comment allait réagir Alexandre face à cette annonce dont elle ne lui avait soufflé mot ? Ainsi mise en valeur dans la page centrale de son journal favori, il ne pouvait manquer de la remarquer. Son jugement lui importait autant que les retombées de ce lourd investissement.

— Maintenant, fit-elle à Albert, il n'y a plus qu'à patienter...

L'ouvrier reprenait déjà l'assemblage de ses chevrons, se concentrant sur sa tâche.

— J'ai bon espoir, rétorqua-t-il sur un ton persuasif. De toute manière, le printemps est devant nous !

Il ne fallut que deux semaines pour que le courrier augmente et que les visites se multiplient. Des cartes, des lettres étaient envoyées de tout le département. Pour la plupart, le texte tournait autour des mêmes questions ; on s'informait sur les prix, les délais et les modalités de paiement que l'annonce soulignait.

Mélie croisait les doigts devant Albert. « Pourvu qu'ils me choisissent ! » Elle rédigeait elle-même les réponses, n'oubliait personne et proposait des règlements échelonnés sur plusieurs mois. « Tant pis ! Si je perds un peu d'argent, disait-elle, l'essentiel est que je sois la seule à offrir de tels arrangements. » Alexandre avait eu du mal à y croire mais à aucun moment il ne l'avait condamnée. « Nous verrons bien, avait-il souligné, au lendemain de la parution, tu as fait ce que tu as jugé utile, si ça ne va pas, nous trouverons d'autres solutions. » Sa confiance allait de pair avec son attachement. Même si l'on ne voyait plus sa silhouette sur les champs de courses, l'avenir de Mélie et de son atelier passaient avant tout. Pas un instant, il ne regretta d'avoir vendu Rondeau mais, face aux questions indiscrètes des uns ou des autres, il opposait un silence et une indifférence tenaces. Le plus surprenant pour Mélie fut la demande formulée par la majorité des visiteurs qui venaient la voir. Tous ou presque désiraient une intervention sur leur toit d'ardoise. « Votre annonce ne mentionne pas votre spécialité, racontaient-ils, nous pensions que votre entreprise faisait les deux ! » Mélie s'excusait, expliquant qu'elle avait omis de préciser son domaine parce que, pour elle, cela allait de soi. Mais devant la persistance du même souhait, elle dut reconsidérer ses plans. De l'argent prêté par Alexandre restaient encore trois cents francs ; elle calcula qu'il y en avait assez pour embaucher un couvreur en ardoise durant trois mois. Si les commandes repartaient à la hausse, son entreprise allait à nouveau prospérer et rayonner sur la région, car pour l'heure, aucune autre ne mêlait les deux techniques. Albert ne fut pas de son avis. Son âge et son unique expérience du chaume l'inclinaient à la prudence. Il préférait de petits gains au jour le jour aux plus gros à long terme, qui risquaient d'aggraver la situation.

— Si ça ne marche pas, lui dit-il, vous aurez perdu tout votre argent. L'ardoise ne tiendra pas. Par ici, le chaume est plus traditionnel, plus conforme aux habitats. Encore quelques années et tout le monde y reviendra !

Elle se mit à douter, essaya d'en discuter avec Alexandre qui ne put l'aider tant il se sentait démuni :

— Malheureusement, je n'y connais rien... Suis ton instinct, il t'a toujours porté chance !

Elle hésita jusqu'au retour des beaux jours. Un matin, en ouvrant ses volets, l'air printanier et les odeurs qui s'élevaient de la terre l'avertirent comme un signal. « C'est aujourd'hui, estima-t-elle avant de rejoindre la salle, sinon, je vais être obligée de fermer. » Malgré de nouvelles commandes, elle avait l'impression qu'il suffisait d'un rien pour que tout basculât. Pierre, qui passait de temps à autre pour la saluer, ne lui confiait-il pas que son patron se plaignait aussi ?

— Il est honnête et gentil, reconnaissait l'apprenti, mais souvent, nous n'avons rien à faire. Les gens gardent leur argent.

Il comparait ce désintérêt progressif et cette crainte à

l'écho des journaux qui évoquaient sur de larges colonnes le renforcement de l'armée et la loi d'enrôlement de trois ans pour les conscrits.

— Certains racontent aussi qu'avec l'engagement des jeunes, le marché du travail s'en ressentira davantage. D'ailleurs, je n'y échapperai pas non plus. Où croyez-vous qu'ils vont m'envoyer, madame Mélie ?

Il revenait toujours à la même interrogation, guettant dans son regard un soutien ou un appui qu'elle s'efforçait de minimiser :

— Un gaillard comme toi ne doit pas avoir peur !

Mais une angoisse la prenait. Trois ans, c'était beaucoup, et l'on parlait de plus en plus de crises entre les nations. Alors, dans un geste simple, elle lui offrait des légumes, un poulet ou des œufs qu'elle avait achetés sur le marché :

— Tiens ! Ce sera pour ta grand-mère et toi, dimanche.

Un court instant, elle avait ainsi le sentiment fugace de déjouer le destin et l'impitoyable loi des hommes.

Ce matin-là, en descendant vers la salle, elle pensait encore à Pierre. La veille, elle avait reçu une carte de Caen où il venait d'être appelé. Il écrivait sa fierté de servir l'armée française et la priait de souhaiter le bonjour à monsieur l'instituteur quand elle le rencontrerait.

Selon son habitude, elle s'affaira auprès de Juste qui allait à l'école. Plus câline que les autres jours, elle l'embrassa plusieurs fois jusqu'à ce qu'il se défendît en riant.

— Vite, maman, je vais être en retard !

Elle ne pouvait s'empêcher de faire des comparaisons. Comme Pierre, tôt ou tard, il la quitterait pour l'armée puis arriverait le temps d'une femme et la vie qu'il se construirait. Le temps tournait comme ce manège de chevaux de bois qu'il avait tant admiré à la fête de Bayeux. Au bout du compte, qu'en subsisterait-il ?

Avant qu'il ne parte, elle ajusta le col de sa pèlerine et lui caressa la joue :

— Ne prends pas froid surtout, il fait encore frais !

Postée derrière la fenêtre, elle suivit sa course bondissante jusqu'à la grille. En se joignant à la clarté du ciel, la vie qui pétillait en lui dissipa sa nostalgie. A peine une heure plus tard, elle engagea Brutus sur la petite côte qui menait au Vieux Bourg, à mi-chemin entre Caumont et Sept-Vents. On y exploitait des carrières de schiste réputées dans toute la région. En se renseignant auprès des ouvriers, elle était sûre d'obtenir une bonne adresse. Bien nourri et reposé, le cheval trottait d'une allure régulière. Elle priait pour que sa santé ne décline pas. Sans lui, les déplacements deviendraient impossibles et, pour le moment, elle n'avait pas les moyens de s'en acheter un autre. Après avoir dépassé quelques fermes groupées, elle aperçut de grandes excavations entre des hauteurs boisées où affleurait un sol sombre et nu. La rudesse du pays apparaissait ici dans une réalité presque aride. Elle s'en fit la remarque tandis qu'elle arrêtait Brutus sur un chemin de traverse pour continuer à pied. A portée de son regard, des hommes s'activaient à ciel ouvert ou prêts à descendre dans des galeries souterraines. Elle se représenta leurs dures conditions de travail quand le froid sévissait. Pour eux aussi, le printemps devait être accueilli avec joie... Debout près d'un ravin, un homme qui semblait faire office de contremaître surveillait les différents groupes en donnant des directives. Mélie s'approcha de lui :

— Excusez-moi, mais j'ai seulement besoin d'un renseignement...

D'un air affable, il souleva sa casquette :

— Je vous en prie, si je peux vous aider, n'hésitez pas !

— Je cherche l'adresse d'un bon couvreur en ardoise, poursuivit-elle, quelqu'un d'assez jeune mais d'expérimenté et qui aurait besoin de travailler.

L'homme parut déconcerté. Il réfléchit quelques instants :

— Je pense bien à quelqu'un mais je ne sais pas s'il est libre. En tout cas, il connaît les qualités d'une bonne ardoise. Essayez de demander Jean Harel au lieu-dit La Bruyère ! C'est à deux pas d'ici.

Mélie le remercia. Quelque chose la poussait à faire vite. Cela tenait sans doute aux dernières lettres qui s'accumulaient sur la table de la salle. En cette période difficile, ne valait-il pas mieux avoir plusieurs cordes à son arc ? Albert avait beau le refuser, elle pressentait avec inquiétude que le métier changeait. A l'image des machines qui remplaçaient peu à peu le travail du cheval, elle redoutait le déclin du chaume. Il y a encore peu, Baptiste répétait que, pour diriger une entreprise, il fallait être aux aguets et savoir prévenir les nouveaux besoins. Elle n'avait pas oublié sa leçon.

Lorsqu'elle parvint au lieu-dit, une femme, accoudée à la barrière d'un champ, lui indiqua la maison du jeune couvreur.

— Jeannot ! s'exclama-t-elle, vous le trouverez après le tournant.

Mélie repéra d'abord la maison puis tenta de pénétrer dans la cour mais des aboiements furieux l'en dissuadèrent.

— Y a-t-il quelqu'un ? s'écria-t-elle.

Une jeune femme, dont le ventre rond laissait présager une naissance imminente, apparut sur le seuil de la maison.

— Je cherche Jean Harel, continua Mélie.

— C'est ici, dit la jeune femme en écartant son chien. Entrez ! Il n'est pas méchant. Il prévient, c'est tout.

Dans la pièce principale qui servait aussi de chambre, Mélie découvrit un lit clos qui occupait tout un pan de mur. En faisant allusion à la prochaine naissance, elle questionna :

— C'est pour bientôt ?

— La sage-femme assure que ce sera le mois prochain, mais il peut venir avant...

Mélie allait expliquer les raisons de sa visite, lorsqu'un jeune homme blond, de taille moyenne, se présenta :

— Je suis Jean Harel.

Elle lui tendit la main et lui exposa tout de suite son projet ainsi que son désir de voir aboutir leur collaboration. Il l'écouta d'abord avec attention mais quand elle finit de parler, il prit un air ennuyé :

— J'ai une autre proposition en cours...

Redoutant déjà l'inévitable concurrence de Charles Poulain, Mélie s'inquiéta :

— Ne s'agit-il pas d'une entreprise établie près de Cahagnes ?

Comme le jeune homme s'empêtrait dans des explications embrouillées, elle réalisa soudain qu'il rusait. Ses propos visaient simplement à mettre en jeu une offre fictive pour gagner plus.

— A cause de la prochaine naissance, avança-t-elle, je veux bien faire un effort mais je ne peux aller au-delà de soixante francs mensuels pour une période d'essai de deux mois. Après, si je suis contente, on verra...

Il ne donna pas son accord immédiat mais mit un point d'honneur à lui démontrer combien il se passionnait pour son métier.

— Je suis capable de choisir moi-même les ardoises ! Avant, je travaillais à Saint-Lô, chez Alphonse Bourges, un excellent couvreur qui vient hélas ! de décéder. Sa veuve a tout vendu pour se retirer au bord de la mer. Dans le fond, ça m'arrangerait bien de me rapprocher...

Il cligna des yeux vers sa femme qui parut ravie. Mélie comprit que la transaction touchait à sa fin. Pour sceller leur accord, ils claquèrent leur main droite l'une contre l'autre :

— Tope-là ! fit-elle, vous faites partie de mon entreprise.

En moins de quelques semaines, l'atelier fonctionna à plein régime. L'annonce avait cessé de paraître mais son effet bénéfique se prolongeait. Dans un coin du hangar, Mélie avait aménagé un coin provisoire pour y stocker des plaques de schiste. A l'aube ou en fin de journée, elle prêtait sa carriole à Jean pour qu'il se rende dans les carrières et décide sur place des achats. Dès son arrivée, elle avait tenu à grimper avec lui sur un toit pour regarder comment il opérait. Sur une solide charpente en bois faite d'assemblages d'arbalétriers dont la pose nécessitait un grand savoir-faire, il plaçait ses ardoises plates une à une, du bas vers le haut. Plusieurs fois, elle observa sa dextérité et son assurance. L'esprit tranquille, elle put ensuite signer aux propriétaires le papier convenu qui engageait sa responsabilité. Certains lui réclamaient des délais de paiement, d'autres très contents du travail payaient comptant. Mais le plus étonnant furent ceux qui voulurent transformer leur couverture de chaume en ardoise. Ce recul des traditions allait-il marquer la fin d'un monde comme l'évoquaient quelques journaux ? Mélie ne s'aventurait pas à répondre ; elle constatait simplement qu'un vent venu de la ville commençait à souffler sur le passé. Un soir, en terminant ses comptes, la mine épanouie devant son chiffre d'affaires, elle s'en ouvrit à Alexandre. Comme elle lui affirmait être en mesure de rembourser sa dette, elle mit en parallèle le bien-fondé de ses intuitions et leur résultat. La plus grande partie de ses bénéfices ne provenait-elle pas de son adaptation au changement ? Alexandre avait la même perception de l'avenir :

— Dès la semaine prochaine, déclara-t-il, j'envisage de me rendre à Vire pour acheter une batteuse à vapeur. Avec elle, j'ai calculé que j'irai deux fois plus vite et je pourrai ainsi pallier le départ de P'tit Blaise qui va être incorporé.

— Ah ! fit Mélie, lui aussi...

Les tensions qui s'exacerbaient, l'armée qui leur prenait des êtres chers pour si longtemps, les courses à l'armement... tout cela pesait plus lourd que l'argent ou le rendement. Sur quoi déboucherait donc cette escalade sans fin ?

— Peut-être sur la guerre, murmura-t-il avant de se lever.

Elle le regarda s'apprêter. Voilà déjà quelque temps qu'il parlait de se rendre chez François Simon, un éleveur de taureaux dont il espérait acheter l'un des champions. Il avait déjà trop différé sa visite.

— Ce soir, j'y vais ! se décida-t-il, et demain, je t'apporterai le garenne que le furet du père Thomas a braconné. Tu ne diras rien, n'est-ce pas ?

En la taquinant, il l'embrassa sur le front puis se dirigea vers la porte.

Pour accéder à la ferme des Simon, il devait emprunter un chemin qui serpentait le long des champs. La tête encore pleine de sa conversation avec Mélie, il s'enfonça à travers les arbres baignés par la lumière du crépuscule. Il marchait sans faire attention lorsqu'un bruit de voix le surprit. Instinctivement, il se dissimula derrière un frêne dont les branches se couvraient de feuilles. A cette heure plutôt tardive, les promeneurs étaient rares. Il fut tenté de poursuivre son trajet comme si de rien n'était mais la curiosité et une appréhension vague le retinrent. Il se terra derrière le tronc de l'arbre et attendit. Le froid humide de la terre commença à le saisir. Il se trouvait bête de rester caché comme un malfaiteur qui a commis un forfait. Et pourtant, c'était plus fort que lui, il se devait d'être là, prostré dans l'ombre, réprimant avec peine un tremblement. Pas une seconde, il n'aurait pu imaginer ce qu'il allait découvrir. Discutant à voix basse et pouffant de rire, deux hommes se rapprochaient de l'endroit où il se tenait. A cause de la pénombre, Alexandre ne parvenait pas à distinguer leurs visages. Il dut se pencher et scruter l'obscurité avant de reconnaître, étonné, les traits de Blaise. Après tout, pensa-t-il, il a bien le droit de se promener par ici... Non, ce qui l'alertait émanait de l'autre silhouette, celle qui lui tournait le dos et dont la voix hachée et pâteuse le submergeait d'un horrible pressentiment. Quelques secondes lui suffirent pour l'identifier, il crut alors se liquéfier sur place. Là, à deux pas de lui, sur le sol encore boueux des dernières pluies, Blaise, son P'tit Blaise, s'entretenait avec Victor. Et les deux compères avaient l'air de s'entendre comme larrons en foire.

Ses ongles griffèrent l'écorce sur laquelle ses mains

s'accrochaient. Il se tint coi jusqu'à ce que Victor s'éloigne et puis se faufilant à travers les taillis, les arbres et les bosquets, de loin, il suivit l'allure guillerette de Blaise qui s'en retournait, insouciant. Mais au moment où le valet abandonnait le sentier désert pour atteindre la route, il bondit. En un tournemain, il le fit pivoter et l'empoigna par le col de sa veste :

— Je t'ai vu, nom de Dieu ! Avec qui parlais-tu ?

Le visage d'abord décomposé par la frayeur, le jeune garçon essaya de mentir :

— Je ne le connais pas, patron, je viens de le rencontrer !

Plus il tentait de se justifier, plus l'agressivité d'Alexandre montait.

— Tu mens ! cria-t-il en le secouant, dis-moi la vérité ou je te fracasse le crâne !

Le valet résistait tant qu'il pouvait mais la force et la stature d'Alexandre dépassaient largement son corps fluet.

— Je ne le connais pas, je ne le connais pas, reprenait-il comme une mécanique.

Hors de lui, Alexandre le jeta à terre :

— La Demoiselle, l'écurie en feu, c'était toi, hein ? Avoue ! Avant que je ne t'assomme.

Le garçon tenta de ramper pour s'échapper mais il sentit aussitôt qu'une main le rattrapait par les cheveux :

— Et la carriole sciée, c'était toi aussi ?

Sous la douleur, le valet ne put se retenir plus longtemps :

— C'est à cause de Victor, sanglota-t-il, c'est lui qui m'a donné de l'argent !

D'un seul coup, la main d'Alexandre lâcha prise. Un calme l'envahit. Une sérénité qui le laissait sans force et presque sans voix.

— Fous le camp ! siffla-t-il encore entre ses dents, je ne veux plus te voir !

Aussitôt, l'autre détala et se perdit dans la nuit. Alors, Alexandre, hébété, regarda autour de lui. Ce soir, il n'irait pas chez les Simon. La peau de ses mains le brûlait et sa tête était vide.

— Pour rien, pour deux ou trois sous, répétait-il, et sans pouvoir se contenir, il se mit à rire et à pleurer en même temps.

19

Alexandre n'oublia pas la trahison de Blaise. Il la dompta comme le cheval fougueux qu'il se racheta aussitôt après. Jusqu'à l'été, il s'étourdit de travail, n'occupant ses moments de loisir que par la fréquentation des champs de courses. Il raconta à Marie-Louise qu'il s'était débarrassé du valet parce qu'il l'avait surpris à voler dans le poulailler d'un voisin.

— Je ne veux pas de ça chez moi ! avait-il conclu sur un ton si cassant qu'elle n'avait pas osé insister.

Au fil des jours, elle remarqua simplement qu'une ride plus profonde barrait son front.

Avec l'assurance d'un meilleur salaire, Léon redoubla son activité.

— Patiente jusqu'à la Saint-Clair ! lui disait Alexandre, j'irai chercher un autre valet à la foire aux domestiques de Banneville-sur-Ajon.

Mais lorsque l'été s'annonça, il ne put se résoudre à remplacer celui dont il ne s'expliquait pas le geste et qui le laissait meurtri. Après des jours et des jours d'incessants efforts, il se consola avec la contemplation de ses champs. Un matin, il découvrit l'orge, le seigle et le froment qui balançaient leurs épis mûrs et touffus sous le vent chaud et le ciel sans nuages. Au-dessus d'eux, des hirondelles planaient en dessinant des arabesques. L'heure était venue.

Sous la chaleur du mois d'août, les faucheurs se mêlèrent aux femmes qui s'apprêtaient à lier les bottes. Les cliquetis des faux répondirent aux roulements de quelques machines tirées par des chevaux. A la tête de son attelage, Alexandre jubilait. Il calculait déjà combien ces récoltes allaient lui rapporter, espérant rentabiliser la batteuse toute neuve qui trônait dans la cour de sa ferme. Trop absorbé, c'est à peine s'il perçut les coups lugubres du tocsin qui se mit à vibrer dans l'air surchauffé. Autour de lui, une à une, des têtes se relevèrent, puis un cri retentit, se répercutant de place en place :

— La guerre ! C'est la guerre !

Ils se regardèrent tous. Des femmes se signèrent en sanglotant. Sur le bord de son champ, Alexandre aperçut Marie-Louise, droite et digne, plus pâle que le mouchoir qu'elle serrait contre sa bouche.

Les hommes de dix-huit à cinquante ans partirent. Alexandre demanda à Mélie de ne pas l'accompagner jusqu'à la gare :

— Je vais vite revenir, lui dit-il, prépare-toi.

En se mordant les lèvres pour ne pas pleurer, elle le vit s'éloigner sur la route qui allait vers le bourg. Rien que pour Juste dont elle ne lâchait pas la main, elle résistait à la montée du chagrin, mais longtemps, ce souvenir-là l'empêcha de dormir.

Petit à petit, les jours s'organisèrent autour de l'attente et des colis envoyés aux soldats. Mélie apprit à guetter le facteur, à se précipiter sur une carte ou une lettre, à se perdre en commentaires avec les voisines. Une vie au ralenti s'écoulait dans les rues de Sept-Vents. Les femmes se regroupèrent pour faire face et remplacer les hommes qui manquaient. En peu de temps, le bref été s'éteignit sans que personne n'y prît garde.

L'école n'avait pas fermé mais une institutrice enseignait aux enfants. Les veillées réunissaient celles dont les époux, les frères ou les fils avaient été appelés. Trop âgé, Albert était encore là. Il estimait avoir de la chance parce que son fils, cuisinier, restait à l'arrière pour préparer les repas des officiers. Mélie se raccrochait à lui. Ensemble, ils parlaient de ceux qui avaient rejoint le front : Pierre dans la Meuse, Jean en Artois ou Alexandre dont la dernière lettre avait été postée de la Marne. Il écrivait qu'il avait même fait route en compagnie de Victor mais que celui-ci avait été dirigé vers Amiens. C'était comme si le danger, l'ombre omniprésente de la mort atténuaient les rancunes et les déchirures. Plusieurs fois, en rencontrant Rose, Mélie prit des nouvelles de Victor. Le passé s'estompait, plus rien ne comptait que ces photos d'hommes en uniforme, bien en évidence à l'intérieur de chaque ferme ou de chaque maison, et qui rappelaient, comme autant de blessures, les absences incomblées.

Pour ne pas se morfondre, Mélie se noya dans le travail. Par la force des choses, elle dut abandonner les couvertures en ardoise mais on la réclamait toujours pour le chaume. Aidée par Albert, elle se démenait, débordée par les demandes qui affluaient de tout le département. Il lui arriva même de monter sur des toits alors que la pluie tombait. Un jour, elle glissa et se rattrapa de justesse à un bord de cheminée. En reprenant son souffle, elle imagina que cette même frayeur devait tenir le ventre de ceux qui se battaient et, par respect pour eux, elle se remit tout de suite à la tâche.

En peu de temps, les noms des premiers disparus circulèrent de bouche en bouche. Une voisine qui revenait du Vieux Bourg lui apprit la mort de Jean Harel, tué à Vimy. Il avait à peine connu le fils qui était né. La tête appuyée contre l'épaule d'Albert, elle pleura tout son saoul tandis qu'il répétait, choqué :

— Et moi qui suis ici... Et moi qui suis ici...

— Vous êtes là, Albert, hoqueta-t-elle entre deux sanglots, pour moi c'est déjà tant !

Chaque soir, sous la lumière d'une lampe Pigeon, après la lecture des journaux, elle relisait les lettres d'Alexandre et les commentait pour Juste qui posait des questions. Elle y puisait la force d'affronter les lendemains, rêvant toujours à de proches retrouvailles. Mais la guerre durait et les saisons parurent s'enliser jusqu'à ce jour d'automne où le destin frappa.

Il était tôt ce matin-là, et la soupe plus claire en ces temps difficiles avait été rapidement finie. Mélie balayait les débris de paille qui jonchaient le sol de l'atelier, lorsque l'uniforme d'un gendarme s'encadra dans la porte. Comme s'il avait déjà tout compris, Albert ôta lentement sa casquette.

— Madame Mélie Letellier, épouse Delaunay ? demanda le gendarme. Je suis désolé, poursuivit-il, je dois vous faire part d'une pénible nouvelle et vous remettre ceci.

Sans autre formalité, il lui tendit un vieux portefeuille usé qu'elle reconnut immédiatement. C'était celui de Victor.

— Soyez fière, madame, reprit-il, votre mari est mort pour la France !

La conscience du devoir accompli, il la salua avec déférence et tourna les talons. Pendant quelques instants, elle demeura immobile, le portefeuille entre les mains, les yeux rivés à celui qui s'éloignait si vite. Puis, sans égard pour le vent et la pluie, elle enfila sa pèlerine et se rendit à pied chez Rose. Ce n'est qu'en pénétrant dans la cour de son ancienne maison qu'elle se mit à chanceler. Un flot de souvenirs surgit devant ses yeux. Là, elle mettait le linge à sécher, ici, le violoneux avait joué le jour de ses noces, là encore, son petit Juste avait fait ses premiers pas... Tout lui revenait dans une ronde imprévisible et brutale. Elle s'écroula sur une marche du perron.

— Alexandre ! Alexandre ! disait-elle en sanglotant, et c'était lui qu'elle appelait à l'aide, lui, dont le visage se superposait à celui du disparu.

Quand Rose ouvrit la porte, elle la trouva ainsi, recroquevillée et perdue.

Le soir même, elle envoya une longue lettre à Alexandre pour lui raconter ce qui s'était passé et attendit une réponse. En vain. Le soleil se leva sur d'autres matins, seul le silence lui fit écho. Le facteur arrêtait son vélo derrière la petite grille et de sa tête faisait « non » avant de s'éloigner tristement. Du matin au soir, l'inquiétude la rongeait. Elle allait à l'église pour allumer des cierges sous la statue de la Vierge. Parfois, elle emmenait Juste avec elle :

— Nous devons prier pour ton papa et Alexandre !

L'enfant s'agenouillait à ses côtés, joignait les mains, et l'espoir renaissait jusqu'au matin suivant. Elle parvint à patienter ainsi trois longues semaines avant qu'une insoutenable angoisse ne la pousse à risquer l'impossible.

Une aube encore grise baignait les collines. Malgré une commande à honorer du côté de Sallen, elle pensait avoir assez de temps et s'habilla avec soin, pressant un peu Juste qui traînait. Depuis le départ de l'instituteur, il regrettait ses leçons de violon et s'isolait souvent pour jouer, cherchant dans la musique, Mélie le sentait, le réconfort qui le sauvait.

— Si tu veux, proposa-t-elle, dès ce soir, nous écrirons à monsieur Drouet...

Ce fut assez pour qu'il se dirigeât plus tranquille vers l'école. Quand il franchit la petite grille, elle s'apprêta. A cause de la distance et du peu de temps dont elle disposait, elle voulait prendre la carriole. La nuit allongeait encore des ombres dans la cour et jusqu'au ruisseau. Sans y prendre garde, elle esquissa quelques pas en direction de la remise mais ne put aller plus loin. L'étrange sensation d'une présence l'arrêta.

— Qui est là ? interrogea-t-elle en scrutant les bords du cours d'eau.

— N'ayez crainte ! fit une voix féminine derrière elle, je ne vous veux aucun mal...

D'un bloc, Mélie se retourna. Devant elle, à peine éclairée par les lueurs du petit matin, les mains sur le long tablier qu'elle n'avait pas enlevé, Marie-Louise la dévisageait. Une coulée de feu la déchira. Cette visite ne pouvait s'expliquer que par l'annonce d'une insupportable nouvelle, celle qu'elle repoussait de toute son âme.

— Oh ! non ! s'écria-t-elle.

Aussitôt, l'épouse d'Alexandre l'apaisa d'un geste :

— Ce n'est pas ce que vous croyez... Voilà plus de trois semaines que je n'ai pas reçu de lettre, alors j'ai pensé que vous saviez peut-être quelque chose ?

— Ne restons pas là, invita Mélie plus calme, entrez ! D'ailleurs, je me préparais à aller vous voir...

Lorsqu'elles prirent place dans la salle, un petit feu grésillait dans l'âtre. Comme un symbole, une photo d'Alexandre en uniforme, posée sur un bahut, paraissait les fixer en défiant le temps. Les rancœurs d'autrefois avaient-elles encore une raison d'exister face à l'anxiété qui les torturait ?

— Je ne sais rien non plus, avoua-t-elle, et les journaux évoquent de si terribles combats en Picardie...

— Léon est mort là-bas, fit Marie-Louise dont la voix se brisait.

Elles baissèrent chacune la tête comme si elles désiraient se recueillir.

— Il faut encore attendre.

— Oui, attendre, reprit Mélie qui sentait ses larmes monter. Que pouvons-nous faire d'autre ?

Pour ne pas se donner en spectacle, elle s'efforça de raffermir sa voix.

— Allons ! Pleurer ne sert à rien. Est-ce que je peux au moins vous offrir quelque chose à boire, avant que vous ne repartiez ?

Un peu plus tard, lorsque Albert traversa la cour, par la fenêtre ouverte, il les aperçut en train de converser.

— Enfin ! marmonna-t-il entre ses dents, elles ont compris.

Le lendemain, le facteur apporta deux lettres à Mélie. L'une avait été rédigée par un compagnon d'Alexandre. Il racontait qu'ayant été blessé aux bras et aux mains par des éclats d'obus, ce dernier n'avait pu écrire mais qu'il comptait le faire bientôt et recommandait à tous et à toutes de ne pas perdre courage. L'autre provenait de Constant Drouet. Après une longue affectation à l'arrière, où il n'avait pas affronté l'ennemi, il venait d'apprendre qu'on l'envoyait en Champagne, au cœur même des combats dont personne ne se doutait qu'ils seraient les derniers. Dans un aveu qui la bouleversa, il lui confiait aussi combien il l'avait toujours aimée sans oser lui dire, et lui demandait simplement de prier pour lui. Elle rangea cette lettre dans un tiroir avec le portefeuille de Victor et redoubla ses prières.

Début novembre 1918, quelques jours avant Pierre, l'un des rares à revenir, Alexandre fut démobilisé. Mélie se déplaça jusqu'à Vire pour l'accueillir sur un quai de gare enfumé. Parmi les bousculades et les cris, elle eut du mal à le retrouver et à se faufiler vers lui. Il boitait et sur son visage amaigri se reflétait encore l'indescriptible horreur. Sans un mot, il l'étreignit comme s'il ne parvenait pas à réaliser qu'ils étaient tous les deux saufs et que leurs vies se raccordaient. Avant qu'elle ne l'aide à monter dans la carriole, il tourna ses yeux cernés vers elle :

— J'ai écrit à Marie-Louise, fit-il d'une voix sourde ; si tu y tiens toujours, nous allons vivre ensemble, à présent. Je n'ai pas oublié ton rêve, je vendrai mes terres et nous irons nous établir dans le Bessin...

Avec précaution, Mélie posa sa main sur la sienne. Des traces de brûlures laissaient de larges taches sombres sur la peau qui paraissait racornie. Désormais, elle le savait, il garderait toujours ces cicatrices ; à chaque instant, elles seraient là pour témoigner de la réalité passée.

— Je n'ai plus besoin de rêver, Alexandre, murmura-t-elle, nous resterons ici et nous agrandirons la maison de Baptiste : je suis certaine qu'il l'aurait voulu ainsi.

Tandis que la carriole commençait à rouler sous un ciel bas et chargé, il continua :

— Dans le train, un soldat m'a parlé de Drouet, l'instituteur, tu t'en souviens, n'est-ce pas ?

— Oui, répondit Mélie, qui s'attendait au pire.

— Eh bien ! il a eu de la chance, il n'a été que légèrement blessé et compte revenir à Sept-Vents.

— Tant mieux ! commenta-t-elle sur un ton neutre.

Elle se souvenait de la lettre qui dormait, pliée au fond d'un tiroir. Dès ce soir, en arrivant, elle la brûlerait. Elle se pencha, appuya un instant sa tête contre l'épaule d'Alexandre. Devant eux, la route filait entre les arbres, elle pensait déjà à demain, à son petit Juste qui reprendrait ses leçons de violon, au couvreur en ardoise qu'il faudrait bientôt réembaucher et surtout à Marie-Louise, dont le visage et la dernière phrase l'habitaient toujours.

Avant de la quitter, elle avait attendu un moment comme si elle cherchait ses mots puis, tout en lui adressant un regard lucide et résigné, elle avait ajouté : « Maintenant, je le sais, Alexandre et moi, nous n'étions pas faits l'un pour l'autre. »

Mélie l'avait vue alors s'enfuir sur le chemin qui rejoignait le bourg.

DANS LA MÊME COLLECTION

Jean Anglade,
Un parrain de cendre
Le Jardin de Mercure
Y a pas d' bon Dieu
La Soupe à la fourchette
Un lit d'aubépine
La Bête et le Bon Dieu (Essai)
La Maîtresse au piquet
Jean-Jacques Antier,
Autant en apporte la mer
La Croisade des Innocents
Marie-Paul Armand,
La Poussière des corons
Le Vent de la haine
Le Pain rouge
La Courée
tome I *La Courée*
tome II *Louise*
tome III *Benoît*
La Maîtresse d'école
Edouard Axelrad,
Au fil du fleuve
Erwan Bergot,
Les Marches vers la gloire
Sud lointain
tome I *Le Courrier de Saigon*
tome II *La Rivière des parfums*
tome III *Le Maître de Bao-Tan*
Rendez-vous à Vera-Cruz
Mourir au Laos
Annie Bruel,
La Colline des contrebandiers
Alice Collignon,
Les Jonchères
Didier Cornaille,
Les Labours d'hiver
Les Terres abandonnées
Georges Coulonges,
Les Terres gelées
La Fête des écoles
La Madelon de l'an 40
L'Enfant sous les étoiles
Yves Courrière,
Les Aubarède
Anne Courtillé,
Les Dames de Clermont
Florine
Dieu le veult
Alain Dubos,
Les Seigneurs de la haute lande
Alain Gandy,
L'Escadron
Adieu capitaine
Quand la Légion écrivait sa légende
Un sombre été à Chaluzac
Michel Hérubel,
La Maison Gelder
Denis Humbert,
La Malvialle
Un si joli village
La Rouvraie
La Dent du loup
Michel Jeury,
Au cabaret des oiseaux
Jean Mabire,
Opération Minotaure
Henry Noullet,
Sur la piste de Samrang
La Falourde
Michel Peyramaure,
Les Tambours sauvages
Pacifique Sud
Louisiana
Claude Riffaud,
Mékong Palace
La Crique de l'or
Rêve de Siam
Jean Rosset,
Vir'Vent
Les Derniers Porteurs de terre
Annie Sanerot-Degroote,
La Kermesse du diable
Le Cœur en Flandre
Jean-Michel Thibaux,
La Bastide blanche
Le Secret de Magali
Violaine Vanoyeke,
Les Schuller
Le Serment des 4 rivières
Brigitte Varel,
Un village pourtant si tranquille
Claude Veillot et Jean Michel Thibaux
L'enfant qui venait du froid

Cet ouvrage a été composé
par Nord-Compo
et imprimé sur presse Cameron
dans les ateliers de
Bussière Camedan Imprimeries
à Saint-Amand-Montrond (Cher)
en février 1997

N° d'édition : 6527. N° d'impression : 1/331.
Dépôt légal : février 1997.

Imprimé en France